昨日如歌

——那一年

范东明◎著

中国言实出版社

图书在版编目（CIP）数据

昨日如歌：那一年 / 范东明著． －－ 北京：中国言实出版社，2023.2
　ISBN 978 － 7 － 5171 － 4365 － 9

　Ⅰ．①昨… Ⅱ．①范… Ⅲ．①长篇小说 – 中国 – 当代 Ⅳ．①I247.5

中国国家版本馆 CIP 数据核字（2023）第 005510 号

昨日如歌——那一年

责任编辑： 史会美
责任校对： 王建玲

出版发行	中国言实出版社
地　　址	北京市朝阳区北苑路 180 号加利大厦 5 号楼 105 室
邮　　编	100101
编辑部	北京市海淀区花园路 6 号院 B 座 6 层
邮　　编	100088
电　　话	010 － 64924853（总编室）　010 － 64924716（发行部）
网　　址	www.zgyscbs.cn　电子邮箱:zgyscbs@263.net

经　　销：新华书店
印　　刷：北京荣泰印刷有限公司
版　　次：2023 年 4 月第 1 版　2023 年 4 月第 1 次印刷
规　　格：710 毫米×1000 毫米　1/16　18.75 印张
字　　数：300 千字

定　　价：78.00 元
书　　号：ISBN 978 － 7 － 5171 － 4365 － 9

◎ 自 序

滚滚如流的青春再见

  青春是美好的、绚烂的，也正因为它的美好，它又是短暂的、永不复返的，而那些与青春有关的记忆却不会因为时光的流逝从我们的生命中隐没。随着年岁的渐长，那些年少时光反倒是越来越清晰起来，时常在午夜梦回中看到那些人、那些事，听见那些歌声，犹在耳畔，恍如昨日。或许，这就是我写这部长篇的初衷吧。

  可以说，这是耗费我精力和体力最大的一本书，从前期构思整个故事的框架到每个人物的背景和名字，又查阅了大量的相关资料，仅仅是这些，我就用了两年多的时间。而真正开始进入写作阶段的时候，困难更是一个接着一个。首先就是从诗歌语境中完全抽离出来，全身心地投入小说的语言中，这对第一次写小说的自己来说，是一个极大的挑战。再就是小说中的一些场景，都是我从未见到过，也从未经历过的，我只能通过有限的想象将它们描写出来。因此，有些地方写得并不好，这对整部作品而言，是无法弥补的缺憾。2022 年 11 月份，我完成了全部小说的文稿，一共是二十多万字，后又进行了二十多次的修改和删减，最终定稿在十八万字左右。即便如此，有些地方依然不尽如人意，存在很多不足之处，对此我也只能说，我已经尽力了。

  从开始动笔到完成全部文稿用了整整三年时间。不夸张地说，这部小说是我一个字一个字磨出来的。因为我用脚打字很慢，每天最多只能打五六百字，明显感觉打字的速度跟不上脑子，稍微多写一点，晚上就会累得腿疼，甚至疼得难以成眠。尽管如此，我还是努力将作品质量放在第一位，尽量让小说中的每个人物都能鲜活地呈现。

从表面上看，这是一部青春小说，而实际是讲述了三代人的故事。每个人物身上都带着岁月变迁留下的时代印记。在时代的洪流中，人是渺小的，而人性的光辉却从未消失。在写作期间，我曾经发过一条朋友圈："写的是家常，是往昔，是青春，其实呈现的，是人性！"这是我当时的写作心得，也是我的文学观。

文学是什么？这是一个值得思考的问题。从我爱上文学，到开始文学创作，也出版了几本诗集，但对于这个问题，我从未停止过思考。

文学到底是迎合市场和大众的一种工具，还是勇于表达自己内心的真实想法，抑或是记录某一时期的人和事？这些似乎都不太准确。特别是在这个泛娱乐化的年代，许多有精神价值追求的东西，都遭到了碰壁，文学受伤最重。有一种声音说，文学的边缘化已成铁定的事实，网络的出现、现代传媒的发达抢占了文学原有的领域，让文学处于从未有过的尴尬境地。为此我也感到深深的困惑，也经常问自己，还有没有写作的必要和坚持的价值？

最终我还是选择了坚持，因为心底的那份热爱。可是新的问题又来了，就是我要写什么？表达什么？怎样的作品才能真正打动读者？我想，还是真实！只有用真情实感写出来的东西，才能真切地触动读者的内心。好的作品不是迎合大众，而是贴近大众，融入大众。好的作者也不是用仰视或俯视的目光描绘身边的人和事，而是和身边的一切进行平等的交谈，就像与一个老朋友聊天。当然，这只是我个人的观点。所以，在这部小说中，我没有过多地使用诗歌的语言和十分华丽的辞藻，我尽量用最平实的语言写出那些真实的人和事。

诚然，小说毕竟是小说，即便人物有原型，也不可能照搬上去，事件也不可以完全写实，做了一些艺术加工和故事编排。但是，必须要让读者感觉那些人物就是真实存在的，那些事也是发生在我们身边的，这样才会让人有所触动，甚至感同身受，从而融入整个故事当中。

虽然这部小说是讲述几个少年成长的故事，但是我并没有按照其他青春文学和校园文学的模式去写，而是通过上一代人的言行和家庭的变故，还有一些突发事件，使这几个少年在潜移默化中抑或成熟，抑或萎靡，甚至影响他们以后的命运走向。我想经历过那个年代的人如有缘读到这本书，应该都会有些许的共鸣，这也是我所希望的。

我在这部小说里引用了一些流行音乐和摇滚歌曲的歌词，我这样做一是为了使作品更有年代感，读起来不至于枯燥乏味，也希望能够唤醒一些人的青春记忆，试问，谁的青春岁月里没有几首流行歌曲的伴随呢？二是为了刻画向阳这一人物的性格，展现他内心的丰富世界，和不能言说的青涩情感与悲喜的心情。

另外，我也是一个音乐发烧友，目前在我的电脑里珍藏了有一万多张音乐唱片，从流行、摇滚到古典音乐，这也是我除文学之外，另一个精神支点。把自己熟知的一面放在自己的小说里，也算是扬长避短吧。

青春总是伴随着阳光与阴霾，欢笑与泪水，迷茫与疼痛，青涩与张扬，追求与向往。尽管已过中年，不得不向那滚滚如流的青春说声再见，然而，生活继续，歌声继续，正如小说的结局！

2023年2月11日

目录

CONTENTS

第 1 章　一个平常的下午 …………………………………………… 1
第 2 章　不吃肉的山子 ……………………………………………… 10
第 3 章　小东受伤了 ………………………………………………… 16
第 4 章　走门路 ……………………………………………………… 23
第 5 章　人民广场的烟花 …………………………………………… 32
第 6 章　新媳妇与翻译 ……………………………………………… 40
第 7 章　打架与逃跑 ………………………………………………… 48
第 8 章　小满叔疯了 ………………………………………………… 58
第 9 章　清明节 ……………………………………………………… 65
第 10 章　向阳挨打 …………………………………………………… 73
第 11 章　我住院了 …………………………………………………… 83
第 12 章　"名人"出院 ……………………………………………… 93
第 13 章　天灾致人祸 ………………………………………………… 102

第 14 章	红红好姑娘	114
第 15 章	中考	124
第 16 章	歌声飞扬的下午	131
第 17 章	告别初中	141
第 18 章	摇滚乐与诗歌的启蒙课	151
第 19 章	三爷爷的丧事	158
第 20 章	进城买衣服	164
第 21 章	向阳的工地生活	171
第 22 章	进入高中	179
第 23 章	军训生活	187
第 24 章	还书，回家	194
第 25 章	中秋节的葬礼	203
第 26 章	掰棒子	215
第 27 章	艳阳天下的阴霾	224
第 28 章	歌声如常	234
第 29 章	短暂的温暖	245
第 30 章	寻找志彬	253
第 31 章	山子的下落	259
第 32 章	大雾里传来的噩耗	265
第 33 章	福无双至	270
第 34 章	大哥的婚礼	277
尾　声	歌声继续	284

跋：那缠绵悱恻的岁月之歌 ………………………… 张爱珍 / 287

第1章 一个平常的下午

　　曾经年少爱追梦
　　一心只想往前飞
　　行遍千山和万水
　　一路走来不能回……①

　　这是一九九五年刘德华在春晚上唱的一首歌曲，虽然刚过完年没几天，已经被向阳学唱得声情并茂了。
　　正月初九的大街上，还是有些冷清的。即使有的店铺已经开门营业，却基本没有客人光顾，大街上和胡同里行人寥寥无几，只有一些小孩子在玩闹着。偶尔会传来几声鞭炮的震响。
　　当然，在大街上玩闹的并不只是那些小孩儿，也包括我、志彬和向阳这样大的初中生。志彬拿着一个小游戏机，玩着俄罗斯方块，时不时地从机子里传出"笨死啦""你好棒哦""加油啊"的声音。向阳依然高声地唱着刘德华的《忘情水》："啊，给我一杯忘情水，换我一夜不流泪。"向阳天生有一副好嗓子，又爱唱歌，而且学谁像谁。可惜那个时候电视上还没有超女快男和模仿秀，更没有好声音，不然他一定会在歌唱的道路上唱出一番天地来。而我正翻着从旧书摊上用两毛五分钱淘来的一本《风云第一刀》②，沉浸在古龙营造的武侠世界里。
　　"啊，给我一杯忘情水，换我一生不伤悲。"
　　我抬起头来看了一眼向阳说："你拉倒吧，你还用忘情啊，你啥时候有过情？还伤悲呢，我咋没见你伤悲过？"
　　向阳也白了我一眼，面带坏笑地对我说："你这小孩儿懂个啥，我有情没情能跟你说？再说了我伤悲是我一个人的事，不用兄弟你管。"

我喊了一声说："小心被林仙儿下了药。"

向阳说："那是你，书呆子！"

志彬这时从裤子口袋里掏出半包石林香烟来，抽出两根，扔给我和向阳，然后一屁股坐在路边的水泥管子上继续玩游戏（这些水泥管子放在路边好几年了，也不知道是做什么用的，天长日久就成了孩子们嬉戏的地方，路人走累了也可以坐下歇脚）。

向阳从衣兜里掏出打火机给我和他自己点上烟，也坐在水泥管子上对志彬说："又偷你老爹的烟，小心挨揍。"

志彬从地上捡起一颗石子冲向阳扔过去说："你们两个没良心的，我偷烟还不是给你们抽，我挨揍你们高兴啊？"

我连忙说："别扯上我，我可没说。"

向阳又一脸坏笑地说："鬼子就是狡猾，一有坏事就马上和我们八路划清界限了。"

我也向他扔过去一颗石子说："少给我贫嘴！以后少叫我外号儿，真把自己当成李向阳了，你进了我们李村好几年了，你不还是姓郭吗？啥时候把姓改了，再叫我外号儿。"

向阳冲天吐了个烟圈说："姓郭咋了，我郭向阳照样打鬼子。"

接着就用手比画了个手枪，冲我做了个开枪的动作。"不过嘛……"他过来搂住了我的脖子，凑近我耳边说，"要是有花姑娘的消息提供一下，我可以考虑饶你一命。"

我疑惑地问："啥，花姑娘？我看你才真像个鬼子。"

他依然搂着我的脖子说："别管像不像鬼子，告诉我，你春兰姐呢？刚才去你家咋没看到她？"

我挣脱开他的手臂说："她走了，昨天进城打工去了，不过就算她不走，你也没戏，她好像在城里已经有男朋友了。"

向阳听完双手一摊，唉了一声，又高举双手唱起来："这只爱情鸟已经飞走了，我的爱情鸟，她还没来到……"③

志彬低着头说："咋一下午没有看到山子，也不知道那家伙干吗去了？"

向阳从水泥管子上跳下来说："他能干吗，肯定又被他老爹赶去放牛了，你以为都像你啊，是村书记家的阔少爷，吃喝不愁，哪像我们，都是贫下中农，命苦啊。"

志彬又向他扔了一颗石子说："你是够贫的，我就没见你有过正事。"

向阳一转身，轻松地躲过石子说："啥时候没正事了，我说的都是事实。你们看，咱们的放牛娃来了。"

夕阳中，山子一只手牵着一头老牛，老牛后边还跟着一头小牛，另一只手抓着背在背上的一捆柴火，慢慢地向我们走过来。等走到跟前，他放下背上的柴火，操着四川口音跟我们说："你们在这里做啥子嘛？"

向阳说："等你啊。"

"等我？"山子挠了挠头，"等我做啥子嘛？"

向阳笑着说："等你给你说个傻子媳妇啊。"

山子似乎明白了，冲向阳骂道："你妈妈的，你才找个傻子做婆娘呢。"

志彬站起来笑着对山子说："别跟他瞎闹了。这大正月的，你爹就让你出来放牛捡柴火了？"

"有啥子法子嘛，我不出来就……"山子没有说下去。我们也没有往下问。

"你的作业做完了没有？"志彬转移了话题。

"没有。哪有日子写作业嘛，一天下来累都累死喽。"山子无奈地说，"唉，你们先耍，我先回家喽。"说完背起柴火，牵着牛，慢慢走远……

这时从村东头传来向阳他娘的喊声："向阳！向阳！"向阳娘的嗓门是出了名的，只要她每次叫向阳回家，声音都能从村东头传到村西头，向阳那一副好嗓子很可能是得了她的遗传。

向阳也提高了嗓门"唉"了一声，将手中的烟头往空中一弹，烟头划出一道弧线，落在远处的路边。

"整天就知道瞎串，快回家看着你弟弟，我烧火做饭！"又传来了向阳娘的喊声。

"知道了，这就回去！"向阳转头对我和志彬说，"劳动人民要回去干活儿，不跟你们这些阶级分子和鬼子玩了。"

我和志彬同时捡起地上的石子冲向阳扔过去，向阳一转身躲开石子，跑远了。

我在后面喊:"快滚吧你,回家抱孩子去吧!"

志彬笑了笑没说话,继续玩游戏。

志彬一直就是一个话不多的孩子,也是大人眼中的好孩子,学习也好,家里的奖状贴满了墙。平时也没见他怎么用功学习,可就是门门功课都是第一。他从小学一年级就当班长,现在都初三了还是班长。论起来,我和志彬是兄弟,因为在李村我们同属一族,立本叔(也就是志彬的爹)和我爹是堂兄弟。我爹比立本叔年长几岁,而我比志彬只大几个月。别看我比志彬大,但他看起来倒比我成熟,不管在村里还是在学校他都处处照顾我。也不只是对我,志彬好像对谁都一样,特别是对我们这几个死党。有啥好吃的好玩的,他从不吝啬。这也许跟家庭生活条件有关系,毕竟立本叔是村里的大队书记,经济方面比一般人家要宽裕一些。志彬长相也帅气,我一直觉得他和林志颖长得很像。他在学校里是很多女生的暗恋对象,还时不时地收到女生的情书,但志彬对此却不那么在意,或许还没有哪个女生能入他的眼吧。

我走到志彬跟前,拍了拍他的肩膀说:"兄弟,你这游戏机借我玩两天行不?"

"行,别给我弄坏了就行,这可是我用了一半的压岁钱买的。"志彬低着头说。

"哪能呢,就玩两天。"我高兴地说。

"你的作业做完了没有?"志彬问我。

"没有,不过就剩一点了。"我回答说。

志彬"嗯"了一声。

我看到立本叔骑着自行车从远处过来。我马上把手上的烟头扔在地上,用脚踩住。等立本叔骑到我们跟前,我说:"三叔,你做啥去嘞?"

志彬迅速把游戏机别在身后,也跟着叫了一声:"叔!"

立本叔下了自行车,"嗯"了一声说:"我去镇上开了个会。"

立本叔虽然已是四十多岁,看上去也就三十出头的样子。一身笔直的中山装,没有一点褶皱,显得格外精神。那辆骑了三年的永久牌自行车还擦拭得跟新的一样,车把上挂着一个黑色的公文包。

立本叔抬头看了一下天空,对我们说:"天快黑了,你们别玩太晚了。"

"嗯，我们一会儿就回家了。"我答应着。

"那好，我先回去了。"立本叔说完，又骑上了自行车。

"叔，我跟你一起回。"一旁的志彬迅速跳上了自行车的后座，然后指了指我身后。

我回头一看，水泥管子上放着那个小游戏机……

我一个人走在这条从小玩到大的路上。过去的土路现在已经变成了油漆路，这是立本叔两年前带领筑路队修的，立本叔因为这件事也被镇上评为"先进村书记"。立本叔担任村书记十几年来确实为李村办了不少好事，比如通了电、安了自来水管，让李村的村民彻底告别了点煤油灯、吃井水的历史，现在又修了油漆路，这也奠定了立本叔在李村民众心目中的威望。

李村是一个不足三百口人的小村子，也是紧挨着城区的一个村子，出了村口，就是一条直通城区的大公路，去城里骑自行车最多也就十五分钟，如果坐公交车自然就更快了。公路向西则通往乡镇。出了李村，在公路两边是一些做买卖的店铺，比如大饭店、小吃摊、日用百货店、游戏厅、录像厅、发廊等。其实在几年前这里并没有这么热闹，自从修了油漆路，紧接着就在村北建立了区化工厂，又在旁边建了家属楼、生活区，才有了现在一片繁华的景象。尽管如此，李村还是那个淳朴的小村落，虽然有少数人做买卖、包工程发了家，但是村里的大部分人依然过着日出而作，日落而息，春耕夏种的庄稼人的日子。

天已傍晚。大部分人家的烟囱都飘起了炊烟，安静的村庄有了炊烟的映衬，夕阳也显得分外迷人了。

眼前的炊烟，让我忽然想起邓丽君的两句歌词："又见炊烟升起，暮色照大地……"可惜我没有向阳的好嗓子，不然我也会放声唱起来。

"三光，三光！"

我快走到家的时候，听到身后有人叫我，回身一看，原来是广田五爷爷。

"五爷爷！"我叫道。

五爷爷从手中的一沓报纸中抽出一封信，递给我笑着说："你大哥志鹏从部队又来信了。"

"哦。"我接过信问道，"五爷爷，有没有多余的报纸杂志？"

五爷爷翻了翻手里的报纸说："没有了，我家里还有几本《读者》和《人民文学》，你想看有空就上五爷爷家里拿，不过别给我弄坏了，而且一定要记得还哦。"

"行，五爷爷。"我说。

"那行嘞，我还要把报纸给人家送去，你也快回家去吧。"五爷爷说完转身就走。

"嗯，五爷爷，天快黑了，走路小心。"我对着五爷爷的背影说。

"没事，没事。"五爷爷挥了挥手，头也不回地说。

五爷爷的背虽然有点驼了，身体倒是还很硬朗，脚步也很利落。五爷爷是我父亲的亲五叔，听父亲说五爷爷是老红军，是真正上战场打过日本鬼子的；新中国成立后五爷爷退伍回乡，分配到镇上的邮政局工作，一干就是三十多年，退休后还是闲不下来，仍然义务负责李村送报送信的差事。五爷爷有两个儿子，一个叫立国，一个叫立军，都被五爷爷送进了部队，听说现在都成了军官，这几年很少有空回家了。五奶奶前两年得了中风，生活不能自理，五爷爷对五奶奶照顾得无微不至。因此村里的大人小孩都对五爷爷带有一份敬重。

我的家在大街的中心，五间老式的砖瓦屋算是正房，还有三间土坯房是偏房，这还是父亲和二叔回到李村后，在五爷爷的大力帮助下，好不容易才盖起来的。前面没有墙头和门楼，周围是树枝和竹批子扎起来的篱笆墙，两扇大门也是用竹批子和木板钉起来的。院子里最值钱的就是一部25马力的拖拉机，这是原来生产队里的，因为只有我父亲会开拖拉机，所以分田到户以后我家就东拼西凑借了两千元钱从大队里买下了这部拖拉机，又用两年的时间慢慢还清了那些钱。

我到家的时候天已经黑了。屋里热气腾腾的，母亲还在往灶膛里填柴火，锅里飘出小米粥的香味。父亲在修理一把坐坏了的椅子，时而传出锤子敲击钉子的声音。小兰坐在小板凳上聚精会神地看着17英寸的黑白电视机，电视里正播放着动画片《机器猫》。

我摸了摸小兰的头，小兰仰起小脸看了看我没说话继续看动画片。母亲在灶膛前说："一下晌不着家，玩疯了？快洗洗手吃饭吧。"我没说话，到水龙头前接了一脸盆水洗手。父亲把修好的椅子放回原处,把锤子放到墙根,到脸盆前也洗了洗手,然后拉过饭桌放在屋子中央。母亲掀开锅盖,上面是白面馒头和一碗咸菜还有几个水饺,下面是一锅小米汤。我们各自拿碗盛汤,围桌坐下吃饭。

"这几个水饺是给小兰留的,小兰最爱吃水饺了,小兰快吃,你不吃就让你三光哥吃了。"母亲把几个水饺递到小兰手里说。小兰接过去不说话,边吃边继续看电视。

我喝了口汤,啃了口馒头,从衣兜里抽出那封信说:"大哥来信了,刚才碰见五爷爷给我的。"

母亲说:"哦,吃完饭给我念念。"

我"嗯"了一声继续吃饭。母亲又问我:"这一下晌除了跟志彬和向阳玩,还跟谁玩了?"

我说:"就和他们俩,在路边还碰到山子放牛回来,没说几句他就回家了。"

母亲边盛汤边叹了口气说:"唉,山子被修林用五百块钱买回来的时候已经十一岁了吧,这孩子倒是很听话,一到他们家就扑下身子干活,四川来的孩子和媳妇说到底也就是为了一口饭吃。没想到修林两口子这么不行,啥脏活累活都让山子干,一干不好不是骂就是打,连口饭都不让孩子吃饱。这又不是前些年,缺那一口粮食,唉,真是伤天理啊。"

一旁的父亲对母亲说:"修林他们家从老辈上就是这样,心肠狠,好心眼儿不多。'文革'那会儿,咱叔和咱婶子要不是修林他叔往死里折腾他们,他们也不会那么早就过世。"

对于山子的来历和处境,村里众所周知。而对于修林他们家与我们家上一辈人的恩怨,我并不太关心,毕竟那是特殊年代特殊时期造成的,加上我从小就没见过爷爷奶奶是什么样子,所以自然也没有那种仇恨的意识。虽然父亲会时不时地说起那段往事,但他也没有刻意渲染两家的仇恨。两家更没有到那种见了面不说话的地步,只是平时走动少一些。

听完父亲的话,我有些不解地问:"爹,为啥你们这代人有很多都管自己的父母叫叔和婶子?我们这代人也有,像志彬也管立本叔叫叔?"

没等父亲回答,母亲把话接了过去:"那是过去医疗条件不行,有的孩子不长命，不大就死了，做父母的怕自己担不起孩子，就让孩子这样叫了。像你立本婶子，在志彬上头就接连有三个孩子没有长命，好不容易留下个志彬，也就让志彬这样叫着了。"

"说到底就是封建迷信，现在很少有孩子这样叫了，而且有很多年轻人学着城里，让孩子叫爸叫妈。"父亲说。

吃完饭，母亲边收拾碗筷边对我说："赶紧拆开你大哥的信，看看都说啥了。"

算起来，大哥去山西当兵已经两年多了，刚到部队那会儿大哥不到半个月就来一封家信。那时我是最怕给母亲念大哥的信的，因为大哥总是写新兵训练如何艰苦、自己如何想家，我每念到这些的时候，母亲总是止不住地流泪，一看到母亲流泪，我就不想再念下去了。我越是不念，母亲越是着急地让我念，弄得我也挺难受的。不过还好，大哥结束了新兵训练以后也慢慢熟悉了部队的生活，来信便很少说想家了，母亲也不会时常流泪了。现在大哥的家信不那么频繁了，两三个月才来一封，内容都是一些生活琐事。我念信也不像过去那样通篇念给母亲听了，简略说一下信的大概内容就算完成任务了。

我拆开信封，抽出信瓤，展开时发现信纸里夹着两张彩色照片，我说："大哥寄照片来了。"

母亲连忙说："快给我看看！"

一旁的小兰也嚷起来："我也要看，我也要看！"

我把照片递给母亲和小兰看，父亲也凑过来看。那是一张单人照和一张合照，单人照是大哥背对着营房站立，一身绿色的军装，双手紧握一把钢枪，显得格外英武和帅气，合照应该是他们全班人的合影。

"大光当了两年兵就是不一样了，个头高了，身体也壮了。在家的时候总是生病，我是真担心他到部队经不起折腾啊！"母亲喃喃地说。

"部队就是个锻炼人的地方。"父亲欣慰地说。

小兰的小脸对着母亲说："大娘，大娘，我长大了也要当兵，像大光哥哥一样穿军装戴军帽。"

"好好好，小兰好好学习，长大了也当兵，像你大光哥哥一样穿军装戴军帽。"母亲抱着小兰笑着说。接着又抬头问我："你大哥在信上说啥了?"

我已经把信看完,对母亲说:"也没啥事,大哥问家里过年好,他们全连在一起过的年,吃饺子,看春晚。再就是他成为预备党员了,最后让你和爹注意身体。"

"哦,回头给你大哥写封信,说家里都挺好的,别让他分心,在部队好好干,争取早些成为正式党员。"

"嗯。那我回屋写作业了。"我说。

母亲又说:"家里的柴火不多了,明天和你爹下地捡一些柴火去。"

---

① 《忘情水》作词:李安修,作曲:陈耀川,演唱:刘德华。
② 《风云第一刀》古龙著,是《小李飞刀》系列的第一部,又名《多情剑客无情剑》。
③ 《爱情鸟》作词:张海宁,作曲:张全复,演唱:林依轮。

第 2 章　不吃肉的山子

虽然立春已经好几天了，但是北方的气候却依然带着冬天的个性。尽管阳光很好，尽管人们还穿着一身过冬的棉衣，风吹过来时还是要再裹紧一下衣服。我肩上搭着一个空袋子，手里提着一把镰刀，走在通往田间的小路上，路两旁的树木光秃秃的，不见一点新绿。

今早我是被母亲骂醒的。昨晚我回到屋里写了一点作业，就关了灯，在被窝里偷偷玩游戏，也不知道玩到几点才睡着。我醒来的时候，母亲正在天井里边喂鸡边高声数落："这都九点多了，还不起来，也不知道昨晚几点睡的，快起来，你爹下坡都半天了。"

我睁眼抬头一看桌上的闹钟，果然九点多了。我连忙穿上衣服，跳下床，到里屋拿了两个馒头装进衣兜，又到偏房拿了袋子和镰刀，就走出了大门。母亲这才看到我，对着我的背影嚷着："你不吃饭啊？"

"我带了两个馒头。"我头也不回地回答，然后向田间走去。

在路上，我边走边掏出一个馒头，啃了两口，馒头还是热的，显然是母亲给我留的。我在父母的眼里不算是一个叛逆的孩子，学习成绩虽然不是太优秀，但也不算太差，加上我平时喜爱看书，因此父母还是希望我在学业上能有所成就。家里的农活是基本不让我干的，偶尔让我干一些也是在假期课业不多的情况给他们打打下手。其实在农村长大的孩子，多少都会干一点农活，特别是我们这个年龄段的孩子，也算半个大人了。当然也要看每家每户的生活条件，比如志彬就基本不会干农活。

其实，这个时候也没有多少农活，无非就是捡捡柴火，供家里烧火做饭用。农村是不缺柴火的，所谓柴火就是荒地里的杂草、枯树枝和一些庄稼秸秆。通常每家一捡就是捡下好几天的，这样就可以有一段时间不用下地了。家里有地方的人家，也有存下几个月的。

我还没到地方，老远就又听到了向阳的歌声：

天地我笑一笑
古今我照一照
喔人间路迢迢
天要我趁早
把烦恼甩掉
痴情的最无聊
几回哭几回笑
喔哼首快乐调
我不是神仙
也懂得逍遥……①

等我走近，看到父亲已经捡满了一小推车柴火，并用绳子捆好了，正在上一个土坡。向阳紧跑两步，帮忙推了一把，父亲便上了土路。我连忙跑过去，对父亲说："爹，你回家放下就不用再回来了，我再打一袋子就够用几天的。"

父亲"嗯"了一声，就推着小推车顺土路走远了。

向阳拿着镰刀笑嘻嘻地对我说："鬼子，你今天咋来这么晚？昨晚干啥坏事了？"

"你滚一边去，继续撞你的腰吧。"我没好气地说。

"哎，你个鬼子，不谢谢我帮你爹干活儿，还叫我滚，良心大大地坏了。"向阳依然笑嘻嘻地说。

"少贫嘴了，老实打你的柴，唱你的歌吧，打不完柴，看你娘不骂你。"我说。

"骂呗，骂又不疼。"向阳虽这样说，但还是弯下腰打起柴来。一会儿他又唱了起来："我被青春撞了一下腰，笑得春风跟着用力摇，摇呀摇摇呀，我给你的爱有多好，我将热情燃烧你可知道……"

向阳不是我们李村人，他是随他娘改嫁到李村的。向阳的亲爹是郭家村的电工，在一次事故中被高压线电死了，那年向阳八岁。向阳十一岁时到了我们李村，因为他娘改嫁给了李村的电工李家兴。李家兴也是二婚，

11

他老婆是和他吵架，一气之下喝了农药死的，留下一个女儿叫小艳，比向阳大一岁。向阳和他娘来了以后，小艳就跟着奶奶一起生活了。小艳去年初中毕业，没有考上高中，进城里打工去了。

说原来那个家兴婶的死是一气之下并不完全，因为家兴叔原先是个酒鬼，已经到了嗜酒如命的程度，而且一喝醉了就打老婆。这样几年下来家兴婶终于不堪忍受，就那样解脱了。听村里人和父母说，家兴婶是个很好的人，既老实本分又贤惠和气，还做得一手好农活，可惜嫁了个酒鬼男人，才有这样不幸的结局。

家兴叔之所以成了酒鬼和他的工作有一定关系，那时农村的电工就是每月查一次电表，除了每年村里发点零工钱，是没有任何工资的。不过每家每户的电线总有这样那样的问题导致停电，一停电就找家兴叔去修，修好了不给钱，只管他一顿酒，久而久之，家兴叔便成了酒鬼。

向阳他娘嫁给家兴叔的时候，全村人都在为向阳娘儿俩担心，怕悲剧再次重演。可谁也没想到的是，自从向阳他娘成为第二个家兴婶以后，家兴叔居然把酒给戒了，原来那些坏脾气也没有了，对向阳还特别好，而且去年向阳他娘又生了一个男孩，取名向辉。这是全村人都替他们一家感到高兴的事情。

向阳比我大一岁，他和山子同岁，他来李村的时候，正好山子也是刚来李村。那时都在上小学，因为他俩学习都不好，留了一级，就跟我和志彬同级了。没想到的是，我们四个从小学到初中一直都被分到同一个班，到了这一年我和向阳居然成了同桌，志彬和山子也成了同桌，真是搞不清老师为何这样安排。

我和向阳正在各自打着柴草，山子牵着两头牛慢慢地走来，向阳直起身子高声说："哟，我们的放牛娃今咋也来晚了？"

山子有气无力地白了向阳一眼说："滚，少拿老子耍笑，都累死老子了。"

"你干啥了，就累死了？"向阳问。

"唉，天不亮就让老子起来推磨，推到现在，只给老子一个小小的窝头吃，就又让老子出来放牛。"山子无奈地说。

"别一口一个'老子'了，你连孙子都不是。"我说。

向阳也气愤地说："对，你老爹根本就没把你当儿子，直接把你当长工了，现在哪里还有推磨的呀，你老爹就是周扒皮转世。"

山子又唉了一声，把牛拴在一棵树上，在土堆上一坐，低头不语了。

向阳走过去说："推了一早的磨，就只吃一个小窝头，你饿不饿？"

"嗯。"山子没有抬头。

向阳从衣兜里掏出一个方便袋，打开方便袋拿出一个大包子，扔到山子怀里说："我娘蒸的大包子，我带了三个，刚才吃了两个，还有一个，你吃了吧。"

山子拿着包子看了向阳一眼，没说话，就咬了一大口包子，嚼了两下，脸上的表情不太对劲，紧接着一口就吐了出来，又捂住胸口干呕了两下，才抬起头问向阳："这包子放肉了？"

"包子不放肉能好吃吗？你咋吐了？"向阳觉得很奇怪。

我走过来，把自己的一个馒头递给山子说："你先吃这个馍吧。"

山子边吃馒头边说起了他不吃肉的原因……

山子原来是吃肉的，至少刚来李村的时候是吃肉的。李修林一直是大队会计，生活条件也是不错的，修林的老婆连生了两个女儿，梅芳和小芳。修林两口子因为没有儿子，那年才在赵五百手里买了山子，而修林两口子对这个买来的儿子并不满意，因为山子的长相不大好看，皮肤很黑，趴鼻子，一脸的小疙瘩，又不太爱说话，这两口子是越看越觉得这个孩子别扭，越看越觉得这五百块钱花得亏，但是想再退回去已是不可能了。这孩子做儿子不理想，但是干活是一把好手，勤快、麻利，修林两口子就把山子当长工养着了。在牛棚里用烂砖头搭一张木板床，弄两床露着棉絮的被子，这就是山子睡觉的地方了。吃饭的时候也从来不让山子上饭桌，总是给他一个玉米面窝头，让他到牛棚里去吃。对于二十世纪九十年代的农村来说，农民基本都已经告别玉米面窝头了，更别说像修林这样中等收入的家庭了。每当山子看到他们一家四口吃着白面馍和一桌子的菜时，他的心里是又生气又委屈。有一次，他们家蒸了肉包子，还是没有给山子吃。山子夜里躺在牛棚的木板床上越想越生气，加上肚子饿，就偷偷到饭屋里拿了两个肉包子，边吃边出来。这一幕正好被起夜的修林看到。山子心想这下完了，怕是又要挨一顿打，可是让山子没想到的是，修林并没有打他，只是冲他冷笑了两声就走开了。山子当时虽然觉得有点奇怪，也没有多想什么，毕竟山子那时年纪小嘛。过了没几天，到了赶集日，修林就从集市上买了一斤多肥猪肉回来，让老婆切成大片，用白水煮得半生不熟，一点盐都不放，便盛了一大碗，端着进了牛棚，假装和善地对山子说："你不是馋肉吗？今天让你吃个够！"然后，把一大碗肥猪肉递给山子。山子有些疑惑地接过一大碗肥猪肉，犹豫着不敢吃。修林依然笑着说："放心吃，看你干活挺累的，今天特别犒劳你一下。"山子小心翼翼地用筷子夹了一块肥猪肉放进嘴里，慢慢地嚼着，然后抬起头胆怯地跟修林说："一点都不咸，能不能倒点酱油？"修林说："我刻意没放盐，这样吃更有营养，你正是长身体的时候，多吃点才有力气干活。"听修林这样一说，山子就没有了防范，加上他很长时间没有吃过肉了，又长时间吃不饱肚子，便狼吞虎咽地吃起来，不一会儿一大碗肥猪肉就吃了一大半，山子突然感觉有些恶心，便对修林说："我吃饱了。"要把碗递给修林，修林说："吃饱了也得挨上，花钱给你买肉吃不能浪费了。"山子只好强忍着恶心把一大碗肥猪肉全都吃了，修林这才接过碗筷"哼"了一声走出了牛棚。这件事发生后，山子一看见肉就开始恶心、呕吐。山子成了一个不吃肉的孩子……

　　山子说完了这件事情，也吃完了我给的馒头，用手抹一把眼睛。我仿佛看到了他眼里的泪光，他却冲我和向阳笑了笑，从地上捡起一个土块，远远地扔了出去，嘴里骂了一句："他妈妈的！"

　　向阳也捡起一个土块，远远地扔出去，跟着骂了一句"他妈妈的"！然后说："李修林这老家伙真不是个东西，我以后有机会非整整他不可！"

　　我好奇地问："你想咋整他？"

　　向阳若有所思地说："没想好，以后看情况，不过嘛，想整一个人总是有办法的。"

　　山子在一旁说："你想整他，我不管，可别整大了，连累我又挨打。"

　　向阳没好气地对山子说："你个小胆子鬼，就这点出息，我替你出气，你倒先害怕了，我看你是真让那不是东西的一家人欺负怕了，不过你放心，就算我真整他，也不会连累上你。"

　　向阳拍了拍手上的土，拿起镰刀，对我说："鬼子，快干活儿吧，完不成任务，你回家小心也挨打。"

　　我瞥了一眼向阳说："滚，少贫嘴，我挨不挨打关你屁事。"

　　向阳摆出一副无辜的样子说："哎，看来好人做不得，为他好，还不领情。反正我们劳动人民要干活儿喽。"说完就一边捡柴火一边又大声地唱起歌来:"我被青春撞了一下腰,扭得飞花随着白云飘……"

其实,捡柴火并不是多费力的事,不大工夫,我、向阳和山子就各捡了一大袋子,便准备回家了。

"哎,你回家不?"向阳问山子。

"你们先回嘛,我再放会儿牛。"山子坐在草堆上说。

我和向阳离开山子,背着柴火上了土路。

"你真打算整李修林?"我问向阳。

"那当然。"

"啥时候?咋整?"

"没想好呢,要找机会,还不能牵连上山子。"

"想好了叫上我。"

没等向阳回答,我就听见身后有人在叫:"三光!三光!"

我回头一看原来是得旺表叔推着辆破自行车从远处跑过来。

得旺表叔看起来很着急的样子,他满头是汗珠,跑到我们跟前已经是上气不接下气,自行车的链子也掉了。他顾不上擦一把汗就急忙问我:"你爹呢?"

"在家呢。"我说。

"你快回家叫你爹发动拖拉机,送小东上医院,小东的腿被汽车撞断了!我就不上你家了,我先回去准备一下住院的东西。"

我"哦"了一声,把背上的柴火扔到向阳旁边说:"交给你了。"

我刚要跑,又回头对得旺表叔说:"你的车链子这样了咋回去?"

向阳赶忙说:"你别管了,我给叔安上,你快回家叫你爹。"

"好!"我应了一声,就大步如飞地往家跑去……

——————————

① 《我被青春撞了一下腰》作词:黄一雄,作曲:左宏元,演唱:张真。

第3章 小东受伤了

　　我飞快跑回家的时候，母亲正在准备午饭，父亲正把小兰抱在腿上，一边给小兰剥核桃一边看电视。我快速地把小东被汽车撞断腿的事说完，父亲听了赶快把小兰放下，连忙去发动拖拉机。母亲也急忙上里屋取了点钱，递给父亲说："家里就这么多，你带上，说不定能应应急。"父亲接过去装在里面的衣兜里，然后坐上驾驶座就开出了大门。母亲又对我说："三光，你也一块儿去吧，好帮把手。"我"嗯"了一声，一个翻身就跳上了拖斗。父亲一踩油门，拖拉机就上了大路。就在我看着母亲和小兰的身影越来越远的时候，母亲又追了几步喊道："忘了给你们带干粮，饿了就买点吃的，出门别心疼钱！"我也大声喊道："知道了……"

　　天已经快晌午了。虽然是有风，但阳光洒下来，依然可感受到温暖。

　　父亲开着拖拉机急速行驶在通往赵庄的土路上。我坐在后面的拖斗里，在颠簸中玩着志彬的游戏机。

　　其实李村离赵庄并不太远，只是没有修路，路面坑洼不平，所以什么车在这样的路上行驶都是跑不快的。

　　拖拉机大约行驶了十五分钟才来到赵庄的村外。在不远的土路上，得旺表叔和表婶正在着急地张望。拖拉机很快就到了他们跟前。父亲和我先后跳下车，这才看见小东躺在旁边的地上，用一床棉被紧裹着蜷缩在那里，只露着小脑袋，表情很痛苦的样子。不远处还躺着一只死羊，流了一大摊的血。

　　父亲连忙问得旺表叔："这是咋回事啊？"

　　得旺表叔声音发着抖："上午让他出来放羊，好像旁边的王洼村一户人家着火了，一辆救火车正从这条道上路过，就把孩子和羊撞了，幸亏有人看见，不然俺们还不知道嘞。"

父亲训斥道:"大正月的,你就让个孩子出来放羊,你在家干啥?是不是光顾着打扑克了?"

得旺表叔面带愧色地说:"立业哥,先别说我了,你看现在咋办啊?"

父亲平复了下心情说:"能咋办啊,先上医院给孩子看腿啊,快,把小东抬上车。"父亲又对我说:"三光,你先上拖斗坐下,让小东靠着你。"

我应了一声便快速跳上拖斗。

父亲和表叔表婶慢慢把小东托上了拖斗,让小东的头靠在我胸前半躺着。

"你带钱了吗?"父亲问得旺表叔。

"带了五六百块钱,家里就这么多了。"得旺表叔说道。

"行吧,我也带了点,不管怎样先住上院,实在不行,回来再想办法。"父亲说。

一旁的得旺表婶正要往拖斗上爬,父亲看见赶紧拦住说:"你先别去了,你现在去也不管用,还是在家等信吧。再说我舅也需要人照顾。"父亲又指了指地上的死羊说:"赶紧弄回家拾掇拾掇,孩子断了腿,正是补身子的时候,这也能省下点买肉钱。"

"唉,唉,唉。"得旺表婶一边答应着一边用袖口擦着眼泪。

父亲说完,上了驾驶座。车子开动的同时得旺表叔也跳上拖斗,坐在我旁边,用恓惶的眼神看着小东。

拖拉机行驶在土路上,由于道路不平,拖斗很颠簸,震得小东直喊疼,满头的汗珠直流,小脸蜡黄。

得旺表叔也手忙脚乱起来,又不知如何是好,只是一直说:"忍忍哈,一会儿就到医院了……"

此时我也有些不知所措,想找点东西让小东咬住,一摸口袋,发现我还装着志彬的小游戏机,我拿出游戏机,给小东一看,小东显然没见过这种东西。我一按开机键,游戏里就传出了"笨死啦""你好棒哦""加油啊"的声音。小东好像一时忘记了疼痛。我抱着小东玩起了游戏。

不一会儿车子上了油漆路,就没那么颠簸了,小东的腿也没那么疼了。

"三光哥,我能自己玩玩吗?"小东小声问我。

"能啊。"我把游戏机交到小东手里。我双手抓住拖斗两边的挡板,抬头看了看天空，已经是正午了，阳光有些耀眼。我收回视线，又看了下四周，这时父亲开着拖拉机已经进了市区，道路两边是一排接一排的楼房。路边有一些卖小吃的摊位，弥漫着白色的热气，热气里带着各种香味四散着。一股饥饿感突然从腹中涌上来，是啊，如果是正常情况下，这个时候早就应该吃午饭了。我不自觉地咽了下口水，只能把目光再次收回，继续看着游戏机中的各种方块在小屏幕里变形、下移……

突然，车停了。原来市中心医院到了。父亲跳下车对得旺表叔说："你先在车上等着，我先去挂个急诊。"然后就跑进了医院的大门。

不大一会儿，父亲和四五个护士抬着担架从医院里小跑来到拖拉机的后面，父亲打开拖斗的后挡板，我和得旺表叔慢慢把小东托上担架，然后也先后跳下车，一起进了医院。

先进了急诊室，几个年轻大夫给小东检查腿部。检查完后，一位男医生过来对父亲和得旺表叔说："初步检查是右腿骨折，比较严重。你们先去办一下住院手续，等着准备手术。"

父亲问："啥时候能做手术？"

那男医生说："由于现在是春节假期，主治医生还没上班，所以，一些手术都推迟到了正月十五以后。"

一旁的得旺表叔有些着急地说："拖下五六天去，孩子的腿不就完了吗？"

男医生说："这我们也没办法，你们还是先办住院手续，然后再想办法。"

"行吧！"父亲无奈地说。然后让我看着小东，他和得旺表叔去办住院手续。

很快，小东就进了病房。还好，这个时候住院的人不多，病房里虽然有三张病床，那两张却是空着的。先后有护士进来给小东量体温、量血压、打点滴。忙完这些，病房里就安静了。

父亲出去了一会儿，手提着一方便袋大包子回来，说道："我本想去医院食堂打点饭，一问，人家已经关门了，我就上外面摊子买了十几个包子，这都一点多了，快先吃了饭再说。"

一旁的得旺表叔坐在床上，双手抱着头叹了口气说："这情形，我吃不下。医院不及时给做手术，万一留下点残疾，可是孩子一辈子的大事啊!"

"你不吃饭就管用了？不吃饭孩子的腿就好了？先吃完饭，慢慢想办法。"父亲说。

"我要吃包子。"这时小东说。可能护士给他输的液里有止疼药，现在不太疼了，也饿了。

我给小东拿了两个包子，也给自己拿了两个，和小东一起吃着。

父亲也递给得旺表叔两个包子，坐在床上，一边吃一边说："吃完饭，我去找找他立云姑，她虽然是这个医院的儿科大夫，不是外科大夫，不过同在这个医院里，总应该有一些门路。"

得旺表叔一听这话顿时看到了希望说："那太好了，这回小东的腿有救了。"

父亲沉默了片刻说："立云虽说跟我是叔伯兄妹，可毕竟不是亲妹妹，人家愿不愿帮咱们也不一定，不过现在这种情况，也只能去找她试试看了。"

得旺表叔听父亲这么一说，又沉默了……

"三光哥，游戏机咋坏了？"小东吃了一个包子，就又想玩游戏机，可是拿起来，按哪个键屏幕都不显示了。我拿过来看看说："没坏，是没电了，一会儿我去买几节电池就行了。"

父亲这时对我说："我去找你立云姑，你就在这里吧，万一有啥事，也好给你表叔帮把手。"我应了一声，父亲就出了病房。

得旺表叔依然坐在床上，双手抱头，一会儿抬头看一眼小东就叹一口气。

能看出来，这件事确实难住了这个庄稼汉。不过从我记事起，得旺表叔就是这样的性格，不管他家里的大事小事，都是来找我父亲处理，这似乎已经成了习惯。其实这也是有原因的，我也是经常听父亲说起当年那些往事才知道的。爷爷奶奶去世以后，父亲和二叔就来到了赵庄跟着舅姥爷一起生活。舅姥爷是退伍军人，在解放战争时被炸弹炸掉了一条腿，虽然部队给他安排了很好的工作，他却坚持回到了农村，干起了村书记，还娶了赵庄最好的一位姑娘成了家，之后就生下了得旺表叔。舅姥爷虽然是一条腿的村书记，可是带领大伙搞生产，修河道，并不比别的村书记差，所以在赵庄也树立了一些威望。"文革"开始后，因为他是抗战英雄，也没受到过多的冲击，只是暂停了他的村书记的职务。也就是在这个时候，舅姥爷主动收养了这两个无家可归的外甥，当时父亲和二叔都是十几岁的孩子，又都是"壮饭"的年纪，自然受到了赵庄部分人的反对。即使这样，舅姥爷还是把父亲和二叔当成自己的孩子来养。俗话说，穷人的孩子早当家，父亲和二叔自然也没让舅姥爷失望，家里啥脏活累活也都抢着干，没过几年，父亲和二叔就成了这个家庭的主要劳动力。眼看着兄弟俩都成年了，舅姥爷托人把父亲和二叔都安排到了镇上的拖拉机站学习，之后又给兄弟俩安排亲事，先后给兄弟俩办了婚事，成了家。当然，舅姥爷为父亲和二叔的付出，也离不开一个贤内助的支持。听父亲说，舅姥娘也是一个特别心善、贤惠、知书达理的女人，待他们兄弟俩跟亲生的孩子一样。"文革"结束后，舅姥娘甚至想让父亲和二叔在赵庄安家落户，但是舅姥爷还是觉得让他们兄弟俩认祖归宗的好，就这样父亲和二叔才又回到了李村。只是没过几年，舅姥娘就因胃癌去世了，在舅姥娘得病期间，父亲和二叔也是轮流在病榻前照顾。那时得旺表叔才十几岁，所以舅姥娘临终前一再叮嘱父亲和二叔，要照顾好得旺表叔，一定要让得旺表叔成家立业。父亲和二叔一口答应了。舅姥娘去世以后，舅姥爷的身体不如以前了，因此家里的光景也一年不如一年，得旺表叔可能是从小被舅姥娘惯坏了，整天游手好闲的。所以每逢麦收、秋收，父亲和二叔都是先去赵庄帮舅姥爷家忙活完了，再回来忙活自己家的。后来又好歹给得旺表叔找了个外地的媳妇，整个婚事也是父亲和二叔兄弟俩一手操办的，没让舅姥爷操一点心。得旺表叔虽然是舅姥爷的亲生儿子，但性格却一点都不像舅姥爷，倒是父亲的性格脾气更像舅姥爷。得旺表叔自从成了家以后，父亲为了锻炼他，不再主动去赵庄帮舅姥爷家干活了（这也是舅姥爷的意思）。即使这样，只要他家一有啥事，得旺表叔还是先来找父亲，久而久之就成了一种习惯。父亲对这种依赖，从未有过怨言，都是尽全力而为。每当父亲说起这些，总是感慨地说："这也算是报了你舅姥爷对我们兄弟的养育之恩，也是完成了你舅姥娘临终前的嘱托了。人啊，千万不要忘本啊！"

"三光哥，游戏机，还能玩吗？"小东躺在床上问。

"哦，我到下面去买几节电池，你等会儿哈。"说完我就出了病房，下了楼，来到了医院的外面。我四处看了看，医院旁边正好有一家小卖部，我直接进了小卖部，老板是一位六十多岁的老头儿，头发已经半白。我说买三节5号电池，老板从货架上拿了三节电池，放在柜台上，我问多少钱？老板说："四毛钱一节，正好一块二。"我一摸裤兜，一看就一块钱，正在我犹豫之时，忽然听到一个女孩对老板说："刘爷爷，买一盒石林烟，还有他的电池一起算上，您看多少钱？"

我抬头一看，原来是立云姑的女儿——张君妍，也就是志彬的表姐。她和志彬跟我都是同岁，只是生日比我们都大。她每逢暑假和寒假都会来李村看她姥姥，在志彬家里住上一段时间，所以我们并不陌生。

张君妍没等我说话，她就用带有城市味的普通话质问我说："李志远，你来城里，也不来找我玩，这也太不够意思了吧？"

"我到城里又不是来玩的，再说了，我知道你家在哪儿啊？"我有些窘迫地说。

张君妍自然地笑了笑，露出两排洁白又好看的牙齿，对我说："不和你开玩笑了，我知道你不是来玩的。你爸在我家呢，我家没人抽烟，所以我爸让我出来买烟。"

没等我说话，店老板在柜台里面说："君妍，烟和电池一共不到五块钱。"

君妍把五块钱放在柜台上说："刘爷爷，不用找钱了，您再给我拿几根扎头发的皮筋。"

"好的。"老板一边回答一边把东西放在柜台上。

君妍拿着买的东西对老板说："那我们走了，再见刘爷爷。"

老板也说了声"再见"，我们就出了小卖部，走在城市的大街上。过了午饭的时间，路边的地摊已没那么热闹了，加上正是午休时间，街上的行人也很稀少。

君妍微笑着把三节电池递给我。我有些不好意思地接过来，想说句"谢谢"，可张了张嘴也没有说出来。君妍好像看出了我的意思，笑着说："几节电池不用跟我客气。"

这下我更不好意思了，只好把话题岔开问道："你跟那小卖部老板很熟吗？"

"嗯，刘爷爷原来也是这医院的医生，退休以后就在这里开了家小卖部，我们家经常在他这里买东西。"

21

我自然地"哦"了一声。在她说话的时候，我才仔细地打量了一下身旁这个既熟悉又亲切的女孩。她扎着过肩的马尾辫，头发又黑又亮，上身穿了件红毛衣，没有穿外套，下身穿一条蓝色的运动裤，脚上穿一双白色的运动鞋。穿着虽然很随意，但看起来格外精神，个头也没有我高，可说话的语气已然有一股成熟女孩的气质。

"你和大舅来医院做什么？刚才大舅一到我家，我妈就让我下来买烟了。是谁生病了吗？"君妍问。

"我表弟被车撞了，腿断了，需要做手术，可是又说大夫没上班。"我说。

"嗯，是的，一些主要大夫过完元宵节才上班的，我爸妈也没上班呢。"

"哦。所以我爹才去你家，看看你爸妈有啥办法。"

"这不好说，我爸妈虽然也是医院的大夫，可是都不是骨科的。"

"……"

君妍见我无语，又说："不过也不是一点希望都没有，一个外科主任跟我爸平时关系不错，他就是专门做这种手术的。"

"哦，那太好了！"我说。

君妍好像意识到自己多话了，举了举手里的烟说："我先回家了，再不回去我妈就该训我了。"

我"嗯"了一声。

君妍走出了七八步又回头问道："你表弟在几楼住下的？"

"三楼，11号病房。"我说。

君妍点了下头，转身走向医院后面的家属楼。

第4章 走门路

父亲是大约半小时后回来的。父亲回来的时候,我并不在病房里。

我把安好电池的游戏机交给小东,陪他玩了一会儿,感觉肚子不太舒服,就出来到一楼上了个厕所。

出了厕所,刚要上去,就看见父亲正从一楼的电梯里出来。父亲看到我说:"走,咱得回去一趟。"

"回去?回哪里呀?"我问。

"回你舅姥爷家拿点东西去。"

"你跟我表叔说了吗?"

"说了,说了。"

父亲看起来很着急的样子,我就没再多问,便跟着他上了拖拉机。

拖拉机开得比来的时候快了很多,因为怕震坏了小东的腿,父亲才没开太快。所以这次不一会儿就到了赵庄。舅姥爷家是五间土坯房,听父亲说,这还是他和二叔在赵庄时帮衬着盖的。

拖拉机停在了舅姥爷家门前。我们刚下车,表婶听到拖拉机声音就迎出来了,急忙问父亲:"立业哥,咋样了?小东咋个样了?"

"进屋说。"父亲一边进屋一边说。

我们直接进了舅姥爷的屋子。舅姥爷半躺在土炕上,看到我们进去,就要拿拐杖硬撑着想下地,被父亲拦下了。舅姥爷也是连忙问父亲:"立业啊,小东咋样了?"

父亲扶住舅姥爷说:"您坐着,别着急,慢慢听我说。"

父亲坐在炕沿上把小东进医院后的情况说了一遍。说到去找立云姑的时候,父亲说:"他姑和他姑父倒是很上心,说一个外科主任跟他们关系不错,就是专门做这样的手术的,只是这不是上班时间,空手去找人家不

23

太合适。我就问他姑父,人家稀罕啥?他姑父说人家常年在城里,烟酒肯定不稀罕,最好拿点土特产,或者农村过年吃的就行。比如自家蒸的年糕、家养的母鸡,地里打的小米和黄豆之类的。他姑父说这些花钱少,人家又稀罕。这不我赶回来,看看咱家能凑齐这些东西不?"

舅姥爷听完点点头对表婶说:"小东娘,你看家里有啥?让你立业哥带上。"

表婶说:"家养的母鸡好办,小米也有。就是黄豆去年种得少,咱们自个儿都吃了,年糕也吃的没几个了。"

父亲说:"那就好办了,俺家没人爱吃黄豆,还有一袋子,年糕也不咋吃,一会儿回去拿上就行。"

舅姥爷又说:"立业啊,你看只带这些东西能成吗?今早撞死的那只羊已经找人拾掇出来了,要不再带上点羊肉,咋样?"

父亲想了想说:"也成,如果用不上就给他姑家留下,毕竟人家给咱帮忙了。"

"那就这吧。"舅姥爷又对表婶说,"小东娘,快给你立业哥收拾东西去吧,好让他尽快赶回去。"

表婶答应一声出去了。

舅姥爷从炕头的被子底下摸出了一千多块钱,递给父亲说:"做手术可不是花小钱,立业,你把这钱带上。"

"舅,我带着钱呢。"父亲说。

"你带的是你的,再说万一不够也好应急嘛。"舅姥爷还是把钱硬塞给了父亲。

父亲只好把钱接了,揣到衣兜里,然后又和舅姥爷说了几句宽慰的话,我们就出了屋。

这时表婶已经把两只老母鸡、十斤小米,还有十斤羊肉准备好了。我和父亲把东西拎到车上,发动起拖拉机就离开了赵庄。路过李村时又回家让母亲弄了十斤黄豆和二十个年糕一起带上。母亲一边收拾东西一边打问小东的情况,父亲就简单地说了一遍,母亲一听要做手术,知道我们五六天回不来,所以另外又给我带了床被子、一个脸盆,还有平时吃饭的用具。然后我和父亲就又赶往市医院。

拖拉机出了李村没多远,迎面看到赵五百骑着一辆嘉陵摩托车驶过来，后座上还带着一个烫了一头鬈发的女人，看起来有二十二三的年纪，穿着挺时髦。

由于路比较窄，赵五百不得不把摩托车先靠路边停下，他却没下摩托车，只是一脚撑在地上，朝我们摆了摆手，示意让我们先过去。

父亲放慢了车速。经过他们时，父亲随意问了句："老赵啊，你这是干啥去？"

赵五百用手指了指他后座上带着的女人说："这不是刚给你那堂兄弟李小满弄了个媳妇，要上小满家里去看看，行的话，就给小满留下了。"

父亲一听就半开玩笑地说："你少伤点天理吧，这是又从哪里骗来的人啊？"

赵五百嬉笑着说："这话说的，我这是办好事，咋能说伤天理啊？"

父亲笑了笑，没再说什么，一踩油门就驶过去了。我在拖斗上看着赵五百骑摩托车带着那个女人进了李村。

赵五百也是赵庄人，论起来还是志彬的表舅，因为他和志彬他娘是姑表亲。赵五百不是他的真名，而是外号，他的真名叫赵富利。

我和父亲到医院的时候已经是下午四点半了。父亲让我在外面看着车上的东西，他自己进了医院。

太阳西落，把人影拉得很长很长。路边的小吃摊又开始忙活起来，各种香味弥漫着。我一个人看着这陌生的景象，有些无聊。可惜回家忘了把那本没有看完的《风云第一刀》带上，游戏机又让小东玩着。现在只能四处张望，看看有没有让我感兴趣的东西。看了半天也一无所获。正在我失望的时候，看到张君妍和几个女孩从街那边走过，她也看到了我，她于是和那几个女孩嘀咕了几句，那几个女孩就先走了，她则背着手，穿过大街朝我走过来，走到跟前笑着问："你一个人在这里干吗？"

"看车。"我说。

"看车？"她有些疑惑。

"不……准确地说，是看车上的东西。"我解释着。

她踮起脚尖看了看拖斗里面的东西，好像明白了我的意思。

"你去干吗了？"我随便问了句。

"我和几个同学去图书馆看了看。"

"哦，图书馆在哪儿？离这儿多远？"

"不远，就在另一条街的北边。"

"图书馆卖书吗？"

"基本不卖，可以借书。我就借了两本书。"她背着的手伸出来，手里原来拿着两本书，一本是三毛的《梦里花落知多少》，还有一本《青年文艺》。

"城里就是好啊！想看啥书可以借啥书。"我有些羡慕地说。

"你不是也挺喜欢看书的吗？"她问。

"嗯，不过农村也没有啥好书看，我总是在集市的书摊上淘一点旧书和盗版书来看。这次来得匆忙，也没带本书，不然就不会站在大街上看人玩了。"我说。

君妍笑了笑，犹豫了一下说："我给你留一本吧，你自己选一本，还是我给你推荐一本？"

这下我反倒开始犹豫了，只能说："你随便给我一本就行，反正我就是为了解闷。"

"好吧，三毛这本我自己先看，那就给你这本杂志吧。"她说着就把那本《青年文艺》递给了我。

我接过来一边随意地翻着，一边说："这下好了，不用傻站着看人了。"

她诡异地笑了一下说："那你看吧，我先回家了。"说完转身就向医院家属楼走去。

我也没多想，就低头翻起书来，忽然看到一篇题为《青春梦走在路上》的文章，作者的名字也是张君妍。我立刻举起书，向她的背影喊道："这篇文章是你写的吧？"

她回身笑着说："这么快你就看到了，那就多多指教吧。"说完转身跑远了。

我的目光又回到杂志上，仔细看了一遍那篇文章。那是一篇精致的小散文，通篇洋溢着一股青春的气息，辞藻华丽而不陈俗，只是思想有点浅显，不过已经是一篇很好的青春散文了。

然后我又看了几篇别的文章。父亲就一手端着一碗菠菜汤一手拿着两个馒头下来，递给我说："上医院食堂打的饭，我们都吃了，你也快吃，吃完了和我上你立云姑家一趟。"

"我去干吗？"我问父亲。

"你不去，这么多东西，我一个人咋弄？"父亲说。

我"哦"了一声便开始吃饭。等我吃完后，就和父亲提上那些东西往医院的家属楼走去。

天色已黑，道路两旁的路灯早已亮起。一座座楼房上面的窗口也都亮起了灯光。家属楼在医院的后面，一共有五排楼房。我和父亲走过两排楼房，来到第三排的楼下，直接上了二楼，到了二号门牌前，父亲敲了敲门，立云姑开门热情地招呼我们进屋，并让我们把东西先放在门口就行。我和父亲进了客厅，看来他们一家三口也是刚吃完饭，在看电视。立云姑父也赶快站起来招呼我们坐下。立云姑端出一盘瓜子和两个苹果来，让我吃，我推脱说刚吃完饭，吃不下，立云姑就将盘子和苹果放在茶几上一同坐下了。君妍好像一直在专心致志地看电视，只是我们进屋的时候看了我们一眼，然后立刻又把眼睛转向了电视机。电视里正在播放孟飞版的《雪山飞狐》。

父亲跟立云姑和立云姑父客套了几句就把话题转移到小东的事情上了，又让他们看看带的东西行不行。他们看过后说已经很好了，只是立云姑问那十斤羊肉是怎么回事，父亲就说是给他们的，立云姑说那可不行，不过既然带来了就一起给王主任吧，没准人家稀罕呢。父亲无奈，也只好听从了立云姑的安排。这时立云姑父说："那咱们去吧，再晚人家万一休息了就不好了。"于是他们三人提上东西就准备出门。立云姑对君妍说："妍妍，我们和你大舅去你王叔叔家一趟，你和志远在家好好看电视。"君妍扭头答应着："嗯，知道了。"然后房门一关，房间里就只有我和君妍两个人了。

我从怀里掏出那本《青年文艺》说："还给你。"

"这么快就看完了？"君妍有些惊讶地问。

"没有，还有几篇文章没看，我翻了翻也不怎么好看，再说这是你借的，我怕弄旧了。"我说。

"没关系的，旧了，大不了买下来就是了。"她一脸笑容地说，好像和刚才换了个人似的。接着又问我："我的文章怎么样？提点意见呗。"

"我可提不了啥意见，我觉得已经很好了，反正我是写不出来。"我说。

"真的？"

"当然!"

"其实你也可以写的,跟写作文没什么区别。"

"我?从来没想过。在农村读课外书也没那么方便。"

这时电视剧已经播完一集,电视机里响起了《追梦人》的片尾曲。君妍却把电视机一关,对我说:"到我房间看看怎么样?"

我犹豫着,不知道咋回答。

"哎呀,你客气什么呀!"说完拉着我的衣袖就往她的房间走。

这是一间非常精致而整洁的房间,墙角是一张红木的单人床,粉色被褥整齐地叠着,白地红花的床单,床边是一张红木书桌,书桌上放着几本书和一台双卡录音机。另一边墙角是一个粉色的书架,书架上排列着很多中外名著。白色的墙上贴着港台歌星的贴画。

"怎么样啊?"君妍靠着书桌歪着头笑着问。

"太阔气了,这简直是公主的待遇了!"我赞叹道。

"一般般了,我们同学有很多的房间比我这大多了。"她说。

"真是不能比啊,要是比起来,我们这样的那就没法活了。"我说着走近她的书架。书架上的书多半是我没有看过的,比如,《朝花夕拾》《骆驼祥子》《童年》《在人间》《我的大学》《简·爱》《子夜》《家》《雷雨》《围城》《哈姆雷特》《堂吉诃德》《歌德谈话录》《巴黎圣母院》《安娜·卡列尼娜》《复活》《普希金诗选》《泰戈尔诗选》,等等。不过最让我惊喜的是一套崭新的路遥的《平凡的世界》,我抽出来说:"没想到,你这里有这套书啊!"

君妍看了一眼说:"哦,那是去年老爸给我买的,我还没看呢,你看过?"

"没有,我只是在《读者》上看过路遥关于这本书的创作笔记,当时就非常想看看这本书。"我说。

"那你先拿去看吧,反正我现在不看。"她说。

"不过,我不知道能在这里待几天,我还是先拿第一部吧。"

"也行,你要是这几天不回去,我可以把后面两部给你送去。"

"那太好了!谢,谢谢啊。"我有些结巴地说。

"不用客气。"她自然地说。接着她拉开书桌的一个抽屉说:"来,看看我今年给自己的新年礼物。"

我走过去一看，里面全是花花绿绿的磁带，我惊叹道："你哪来的钱买这么多磁带啊？"

"过年爷爷奶奶给的，而且老爸说只要我考试成绩好，我买什么都可以。"她边说着边拿出一盘磁带放到录音机里，按下播放键，一段熟悉的旋律在房间里回荡开来，她也跟着旋律一起哼唱起来：

> 那年的夏天我们都是十七
> 想飞的日子总是有风有雨
> 为何会流泪谁也弄不清
> 也许只是太年轻
> 总是想知道世界还有什么
> 流浪的感觉也许才是人生
> 日历终究一本换过一本
> 不知不觉夜已深
> 今天过了不会再有一个今天
> 十七岁也不会再有另外一次
> 没人能为我换回青春
> 没人能替我走完人生
> 我知道该拿出勇气面对未来
> 也许我不敢面对的只是自己
> 有你的祝福有你的爱
> 我会找回自己……①

"这是苏有朋的《勇气》吧？"我一边翻书一边随口问了句。

"对呀，你也喜欢听歌吗？"她有点兴奋地问。

"不，我不咋听歌，不过我倒是经常听向阳唱歌。"我说。

"向阳？就是那个和我妈一样，随娘改嫁到你们村，很调皮的男孩吧？"

"对，就是他，不过他唱歌确实很好听。"

"是吗？那再去你们村，一定要听听他唱得怎么样。"

"随时欢迎。"

29

"我去住姥姥家，用你欢迎什么？"

"好吧，那不欢迎？"

"你……"

"刚才你说啥？你妈和向阳一样，你是咋知道的？"

"先是从我姥姥跟我妈对话时听到的，后来是帮家里收拾屋子，发现了我妈以前的一些东西，有日记，还有初中时的奖状和毕业证，后来我就问我妈是怎么回事，我妈就跟我说了。怎么，你不知道吗？"

"我还真没有听谁说过。"

"是吗？……"

这时我听到外面有开门的声音，我赶快把书揣到怀里，来到客厅。君妍也迅速关掉了录音机，来到客厅。她拿起茶几上一个苹果，咬了一口，坐在沙发上。

立云姑和姑父还有父亲正好进门。我听到父亲说道："这就好了，看样子王主任是答应了。"

"是啊，我们也没想到人家这么痛快就答应了。"立云姑说。

"我想，明天上午他们会诊一下，没有意外的话，下午就可以手术了，这又不是多复杂的手术。"立云姑父说。

"那太好了。"父亲说完，紧接着又说，"那没啥事，我们就先回去了。"

"再坐一会儿吧，回去又没什么事，天也还早。"立云姑说。

"不了，这两天我和三光也忙活得不轻，回去早点歇着了。"父亲说。

"立业哥，志远都成大小伙子了，你还三光三光的，你看志远都比我高了。"立云姑摸着我的头说。

"在家叫小名叫惯了。"父亲说。

这时我看到君妍正吃着苹果低头偷笑呢。

然后父亲又和姑父客气了几句，我们就出了他们家。

走在城市的街上，抬头看看城市的夜空，满天的星光闪烁，一轮盈凸月和城市的路灯一起照出了我和父亲的影子。

"爹，立云姑和立本叔不是亲兄妹吗？"我问。

"你咋知道的？"父亲诧异地问。

"刚才和君妍聊天，聊到了向阳，君妍说，立云姑和向阳一样，也是随娘改嫁到李村的。"我说。

父亲叹了口气说:"唉,说起来,这都是上一代人的事了,你二爷爷的第一个媳妇生下你立本叔之后,没多久就死了,直到你立本叔十二岁那年,你现在的二奶奶才带着你立云姑进了你二爷爷的门,那时你立云姑才九岁。也许都是苦命人的原因,两个人都把两个孩子当成自己的孩子来对待,特别是你二爷爷,没让你立本叔上高中,却让你立云姑一直上完高中,你立云姑在上高中之前才把原来的名字商淑云改成了李立云。"

"哦,这些事我咋一点也不知道?"我问父亲。

"你们这个年龄的人不知道很正常,自打你立本叔当上村书记以后,村里也很少再有人说起这事了,加上你立本叔和你立云姑相处得又和亲兄妹一样。你二爷爷去世以后,你立云姑每年清明节都会回去给你二爷爷上坟,这也能看出你立云姑一直记得你二爷爷对她的养育之恩啊!"

说话间,我和父亲已经走到了医院的楼下。

父亲仰起头,看着渐满的月亮,说:"再过几天就是正月十五了。"

我"嗯"了一声。

父亲又说:"看来这个正月十五要在医院里过了。"

---

① 《勇气》作词:陈大力,作曲:陈大力/陈秀男,演唱:苏有朋。

第5章 人民广场的烟花

小东的手术真的像立云姑父说的那样顺利地进行了。

第二天上午一个自称王主任的大夫和其他几位大夫来到病房检查了一下小东的腿说问题不是很严重,就出去了,不一会儿一位护士进来通知准备下午手术。

得旺表叔的那张丧气又愁苦的脸终于舒展了一些。父亲也松了一口气的样子。

下午小东进手术室之前,医生让家属签字,得旺表叔看了看父亲,父亲说:"没事,签吧,这只是一道手续。"得旺表叔的手抖动着签了字。小东被推进了手术室,我们爷儿仨就坐在走廊的长椅上等着。得旺表叔一会儿双手抱头,一会儿站起来走几步就又坐下。父亲说到医院外边抽会儿烟,离开过两次。我则翻着那本《平凡的世界》沉浸在孙少平和孙少安这兄弟俩的故事里,我似乎看到了那个时代下农村的众生相。其实李村又何尝不是从那个年月过来的呢?那些人物都是那么熟悉,我好像都能从李村找到对应的人物和事件。

过了两个多小时,手术室的门开了,几位护士把小东推出来。王主任和几个大夫也跟着出了手术室,王主任摘下口罩说:"手术很成功!在医院观察几天就可以出院了。"

父亲和得旺表叔一个劲儿地说"谢谢!"王主任说:"这是应该做的。现在孩子还在昏迷,过一会儿才能醒过来。等麻药劲过去,刀口可能有点疼,千万别让他乱动,要是很疼的话,就叫护士。"说完就和几个大夫离开了。

父亲和表叔都一一答应着,然后护士们就把小东送进了病房。

晚饭后,小东苏醒过来。表叔给小东喝了点小米粥,不一会儿小东就又睡着了。

"立业哥,你看头正月十五能出院不?"表叔问父亲。

"够呛,这得听医生的,要求早出院也行,可是万一出点问题就麻烦了。"父亲说。

"那、那怕是带的钱不够吧?"表叔又发起愁来。

"嗯,住院时交了一千元的押金,虽然我这里还有一千来块,可是不敢说一定够出院的。"父亲说。

"那咋办啊,哥!"表叔一屁股坐在床上双手抱头说。

"你先别愁,我明天出去一趟看看消防队那边有什么说法。"父亲说。

"消防队撞了人能有什么说法?"我好奇地问。

"去看看再说,没准能……"没等父亲说完,小东被刀口疼醒了,看来麻药劲过去了,一直喊疼。父亲又叫来了个护士,往输液瓶里加了一支止疼药。护士给小东测量了一下体温就出去了。小东一会儿又睡着了。父亲说:"不早了,咱们也睡吧。"

第二天,父亲吃过早饭就出去了。

看着小东没啥事,我就出了病房在走廊的长椅上看书。过了大约半小时,终于把《平凡的世界》第一部看完了。就在我起身想活动一下时,忽然看到君妍坐在另一张长椅上看着我笑呢。

"你啥时来的?"我问。

"来了有一会儿了。"她站起来说。

"咋不叫我呢?"

"你看得那么入迷,我怎么好意思打扰啊。"她俏皮地回答着。又从背后拿出了《平凡的世界》后两部说:"给,我想你应该差不多看完了,就把这两本拿来了。"

"嗯,刚看完。太好了,这两天又有得看了。"我高兴地说。

"你这两天还回不去吗?"她问。

"不清楚啊,应该回不去吧。"

"哦。"她把书递给我。

我接过来,把第一部还给她说:"这本书你也应该看看,是非常好的一本书。"

"是吗?那有空得看看。其实我翻过几页,不过当时看不下去,可能跟我的生活有点距离，加上有别的书看着，就一直没看。听你这么一说，我真得好好看看了。"

"嗯，是和你的生活有段距离，但是我觉得，了解上一代人的生活境遇，对我们的思想认识和成长都是有帮助的。"

"哦？看来你对这本书理解得够深刻的嘛，你可以写一篇读后感了。"

"不是，我只是说了一点我的感触。你要是看完了，肯定比我理解得更多。"

她还没来得及说话，就看到父亲带着一个穿西装的中年男人从楼梯口走过来。

"君妍啊，你咋来了？"父亲走近了问。

"大舅！我过来给志远送两本书，让他解闷。"君妍笑着说。

"哦，那你们聊，我和这位叔叔进病房看看小东。"父亲说完就和中年男人进了病房。

"大舅回来了，我先走了，有空我再来哈。"君妍说着向我摆摆手就走向楼梯口。

我也向她摆摆手，看着她下了楼梯，我便进了病房。

原来那个中年男人是消防队的一位小领导，是专门来看小东的伤情的。小东住院的所有费用全部由消防队承担，消防队领导还特意派了个副手跟父亲过来看望一下小东，另外又留下了一千元的赔偿金。然后中年领导客气地问了几句小东的伤情，就离开了，临走时给父亲留了个电话号码，说什么时候出院就什么时候给他打电话，他过来办出院手续。父亲和表叔自然客气了一番，高兴地把人家送走了。

这样把钱的问题解决了，表叔和父亲也松了一口气，接下来就是陪小东安心住院了。

转眼两天过去了。除了陪小东玩玩游戏，几乎没我什么事，正好看书。

又一天早饭后，王主任一个人来看望小东手术后的情况。说伤势好得很快，再过几天就可以出院回家静养了。王主任临走时掏出三百块钱放在病床上，对父亲说："那些东西我留下了，但是算我买的，当时不收，怕你们不安心，现在孩子好了，你们也可以放心了。别说我和老张的关系，医生治病救人也是应该的。"

父亲虽然再三推让，王主任还是把钱留下走了。

父亲把钱递给表叔。表叔说："你先收着吧，等小东出了院再说。"

"也行。"父亲把钱揣到衣兜里，又对我说，"明天就十五了，你在这儿也没啥事，你明天上午就回去吧，过完十五也开学了。你回去跟你娘说我得等小东出了院才能回去。"

"嗯，行。"我答应着。

这时立云姑和君妍推门进来。立云姑还提着一大袋苹果，笑着说："这些天也一直没来看看小东，今天正好买了点苹果，过来看看。"

"都是自家人，哪来那么多事啊。再说要不是你们帮忙，也不会这么快做手术。"父亲客气地说。

"立业哥，这你就见外了，这不是应该的嘛。让小东多吃点水果，补充营养，好得快。"立云姑说着把苹果放在小东的床头又说，"今晚你们别打饭了，晚上我包饺子，立业哥，你和志远上我那儿吃，回来给他们爷儿俩带回来点就行。"

"这多麻烦啊，我们随便打点饭吃就行了。"父亲说。

"那可不行，我都准备好了。再说了，你们几时有空到我这儿吃饭啊，今晚必须去哈。"立云姑像命令似的说。

"那好，我们去。"父亲看推脱不过，只好答应下来。接着对立云姑说了王主任送钱的事。

立云姑说："送来就送来吧，你们就别管了，以后我们在医院指不定谁用着谁呢。"接下来就跟父亲唠起家常来。

我和君妍就出来了。我把看完的书还给君妍。

"你这么快就看完了？"她惊讶地问。

"这两天没啥事，一直在看，这真是一部好书，你真的应该看看。"我说。

"我会看的。晚上人民广场放烟花，还有花灯，你……"没等君妍说完，立云姑就出了病房，父亲和得旺表叔也跟着出来送立云姑。

彼此又说了几句客套话，君妍就跟着立云姑下楼了。

傍晚五点多，我就随着父亲去了立云姑的家里，去之前父亲上那家小卖部买了两瓶酒。

到立云姑家的时候，立云姑和君妍正忙着下饺子。姑父招呼我们坐下，就到厨房端了几个菜，又拿了一瓶酒，虽然父亲再三要拆带来的酒，姑父也没让拆。姑父倒了两杯酒，他和父亲一人一杯，边喝边聊了会儿天。不大工夫，立云姑和君妍端出了热气腾腾的饺子，然后一起入座，开始吃饭。

饭间，立云姑问一些李村的人和事，父亲都一一回答着。

君妍是第一个吃完的。她见我也快吃完了，就对立云姑说："妈，我去人民广场看烟花了。"

"你等志远吃完了，带他一起去看看。"立云姑说。

父亲刚要阻拦，立云姑又说："志远难得来一回城里，又正好赶上过节，让他跟妍妍去看看热闹吧。"父亲也不便再说啥了。

我赶紧放下筷子说吃饱了，就跟着君妍出了门。

几天没有出医院，城市的大街变化了很多。道路两旁都挂上了各式各样的花灯，照得路面和白天一样。街上的人也渐渐多起来，有大人、有小孩、有学生，也有情侣，应该都是赶往人民广场的。

君妍一路都不怎么说话，只是哼唱着几首孟庭苇的歌往前走着，见了熟人就打个招呼。

我们没等到人民广场，烟花已经在夜空上一个接一个绽放开来。聚集在广场的人们纷纷抬头观望并欢呼雀跃起来。

"好看吧？"君妍问。

"嗯！"我回应着。

"那我们就不进广场了，走近了反而更看不清楚。"

"随便。"

我们就在广场的铁护栏外边一人靠着一棵大树，看着烟花一束一束地飞上夜空，然后绽开，又消散、坠落、消失……

"不是明天才是十五嘛，咋今天就放烟花啊？"我问。

"连放三天，今天是第一天，一次十五分钟左右，明天时间可能会长一些。"君妍说。

"可惜明天我就看不着了。"

"你明天就要回去吗？"

"嗯，明天上午回去，过完十五，准备一下就开学了。"

"嗯，我过两天也要开学了。"

……

很快，烟花就燃放结束了。人们开始三三两两地走出广场。在不远的人群中，我忽然看见了春兰姐的身影。我对君妍说："你在这儿等会儿。"没等君妍反应过来，我就已经跑到春兰姐跟前了。

"春兰姐！"我叫道。

"三光？这么远你也来城里看烟花？你一个人来的吗？"春兰姐看到我有些惊讶地问。

"不是，我和爹来城里已经好几天了，一直在市医院里，没咋出来，也没去找你。"我说。

"你和大伯在市医院干吗？家里出啥事了吗？"春兰姐着急起来。

"没有，是得旺表叔家的小东被车撞断了腿，我和爹给送来的，就一起留下帮忙陪床了。"

"哦，现在咋样了？"春兰姐平缓了一下问。

"已经动完手术了，没有意外的话再过几天就出院了。"

"哦，那我明天上午抽空去市医院看看。"

"明天上午我就回去了，回家过完十五准备开学，不过爹还不回去。"

"嗯，回去跟大娘说，我十五就不回去了，等清明节再回去，别让她惦记我。"

"行！"我答应着。我这才发现春兰姐也不是一个人来的，旁边有五六个和她一样大的女孩说笑着围拢过来，后面还都跟着几个男孩（准确地说有的已经是"男人"了），而且家兴叔家的小艳也在那几个女孩当中，只是她化了很浓的妆，我都快认不出来了。

"春兰，要不我们先走了，过会儿你去找我们？"其中一个女孩说。

"别急嘛，马上就好了。"春兰姐对那个女孩说，接着又对我说，"你出来，大伯知道吗？你自己认识回市医院的路吗？"她可能没看到君妍，才这样问的。

"知道，我认识路。"我回答。

"那好，你快回去吧，我跟她们……也回去了。"春兰姐说完就跟着他们一帮人说说笑笑地走远了。

我回身跑回到君妍身边，君妍一直靠着大树站在那里没有动。见我跑

37

回来，她问："那女孩是你春兰姐吧？"

"是呀。"我说。

"半年多不见，我都认不出她来了，她还跟你们生活在一起？"

"嗯，是的，我二叔出事以后，她和小兰一直在我家。不过，去年初中毕业后，春兰姐就来城里打工了，很少回家。"

"哦。她在城里干吗？"

"好像在百货商场二楼卖衣服。"

"卖衣服？我看着……不太像。"

"哦？哪里不对劲吗？"

"嗯……也没什么，至少那几个女孩不太像，还有那几个男的，感觉不是正经的年轻人。"

"你这么一说，我也觉得不太像了，那咋办？"

"你能咋办？再说我们也只是感觉。也许他们只是一起约出来看烟花的，和你姐不一定有太多交往呢。"

"希望是吧！"

"嗯，你不用担心，你姐都是成年人了，有权利选择她想要的生活。我们也干涉不了什么，对吧？"

"唉，是的！"我忽然感觉君妍比我这个乡下孩子的想法成熟得多。

"好啦，别想了，我们也该回去了。"她轻松地说。

我们走在回去的路上。这时候街上的人已经很稀少了，虽然各式花灯还一直亮着。

"城市的夜景真美啊！"我说。

"是吗？我没觉得。"她漫不经心地说。

"那是你已经看习惯了。"

"也许是吧。"她说完抬起头又说，"你看，好圆的月亮！"

我也抬起头看了看，一轮圆月高挂在夜空里，明亮如镜，还有点点星光闪烁着。

"还不是太圆，十五的月亮十六圆，今天才十四，后天才是最圆的时候。"我说。

"嗯，月亮每一天都在变幻，然而我们看到的变幻又只是表面。"她放慢了脚步说。

"你在说啥？是在说月球本身吗？"我诧异地问。

"没什么……我给你唱首歌好不好？"她转过头突然问我。

"嗯？好……好啊。"我有些慌乱地说。

她清了清嗓子，便开始低声唱起来：

　　圆圆的，圆圆的，月亮的脸
　　扁扁的，扁扁的，岁月的书签
　　甜甜的，甜甜的，你的笑颜
　　是不是到了分手的时间

　　不忍心让你看见，我流泪的眼
　　只好对你说你看，你看
　　月亮的脸偷偷地在改变
　　月亮的脸偷偷地在改变①

我边走边听她唱的这首歌，望着天上的月亮，心中有一种莫名的情绪涌上来，也不知是什么滋味……

不知为什么，我一听到歌声，就会想起向阳、想起志彬、想起山子，还有李村和李村的那些人。不知现在的李村又在发生着怎样的故事？

---

① 《你看你看月亮的脸》作词：安德烈，作曲：陈小霞，演唱：孟庭苇。

第6章 新媳妇与翻译

正月十五上午九点半左右,我已经下了公交车,来到了离李村不远的化工厂的生活区。

我本来想在医院里多待一会儿,等等春兰姐,想私下里问问她昨晚那些人是咋回事。可是父亲一再催我回来,加上志彬的游戏机又让小东玩没电了,我就谎称说游戏机坏了,于是拿着游戏机就被父亲送到了公交车站。临上车时父亲给我十六块钱,让我到家给小兰买个电动灯笼。我答应着装好钱就上了车,大约十分钟后我就下了车。

我走进了一家卖杂货的商店,八块钱给小兰买了个小花猪的电动灯笼。又花了两块钱买了六节电池,三节放在游戏机里,另外三节揣进衣兜,留着给小兰晚上打灯笼。然后出了商店我就往家走。

刚走进李村,我就又听到了向阳唱歌的声音:

咱们老百姓呀

今儿个要高兴

咱们那个老百姓呀

今儿个要高兴

咱们那个老百姓呀

今儿真呀真高兴[①]

原来向阳和志彬正好在村口我们经常齐聚的"老地方"。向阳靠着一棵树站着,志彬坐在水泥管子上不知翻着什么书。

等我走近了,向阳看到我就来了句:"哎哟,鬼子又进村了啊!"

"滚!我一来就没一句好话。"我没好气地说。

志彬合上书，是一本《故事会》，站起来问："你表弟咋样了？"

"没事了，医生说过几天就能出院了。"我说着把游戏机递给志彬，"走得太急就把它带上了，不过也多亏有它，那小孩儿一直靠玩它止疼，都玩没电了，我刚买了电池换上。"

志彬接过游戏机说："没事。电池我自己买就行。"接着把那本《故事会》递给我说："我看完了，给你了。"

向阳趁机把我手里的电动灯笼夺了过去，摆弄了两下说："你都多大了，还玩这东西？"

我一把夺回来说："你才玩这东西呢，这是给小兰买的。"

向阳嘿嘿地笑着转了个身说："鬼子回来了，翻译官还不来。"

"翻译官？谁是翻译官？"我不解地问。

"他是说山子。"志彬笑着说。

"山子？他咋成翻译官了？"我更不解了。

向阳也坐在了水泥管子上笑着说："你出去这好几天，李村发生了一个重大事件，你还不知道吧？"

"重大事件？我刚回来咋知道？快，说来听听。"我有些好奇。

向阳一拍大腿，模仿起单田芳来："话说，李村的光棍汉李小满，不知花了多少大洋，从赵五百那里搞了个年轻漂亮的四川媳妇，这对李小满来说本来是件美事，可是新媳妇说的是一口纯正的四川话，光棍汉是一句也听不懂，新媳妇倒是会写字，他却一个字都不认识，只好找到咱们的放牛娃王山子同学来当翻译。这下财迷鬼李修林不干了，说耽误咱们的山子同学放牛干活。光棍汉没办法，只好说以一天五块钱雇咱们的山子同学给他当几天翻译。就这样，李村的放牛娃一下升级成了翻译官。你说荒唐不荒唐？"

听完向阳评书式的一番讲述，我笑着说："我那天回来拿东西，正好遇上赵五百带着个漂亮女的进村，说是给小满叔弄的媳妇，这么快就成了？"

向阳说："嗨，当天下午就成了。"

"嗯，这是件好事呀，小满叔终于有了媳妇。再说山子也能过几天清闲日子，吃上几顿饱饭。"

"是啊，当翻译官总比当放牛娃吃的好喽。"向阳没正经地说。

41

"你少贫嘴吧。"志彬笑着说。

"我得先回家了，下午如果有空去看看新媳妇和山子。"我说。

志彬和向阳回应了一下，我就离开了他们，往家走。身后又响起了向阳的歌声：

咱们那个老百姓啊
高兴，高兴
今儿个真呀真高兴……

走到家门口就听到了小兰的哭闹声，我进屋后才知道小兰正在为正月十五没有电动灯笼在缠磨母亲。我马上拿出买来的电动灯笼哄小兰，她一下就停止了哭闹。

母亲说："还以为你不回来了呢。大十五的，人家都团团圆圆地过节，咱家就我们娘儿俩，显得冷冷清清的。"

我说："哪能啊，明天就开学了，我能不回来吗？"

接着母亲就问小东的手术咋样了，又问父亲啥时候回来。我都一一回答。最后我又说起碰见了春兰姐，说她十五不回来过了，等清明节再回来。

母亲又唠叨起来："也不知道工作咋就那么忙啊，大十五也不回家，别人家的孩子都欢天喜地地回来过节，咱家倒好，就咱娘儿仨过十五。"

我也不知道说啥，只好沉默以对。

母亲让我休息一会儿，上地里去捡两袋柴火，晚上下饺子用。于是我稍微坐了一会儿，就拿起袋子和镰刀下地去了。

路上没有碰见志彬和向阳，也许他们都回家了吧。

吃完午饭后，母亲让我带小兰出去玩会儿，她在家包饺子。我领着小兰出了家门，我问小兰想上哪里玩。她说要去看小满叔家的新婶婶，正好我也想去看看这位新媳妇，也看看山子这个翻译做的咋样，于是我就领着小兰往小满叔家走去。

说起小满叔，他也是我们本家的一个叔。

这还要从我爷爷那辈论起，我爷爷那辈是叔伯弟兄五个，我爷爷李广仁和志彬的爷爷李广义，还有五爷爷李广田是亲弟兄仨，另外还有两个叔伯弟兄，分别是李广茂和李广盛。小满叔就是李广盛四爷爷的儿子。要说起我爷爷辈的这兄弟五人的命运，也有点戏剧性。我爷爷是教书先生出身，算是半个文人，后来干了村书记。广茂三爷爷和广田五爷爷一样，都是当兵出身。广义二爷爷和广盛四爷爷是一直在家种地为生。

广盛四爷爷种地方面绝对是一把好手，也很能干，他自己就种了三十多亩田地，还娶了一个非常贤惠的女人。他家里的日子可以说是过得很不错的。小满叔出生以后，老两口儿对这个儿子非常宠爱，可以说是"冷处不搁、热处不放"。

"文革"一开始，就把广盛四爷爷家划成了富农，家里的田地也都归了公，一家人因为成分问题抬不起头来。然后老两口儿相继去世，留下了小满叔一个人过日子。由于小时候父母过度宠爱，再加上在生产队里吃大锅饭，养成了他好吃懒做的坏习惯，所以到了该成家的时候，根本没有谁家的姑娘愿意跟这个懒汉，就这样，把婚事给耽误了。

小满叔就成了李村唯一的光棍汉，日子也是穷得叮当响。直到李村旁边建起了化工厂和生活区，小满叔在生活区里面弄了个台球桌，那些工人一下班就来打上几局，打一局收两块钱。没想到小满叔靠这个营生，这几年也发了家，人也变得精神起来，去年又盖了五间新瓦房。

小满叔有个大号，叫李立民，由于他没上过学，这个大号也没有叫起来，所以村里的人一直叫他的小名。

我领着小兰到了小满叔的家门口，就听到里面闹闹哄哄的，进去一看，一屋子大人小孩正在闹新媳妇。志彬和向阳也在这里，特别是向阳也跟着大人起哄。当然，山子也在，他真的站在新媳妇旁边当着翻译。新媳妇坐在炕上很少说话，不过每说一句，站在一旁的山子就马上给做翻译。

小满叔四十多岁了，打扮得跟二十来岁一样，穿了一身新西服，打着领带，脸上更是乐开了花，正在忙着给大人递烟，给小孩拿糖。看到我们进去，也给小兰拿了几块糖，又给我，我没要，然后他就招呼别人去了。

我们在人群中看热闹。由于人太多，小兰挤不进去，我就抱起小兰来看新媳妇。

新媳妇确实年轻又漂亮，就是说起话来，我们当地人真的一句都听不懂。不过，通过大家起哄和山子的翻译，也大概了解了一点关于她的信息。她叫钱桂芝，二十二岁，上到初中，在外打过几年工，由于家里发生了变故，才被赵五百弄到了这里。

虽然听起来一切顺理成章，但是我总觉得哪里不对劲，一时又看不出来是哪里不对劲。

大人们开始问一些低俗的问题，对于这些问题，山子不好再翻译下去了。新媳妇似乎也听懂了那些问题的意思，把脸一沉，头一扭，一句话也不说了。顿时屋子里的气氛就不对味了。

志彬朝我和向阳一摆手，示意我们出去。向阳还不愿意离开，想看看下面情形如何发展，硬是让志彬拉着跟我一起出来了，小兰也跟着几个小孩儿一起跑出来。

我们走在大街上，向阳说："干吗不多看一会儿，多有意思啊。"

"有啥意思，不过是那些俗得掉渣的话题。"志彬掏出游戏机来玩着说。

"就你文雅，我们都是俗人，行了吧。"向阳没好气地说。

"那个新媳妇好像能听懂我们说的话。"我说。

"那又咋了？"向阳问。

"如果是这样，她上过学，还打过工，不可能一点普通话都不会说吧，那为啥只说纯正的四川方言呢？还让山子来当翻译，我总感觉不太对劲。"

听我说完，志彬也跟着说："对，这些问题，我也发现了，让山子来当翻译，肯定有她的目的。"

向阳说："她能有啥目的？再说让山子当翻译不是小满的主意吗？"

"那有可能是她故意不说普通话，才逼得小满叔这样做的。"志彬说。

"你俩想的也太多了吧，就算她有目的，山子也不可能永远给小满当翻译吧？明天就开学喽，山子的翻译生活就要结束了。"向阳刚说完，就传来了向阳娘的喊声："向阳！又是一下午不着家，快回来看着向辉，我包饺子。"

向阳答应着往家跑去。

接着志彬也说："都出来一下午了，我也该回家了。"

我"嗯"了一声，看着他们的背影走远，然后我从那群小孩中叫过了小兰，拉着她的小手往家走。

快到家门口的时候，看到一辆白色桑塔纳汽车驶过来，停在了我家门口的旁边。我就知道肯定是立新叔回来了。

　　立新叔是广茂三爷爷的儿子。广茂三爷爷也是老红军，不过他比广田五爷爷的运气要好，他在一次战斗中立了功，退伍后直接分配到了政府部门工作，退休后才回到村里生活。也许命运在给人一些眷顾的时候又会给人一些遗憾和打击吧。广茂三爷爷和三奶奶结婚多年，却一直没有孩子，直到老两口儿将近五十岁的时候才有的立新叔。老来得子本来是件喜事，但是由于三奶奶年龄过大，加上难产，所以虽然生下了立新叔，三奶奶却没能出手术室……

　　从此，三爷爷就开始了又当爹又当娘的生活，好不容易才把立新叔拉扯大。立新叔倒也争气，上学以后，学习成绩一直是拔尖的。高中毕业后，本来是可以考一所很好的大学的，可是立新叔坚持要早点工作，于是就接替了三爷爷的班，到了市里组织部当了一名勤务员，没干两年又兼职给领导开车，在城里还谈了对象，去年秋天刚结了婚。为了不让三爷爷操劳，立新叔选择了旅游结婚，小两口儿出去玩了三天，回来请长辈们吃了顿饭，就算把婚事办了。立新叔虽然是立字辈最小的一个，却是最孝顺的一个。每逢周末和节假日，都要回来陪三爷爷一起过。他也很舍得给三爷爷花钱，三爷爷的一切吃的、用的、玩的都是立新叔来买，还都是一些新鲜玩意儿，有很多东西，我们都没见过。

　　只是，三爷爷自从三奶奶去世之后，性格有些孤僻，他很少出门，也很少说话。

　　"立新叔！"看到立新叔和他对象下了车，我叫道。

　　"三光啊，来，快帮我卸车！"立新叔笑着招呼我。

　　"好嘞！"我答应着走过去。

　　立新叔打开车的后备厢，里面是四大箱烟花。我和立新叔一人搬起一箱，走进他家的大门。立新叔在过道的门廊处说："放这儿就行。"我应着和立新叔一起放下，又出来搬那两箱。立新婶正在和母亲说话，好像是问起了父亲没在家的事了。这位立新婶虽然是城里人，又年轻又有文化，但她性格非常随和，和谁都能说上话，从来没有城里人的优越感，而且礼数上的事做得也很周全。

　　我和立新叔搬完那两箱烟花出来，正好立新婶走过来。她笑着对我说："三光啊，吃完饭，一起出来看你叔放烟花哈。"

"好的，婶子！"我答应着就随母亲领着小兰回家了。

进屋后我看见小兰手里拿着一大把棒棒糖和几块泡泡糖，便问小兰："这是谁给的？"

小兰歪着小脑袋说："是小婶婶给的。"

母亲一边忙着下饺子一边说："你立新叔真是娶了个好媳妇，一点也看不出是城市里长起来的。"

我帮母亲拿碗筷，没有说话。

母亲又说："你拿个方便袋，盛两碗饺子，给你五爷爷送去。这大十五的，不能让他老两口儿吃馒头。"

"哦，好！"我拿来方便袋，母亲盛了两碗饺子倒入。我问小兰："你去不？"

"我不去了，我要在家看机器猫。"小兰说着打开了电视机。

我提上方便袋出了门，向五爷爷家走去。

五爷爷一辈子啥活都会干，就是不会包饺子。所以自从五奶奶生病以后，每到逢年过节吃饺子，父亲都是让母亲多包两碗，给他们送过来。这回父亲不在家，母亲也没有忘记这事。

我很快就到了五爷爷家。五爷爷正在给五奶奶洗手。

"五爷爷！我娘包的饺子，您和五奶奶快趁热吃。"我进屋说。

"哎呀，每次都麻烦你家又包又送的，我和你五奶奶随便吃点就行。"五爷爷边拿了两个碗，接过方便袋，把饺子倒到碗里，边对我说。

"那哪成啊，今天是正月十五，咋也得让您和五奶奶吃顿饺子。没事我就回家吃饭了。"我说着就要走。

"等等！"五爷爷说完进里屋拿出来几本《读者》和《人民文学》，递给我说，"拿去看吧，以后有了再给你。"

"行嘞，我看完了，给您送回来。"我拿着书就走，走到门外，五爷爷又问："三光！你爹回来了没有？"

"还没呢，过几天就回来了。"我回头说。

"哦，那你快回吧，天都黑了。"五爷爷在屋里向我摆了摆手。

刚吃完晚饭，就听到立新叔在外面喊："三光，出来看烟花喽！"

小兰第一个跑了出去，我和母亲随后也走出来。立新叔把四箱烟花都摆在了大街的中央,准备点火。小婶子搀扶着三爷爷也出来了,站在大门口。

立新叔拿着根香烟点燃了第一箱烟花。烟花随着"嗖"的一声响冲上了夜空,随即在夜空里"咚"的一声绽开,照得全村通亮。听到响声的人们都跑出来看烟花。志彬、向阳和山子也跑来了,随后向阳他娘抱着向辉也跟了来,小满叔领着他的新媳妇和修林家的两个女儿梅芳和小芳也来了……他们都仰着头看烟花在夜空里一个接一个地绽放着。

向阳这时又不自觉地唱起了歌:

> 总是在失去以后,才想再拥有
> 如果时光能够再倒流,夜空那幕烟火
> 映在你的心里,是否触痛尘封的记忆
> 总是在离别以后,才想再回头
> 不管重新等待多寂寞,夜空那幕烟火
> 映在我的心底,是无穷无尽的永久[②]

我听着向阳的歌声,看着那些烟花缤纷地绽放,又看看夜空中那一轮皎洁的圆月,突然感觉今晚的月亮不如昨晚的月亮圆了……

[①]《今儿个高兴》作词:王俊,作曲:卞留念,演唱:解晓东。
[②]《烟火》词曲:李子恒,演唱:吴奇隆。

第7章　打架与逃跑

　　上学的日子开始了，生活似乎又回到了往常的平静。

　　去镇上的学校上学，骑自行车要二十分钟左右。志彬、向阳和我都骑着自家的自行车，我跟向阳的车子虽然没有志彬的车子新，也都是上中学那年买的。而山子却一直没有一辆属于自己的自行车，所以上中学以后，山子一直是让我们三个轮流带着去上学。山子不管坐在谁的后座上，我们四个都是一路欢笑地去，又一路欢笑地回。

　　小小的李村，上初三的男孩也就我们几个。再就是还有几个女孩，其中就包括修林家的二姑娘小芳。小芳和山子是同时上的中学，修林就给小芳买了辆红色的小坤车，而且从来就不让山子碰。

　　虽然都是上初三，都是走同一条路，进同一所学校，我们几个却从来不跟那几个女孩掺和在一起走，她们似乎也不想跟我们几个一起走，不是在我们前面就是在我们后面，总之是始终跟我们拉着很长一段距离。

　　上中学以后，由于时间关系，中午一般是不回家的。都是从家里带上干粮，让学校食堂热一热，再带上点咸菜，就算是一顿饭了。大部分学生带的都是白面馒头，当然，家庭条件好的学生也有到外面摊点买包子吃的，只有山子带的是棒子面窝头，也没有咸菜。平时都是我们几个分一些咸菜给他，有时候多余的馒头也会给他，我们几个，志彬吃得最少，带得却最多，所以基本上志彬带的馒头和咸菜都会分给山子一半。山子也毫不客气地接受。

　　初三下学期，因为中考临近，学习开始紧张起来。日子好像也变得快起来，不知不觉，半个月的时间就过去了。

　　一天下午放学以后，我们四个又一起骑车回家。我和向阳各自骑着自行车，志彬则带着山子。向阳仍然是一路高歌：

  道不尽红尘奢恋
  诉不完人间恩怨
  世世代代都是缘
  流着相同的血
  喝着相同的水
  这条路漫漫又长远
  红花当然配绿叶
  这一辈子谁来陪
  渺渺茫茫来又回
  往日情景再浮现
  藕虽断了丝还连
  轻叹世间事多变迁
  ……①

  途中会经过一条火车道，这不是客运铁路，而是货运铁路，一般是拉油罐的。我们放学，正好是火车经过这里的时间，这次也一样。不过，那几个女生倒是比我们早了一步，在火车到来之前，她们已经过了火车道。而我们则比火车晚了一步，我们四个只能停下自行车，等火车过去。大约五分钟后，火车才过去。

  我们正要骑上车子继续前行，只见那几个女生没有走，而是被五六个男生拦在了路当中。最前面那个男生，我们都认识，是学校里出了名的痞子刘强。刘强是邻村刘家村的，他爹是开吊车的刘喜庆，家里挺富裕。刘喜庆中年才得子，所以两口子对儿子刘强十分娇惯。刘强不管是穿的戴的，还是玩的用的都是一副阔少爷的样子。刘强也上初三，只是不和我们一个班，他和小芳一个班。刘强的学习成绩可以说是全校倒数第一，也可以说他在学校里就是混日子的。上课捣乱不说，放了学就带着几个和他一样的"捣乱分子"四处惹事，不是找女同学的麻烦，就是欺负低年级的学生，有时候还跟别的班级男孩打架。不知道这次他们又要干吗，只见刘强抓住了小芳那辆小坤车的把手，小芳无法往前走了，另外几个女孩被那几个男孩看住，也都不敢动。

山子从志彬的车后座上跳下来，在路边捡起一块砖头，装进书包里，第一个跑了过去。也不知山子跟刘强说了几句什么，就见刘强推了山子一把，山子抡起书包就往刘强的脑袋上来了一下，刘强被打倒在地。接着那几个男孩就把山子围了起来。小芳和那几个女孩趁乱骑上车子就跑了。这时志彬、向阳和我也一人捡起一块砖头赶了上来，等我们来到跟前，山子已经被一个男孩放倒了，志彬一砖头就拍在了那男孩的后背上，别看志彬平时文质彬彬的样子，打起架来也利索得很！志彬紧接着又放倒了两个，我和向阳也一人放倒了一个。

很快，一场"战斗"就结束了。山子和刘强也都爬了起来，只是刘强头上流着血，而山子身上沾了点土。刘强用手抹了一把头上的血，看了我们四个一眼，跟那几个男孩说了一声"走！"，然后分别骑上放在路边的自行车就走了。

"没事吧？"志彬问山子。

"没事。"山子拍了拍身上的土说。

我们回去骑上车子又往家走，向阳又唱起了歌："爱江山，更爱美人，哪个英雄好汉宁愿孤单，好儿郎，浑身是胆，壮志豪情四海远名扬……"好像什么事情都没有发生过一样。

我们骑车来到化工厂的生活区时，我看到父亲正在给一辆卡车卸轮胎。我对他们三个说："你们先回家吧，我上我爹那边看看能不能帮上忙。"于是他们三个骑着车子回家了。我推着车子来到父亲跟前，父亲看见我说："正好，来，卸掉这几个螺丝。"

我打好自行车，在地上拿起一个大扳手，和父亲一起卸着几个大螺丝帽。

父亲是在我们开学的第四天回来的。听父亲说，小东已经顺利出院，父亲把表叔和小东送回家，又把在医院发生的一切跟舅姥爷讲述了一遍。由于住院费由消防队承担，所以除了吃饭，小东住院没有花多少钱。父亲把那一千多块钱还给了舅姥爷，让小东好好休养，父亲就回来了。

父亲回来之后又在生活区旁边的小铁屋外干起了修车行。说起来，父亲的修车行已经干了好几年了，自从这里的化工厂建起了家属楼和生活区，父亲买了个小铁皮屋，进了一些零件，就干起了修车的行当，农闲的时候就在这里修车维持一家的生计。父亲什么车都修，大到卡车、汽车、拖拉机，小到摩托车、自行车，总之是来了啥活儿接啥活儿。靠这个营生，这几年家里也宽裕了许多。

我和父亲把轮胎卸下来，又扒轮胎，再补胎，然后又把轮胎上好，这一切忙完大约快一个小时过去了，天已经黑下来了。

"你先回家吧，我还有一辆自行车要修一下，叫你娘就别等我吃饭了，你们先吃就行。"父亲对我说。

"哦！"我答应了一声，骑上车子，进了村子。

快到家门口时，又碰见了向阳。

"你咋才回来？"向阳问我。

"我和我爹修车来着，咋了？"我停下车子，一只脚撑着地说。

"唉！你又错过了一场好戏啊。"向阳意味深长地说。

"啥好戏？"我有些好奇地问。

向阳说："我们三个刚进村，刘强他娘带着刘强就找到修林的门上了，说山子把他儿子的头打破了，要修林家赔钱。开始修林死活不想给钱，但是刘强他娘赖着不走，修林问山子怎么回事，山子就一五一十地说了，修林又问小芳，刘强为啥拦住她？小芳说刘家村今晚放电影，刘强非要拉她们去看电影，她们不肯去，就发生了之后的事情。修林听完还是不想赔钱，刘强他娘就是赖着不走，刘强也确实伤得不轻，头上虽然缠了纱布，依然在流血。最后修林无奈赔了三百块钱，好歹打发刘强他们娘儿俩走了，但是山子却倒霉了……"

"咋了？"我着急地问。

向阳接着说："修林把山子吊到门廊上，扒了山子的上衣，用赶牛的鞭子打了十多分钟，最后是梅芳和小芳求情才不打了的。修林还让志彬跟学校的老师说从今以后山子不再上学了，只能在家老实放牛。"

"然后呢？"我又问。

"然后是我和志彬把山子从门廊上放下来的，又把他架到他睡觉的地方。"向阳说。

"山子被打得严重吗？"

"你想啊，十多分钟呢，不严重才怪呢，山子全身皮开肉绽的，我看他这几天够呛能起来的。李修林这个老家伙太狠了。"向阳说着冲着地上一粒石子狠狠地踢了一脚，石子飞出老远。

"天这么黑了，还踢石子玩，万一伤着人就不好了。"父亲说话间车子已骑到我们跟前。

向阳嘿嘿地笑了两声说："叔，回来了。天不早了，我该回家吃饭了。"说完向阳冲我摆摆手，朝自己家走去。我和父亲也一同回了家。

之后的一个多星期，山子果然没有和我们一起上学。虽然上学路上向阳还是一路高歌，可是心中总觉得少了一些乐趣。不过，自从那件事情发生以后，小芳和那几个女孩，无论是上学还是放学的路上都不再和我们拉开很大的距离。虽然还是前后分开，但是都能听到彼此说话的声音。所以向阳有时会调皮地唱几句："村里有个姑娘叫小芳，长得好看又善良，一双美丽的大眼睛，辫子粗又长。"②每次听到向阳唱这首歌，那几个女孩都会偷笑，小芳却总是一声不吭，也不看我们，自顾自地骑着车子。

周日的时候，我们三个去看过山子一次。山子的伤明显还没有好，向阳拍他的肩膀时，他轻轻地"哎哟"了一声。山子平时话就不多，现在就更少了，身子也比以前瘦了许多。看着他有气无力的样子，我们三个心里难受，脸上又不好表现出来，所以我们很快就离开了。出了修林的家门，我们三个都为山子的命运唏嘘不已。

过了几天，我们放学的时候，看到山子又跟往常一样在田野里边捡柴火边放牛了。我们有时也会过去帮帮他的忙，捆一下柴火，也和他说几句话，开几个玩笑，他也正常回应我们。只是他的眼中多了一种异样的神情，是以前从未有过的。我问向阳和志彬，他们也发现了，但是他们也说不清楚那种神情意味着啥。

又过去几天，听村里的大人们说，经常看见山子和小满叔的新媳妇在一起说话，也听不懂他们说些啥。按常理说，这也很正常，他们是老乡，在一起说说知心话，也在情理之中，所以人们也没有太在意。

一个周日的上午，八点多一点，我们一家刚吃完早饭，父亲正要去修车行，就听到小满叔在大街上没命地叫喊："快来人啊，桂芝不见啦！快来人啊，桂芝不见啦！"

听到喊声，我们一家人都出来了，小满叔正好迎面跑过来。小满叔上衣的扣子也没系好，急得满脸汗珠。

"咋回事啊?"父亲问。

"桂芝不见啦!"小满叔魔怔了一样又重复地说着。

"啥时候的事啊?"父亲又问。

小满叔这才擦了一把汗,定了定神说:"今早,也不知是咋了,醒得晚了,一睁眼就七点半多了,就不见她人了,她的被褥都叠得好好的。我起来就屋里屋外找了个遍,也不见人,我又把咱村里大街小街都找了,还是没找见。"

就在父亲问小满叔的时候,全村的人几乎也都出来了,一下子聚了一街的人。立本叔和村长李守林,还有民兵队长李护林从人群中挤了过来。(李守林和李护林是亲兄弟,跟李修林是堂伯兄弟。守林和护林一家有一个儿子,分别叫大峰、小峰。大峰和小峰都比我大一岁,初中毕业后都在一家装修队上干活)。

听完小满叔的话,立本叔过来问:"这一个多月,你们过得不是挺好吗?这几天你们吵过架吗?"

"没有。"小满叔说。

"你也没发现她最近有啥不对劲的地方?"立本叔又问。

"没有啊!"小满叔急躁地说。

立本叔低头寻思了一下,忽然又问:"你说你今早起晚了,昨晚你们吃的啥?"

小满叔抓了抓头说:"也没吃啥呀,和平常一样,就是临睡前她说饿,我让她冲杯麦乳精喝,她顺便也给我冲了一杯。"

"坏了!你可能被她下药了,你个傻蛋!"立本叔说。

小满叔顿时拍了下自己的头,蹲在地上说:"这可咋办啊?!"

立本叔想了想,对我父亲说:"立业哥,你开车先拉着小满上志彬他表舅那里去看看,我和守林分别带着几个人到近处几个村里去问问,护林跟其他人去各个路口打听一下,咋样?"

"行,就这嘞!"父亲说。

"那就别等着了,大伙都行动起来吧!"立本叔招呼大家说。

接下来立本叔就和守林几个人骑着自行车去了别的村。而父亲发动起拖拉机就要去赵庄,我、志彬和向阳顺势跳上了拖斗。父亲也没有阻拦,一踩油门出了李村。

很快就来到了赵庄。父亲对赵庄街道自然很熟悉，父亲直接把拖拉机开到赵五百家的门口才停下。赵五百家的大门还关着，父亲和小满叔先后跳下拖拉机，父亲一边拍了几下大红铁门一边喊道："老赵，在家吗？"

不一会儿就听到赵五百在里面说："谁呀？这一大早就来叫门。"紧接着大红铁门被打开了，赵五百穿着棉拖鞋，披件黄大衣走出来，一看是我父亲和小满叔，有些诧异地问："这么早，你们咋来了？"

"桂芝不见了！她有没有上你这里来过？"小满叔急得嗓子沙哑地问。

"啥？桂芝不见了！咋回事啊？"赵五百也是一脸惊讶。

父亲把大致情况说了一下，然后又说："老赵啊，我们不是来跟你要人的，就是看看她有没有来你这里，再就是想问问你对她有多少了解？她在这里还有啥亲戚没有？"

赵五百寻思了一下说："实话实说，她确实没有来我这里，她这里也没有别的亲戚。我啊，就知道她爹是矿工，前几年出事故死了，去年她娘又得病死了，她和她弟弟就跟着她大伯一起生活。年前吧，我跟我媳妇回四川过年，我老丈人和她大伯关系不错，听说咱们这边生活条件好一些，她大伯就让我把她带回来了，让我给她寻个好人家，也过几年好日子。我一想咱们近处几个村里的光棍也就数小满兄弟的日子混得好了，这不那天就给小满兄弟送过去了。我也想不到会出这种事啊！"

父亲听完低头想了想，对赵五百说："老赵啊，如果她真的没有来你这里，那她很可能回老家了，就麻烦你尽快给你老丈人或她大伯发个电报，看看她到底回去没。"

"行嘞，一会儿我就去发。"赵五百痛快地答应着。

"那就这，希望她只是出去散散心，我们先回了。"父亲说完就和小满叔上了拖拉机，离开了赵五百的家门。

在赵庄的村口正好碰上得旺表叔去放羊，他看到我们，就问父亲："立业哥，你们这是干啥嘞？"

"我们村跑了一个四川媳妇，我们来问问赵五百。"父亲没停拖拉机，接着又问，"小东的腿咋样了？"

"好得很快，都能下地嘞。"得旺表叔赶着羊说。

"千万要适当活动，伤筋动骨一百天呢。"父亲叮嘱说。

"嗯，知道的。"表叔答应着。

"你跟舅说，我就先不上家里去了，找人要紧。"父亲说。

"行，快回吧。"表叔挥了挥手。

父亲一踩油门上了大公路。临到李村的时候，志彬突然说："不对劲啊，那不是修林家的牛吗？出村的时候，我就看见牛在这里，但是没看见山子，现在还是没看见他。"

"是吗？会不会躺在地里歇着啦？"向阳问，接着他高喊了两声，"山子！山子！"

没有人应声。志彬又说："还有件事很奇怪，你们发现没，今早村里闹得那么厉害，几乎全村人都出来了，就是没看见修林家的一个人出来。"

"还真是……"我和向阳同时说。

说话间，拖拉机已经到了村里。立本叔和守林带着几个人也正好回来，一样没有任何线索。正在大家不知道下面该怎么办的时候，修林着急忙慌地跑过来就问："你们看见我家那两头牛和山子没有？"

"你家的牛就在那边的地里，但是没有看到山子。"志彬说。

"哎呀，坏了，那小子肯定跑了！"修林更急了。

立本叔过来说："先别急，你慢慢说，是咋回事啊？"

修林缓了口气说："今早，也不知咋了，我们一家人都起晚了，我起来一看山子和牛都不在家，开始我以为他去放牛了，结果再一看，小芳那辆坤车也不见了，这不我就跑出来找嘛。"

"这样看来，山子可能是和小满媳妇一起跑的。"立本叔思索着说。

"啥？小满媳妇也跑了？"修林惊讶地问。

"是啊，我们都找了半上午了，近处的几个村都找遍了，都说没看见人。"立本叔说。

"啊！那可咋办啊？"修林擦了把汗问。

"是啊，哥，现在咋办啊？"小满叔也过来着急地问立本叔。

立本叔稍微寻思了一下，对父亲说："如果真的是他们两个一起走的，骑着一辆自行车，那极有可能去的地方就是城里的火车站和汽车站，我们这几个人先去城里看看，守林、护林带几个人再去远处的几个村里打听打听。"

"嗯，行！"父亲又发动起了拖拉机。

我、志彬和向阳始终就没下拖斗。紧接着立本叔、小满叔和修林也一

55

同上了拖斗。父亲油门一踩，直奔城里开去。

我们先去城里的火车站，火车站的工作人员都说没有看见两个那样的人。于是我们又往汽车站赶。快到汽车站的时候，修林一眼就看见了小芳那辆小坤车放在汽车站旁边。然后我们一帮人都跳下了拖拉机，直奔售票大厅。立本叔问值班人员有没有见过那样相貌的两个人，值班人员说没注意，立本叔又问今天都有去哪儿的班车？值班人员说去哪儿的都有，去各个县市区的，去省城的，去外省的也有。大家一听都傻眼了，只能出来问问别的什么人。修林先把那辆坤车推了过来，正好让一位五十来岁的清洁工阿姨看见。

"这自行车是你的吗？你就推。"清洁工阿姨说。

"不是我的，难道是你的不成？"修林嚷嚷着说。

"虽然不是我的，可是我知道也肯定不是你的。"清洁工阿姨提高了嗓门。

修林刚要说话，被立本叔拦住了。立本叔问清洁工阿姨："大姐啊，您说您知道这辆自行车是谁的？那是不是一对像姐弟一样的人放在这里的？"

"对对对，就是他们放在这里的。"清洁工阿姨态度缓和下来。

"哦，那他们是几点到这儿的？他们现在又去哪儿了？"立本叔追问着。

"你们和他们是……"清洁工阿姨有些疑惑地反问。

"哦，我是附近李村的大队书记，那两个孩子就是我们村的，和家里闹了点矛盾，就偷着跑出来了，我们都找了大半天了，才找到这里。"立本叔很自然地说。

"哦，是这样啊。"清洁工阿姨解除了戒心说，"我早上刚上班不长时间，他们就来到了这里，六点多一点。"

"那他们是啥时走的？上了哪路车？"立本叔继续问。

"应该是七点左右，因为那个时候车多人也多，我又在干活儿，没看见他们上的去哪儿的车。"清洁工阿姨说。

"就是说您也没看见他们上没上车？"立本叔推测地问。

"对，确实没看见。"清洁工阿姨说。

立本叔思考了一下从上衣口袋拿出一个小本来，写了几下，撕下一张纸，递给清洁工阿姨说："这是我们村大队部的电话，您要是再看到他们，别惊动他们，先给我们打个电话，找到他们的话，那就太谢谢您了，那我们就先回去看看其他人有没有别的消息。"

清洁工阿姨接过纸条连声说："好的！好的！"

修林抢着把那辆坤车搬到拖斗上，他又第一个跳上拖斗。然后我们一帮都上了车，父亲开动拖拉机往回赶。

在车上，小满叔问立本叔："哥，咱就这样回去吗？"

立本叔无奈地说："不然咋办？咱们又不知道他俩上的是哪路车，是长途还是短途？还是没上公交车，只是把自行车放在哪儿，上了出租车也不一定，咱们现在想追也没个方向啊！再说了，看样子他俩像是早就计划好了的。现在只能回去等赵五百的电报了，看看四川那边有没有消息。"

小满叔听完"唉"了一声，双手抱头蜷缩在车上不说话了。

回去的路上，大家的心情都不太好，所以没有人再言语了。只有修林说了句："小兔崽子，跑了更好，省得老子养着他了！还好没把小芳这辆坤车给顺走。"

向阳这时用拳头狠狠地捶了一下拖斗挡板，我和志彬扭头看向了别处……

---

① 《爱江山更爱美人》词曲：小虫，演唱：李丽芬。
② 《小芳》词曲唱：李春波。

第8章 小满叔疯了

　　山子和小满叔的新媳妇钱桂芝就这样逃跑了，到底去了哪里，成了一个谜。

　　他们的逃跑虽然有些意外，但是人们仔细一想，也都是情理之中的事。修林长期那样对待山子，李村人都是知道的，别说不是亲生的，就算是亲生，那样对待，换谁也忍受不了。又加上那次毒打，或许让山子更下定了逃跑的决心吧。那么钱桂芝就更不难理解了，一个二十来岁的姑娘，人又漂亮，还有文化，咋可能愿意和一个比她大那么多的丑男人过一辈子呢？

　　山子的走对李修林来说没有多大影响，用他自己的话说就是："我少了一个干活的，我还少了个吃饭的呢，这有啥嘛。"所以当天下午他就把那两头牛卖给了邻村的刘小成，然后数完钱，就哼着小曲回家了。

　　可是小满叔却没有他那么想得开，特别是从城里回来以后，回家一看，这才发现钱桂芝把他存下来的八千元钱也一起带走了，这下他更慌张了，找了立本叔哭喊，又找我父亲哭喊。大家好劝歹劝才把他劝回家。

　　接下来的几天，小满叔一大清早一个人就去城里，直到天黑才回来。有人看见他就蹲在城里的公交站旁边，每当有班车出入，他就站起来看看，见到漂亮女人的背影都会拉人家一把，嘴里叫一声"桂芝！"整个人像魔怔了一样。

　　四天后，赵五百过来说四川那边来电报了，钱桂芝没有回四川。这倒没有出了人们的意料之外，既然是逃跑，自然不会逃回原来的地方，就算逃回了四川，也不一定回家，她家又没什么亲人了。不过赵五百听说钱桂芝是和山子一起跑的，他说了一件事情，倒是人们没有想到的，他说钱桂芝和山子虽然不是一个村的，更不是一姓同族，他们却是姨表亲，而且钱桂芝的兄弟和山子的长相极为相似。

"那天俺们去你家的时候，你咋不说这些？"父亲听完质问说。

"那天你们也没说桂芝是和山子一起走的嘛！"赵五百说。

"当时俺们还不知道山子也跑了嘞！"父亲无奈地说。

"那就不怪我了。"赵五百说完，骑上摩托车就走了……

小满叔在城里的公交站旁边蹲了半个月后，回家睡了有三天三夜，就再也不去城里，改成了在家门口蹲着了。胡子也不刮，衣服也不换，生活区的台球桌也不干了，整天就靠在门框上，眼睛直直地望着天，有时候还自言自语。

有人建议立本叔，带小满叔去城里医院看看。立本叔果断否决，说："他就是受了点刺激，去医院能看出啥名堂来？再说去医院的钱谁出？"这么一来，别人也不好再说啥了。直到那天，打架事件的发生。

那一天，我们放学回家。小芳和几个女孩骑车走在我们前面，路过小满叔的门口时，小满叔正在自言自语。她们几个女孩好奇，就下了自行车，推着车子往前走，想听听小满叔究竟说些啥。就在这时，小满叔突然站了起来，冲向了几个女孩，一把就把小芳抱住了，嘴里不停地喊着："桂芝！桂芝！我的桂芝！"小满叔的一只手还在小芳的胸前乱摸起来，吓得小芳直叫，吓得那几个女孩跑到了很远处。志彬、向阳和我赶紧放下车子，去拽小满叔的手。可是小满叔的双手把小芳抱得死死的，我们三个咋拽都拽不开。向阳急中生智，一个别腿把小满叔和小芳一起放倒在地，趁小满叔还没有回过神来，我和志彬才把他的双手拽开。小芳爬起来，也顾不上她的小坤车了，双手捂着脸，哭着跑回了家。看小芳跑远了，我们三个才把小满叔放开。小满叔站起来，也没有对我们咋样，只是慢慢地走回去，蹲在他家门口，嘴里又念叨起来："桂芝！桂芝！我的桂芝又跑了！"

我们三个扶起自行车，刚想走，只见修林提着把铁锨从他家冲出，跑了过来，嘴里还一个劲儿地骂着："好你个李小满，欺负到我李修林头上来了，看我今天不拍死你个王八羔子！"

"修林来打你了，快点跑啊！"我和志彬对小满叔喊。

"你们别喊了，他已经疯了，喊啥也没用。"向阳说。

果然，小满叔好像什么也没听见，继续蹲在那里念叨着。等修林跑到他跟前，举起手里的铁锨，照着小满叔的头狠狠地拍下来。不知道小满叔是清醒了还是下意识地将身子往旁边一歪，铁锨没有砸到他，却砸在了门槛上，"咔嚓"一声，铁锨把断成了两截。小满叔顺势拿起带锨头那一截，照着修林的脑袋就是一下，修林没有防备，正好砸在他的脑门上，当时血就下来了。修林也急了，抡起手里那半截木把也打了小满叔两下，两个人就扭打在一块儿。

这回我们三个没有过去拉架，因为小满叔没有吃亏，再就是我们三个都觉得李修林该打。用向阳的话说就是："打死个老家伙才好呢，把平时他打山子的都打回来。"

可是这么一吵嚷，村里的大人也都出来了。立本叔、家兴叔，还有几个壮小伙子，一起过来，好不容易才把两个人拉开。两个人身上都是血，也分不清是谁的血，反正两个人伤得都不轻。虽然把两个人拉开了，可是两个人嘴里还不停地骂着。

"你个狗日的，欺负了我家小芳还打人！"修林捂着流血的头骂着。

"桂芝！桂芝！我的桂芝就是让你给带跑的！"小满叔嘟囔着，眼睛直直地看着前方。

就在这时，父亲正好从修车的地方回来。父亲问立本叔是咋回事，立本叔就把事情的经过简单说了一遍。这回立本叔也承认小满叔的精神确实出了问题，不然不会有这样的事情发生，看他的种种表现也不对劲。而且修林的头一直在流血。

"哥，这种情况，看来两个人都得上医院，还得麻烦你跑一趟啊！"立本叔对父亲说。

"行！我这就去发动拖拉机。"父亲说完立刻回家准备开车。

等父亲发动起了拖拉机，人们已经用绳子把小满叔绑了起来，以免他再伤人。而且修林老婆和他大女儿梅芳也来了，最终商量让梅芳跟着上医院，留下他老婆在家陪小芳。

立本叔、家兴叔和其他几个小伙子一起跟着去医院。一帮人上了拖斗，父亲开动拖拉机出了李村。

由于我、志彬和向阳明天还要上学，所以这次我们没有一起跟着去。

直到第二天我们去上学，父亲和那些人还没有回来，所以一早上，母亲都在担心地唠叨。我吃完饭对母亲说："没啥事的，他们那么多人一块儿去的，有啥好担心的。"母亲不再言语，我带上中午吃的干粮，骑上车子就出了家门。

在村口,志彬和向阳已经等我等得不耐烦,而小芳和那几个女孩已经骑出很远。

"你个鬼子,这么晚才出来。"向阳笑着说。

"少来!"我白了向阳一眼,又问他们俩,"立本叔和家兴叔他们没回来吧?"

"没有!"他们同时回答着。然后我们骑着车子上路了。

自从山子跑了以后,向阳已经很久没唱歌了。在路上,我对向阳说:"向阳,唱个歌呗。"

"有啥好唱的。"向阳没精神地说,"山子这小子逃跑,也不跟咱们说,真不拿咱们当哥们儿!"

"人家为啥要拿咱们当哥们儿啊,人家又不是本地人,万一你给人家走漏了风声,人家不就走不成了?"志彬说。

"啥?!他是没跟我说,他要是跟我说了,我不但会为他保密,还会帮他逃跑,信不?"向阳说。

"信!不过人家没你帮忙,不是也逃跑了吗?"我说。

"那倒是!"向阳无奈地笑笑。

志彬说:"其实,山子走了,咱们应该替他高兴啊,他终于逃出了李修林的魔爪,去寻找自己想要的生活了,这样挺好的。"

"是啊,他终于可以自由地飞喽!"向阳感慨地说,然后他又扯开了嗓子,高声唱起了当时很火的《雄鹰》:

雄鹰展翅翱翔
飞在蓝天上
青草依依
绿在山梁
炊烟轻飘荡
山泉弯弯
遍地牛羊
无边绿草场
我想化作一只雄鹰

61

自由去飞翔
我想变成一朵白云
守护我家乡……①

下午，放学回来，正好在村口碰见父亲开着拖拉机拉着立本叔、家兴叔还有那几个村里的小伙进村。但是车上没有了小满叔、李修林和梅芳。

我骑着车子追到跟前问父亲："爹，小满叔呢？"

"回家再说。"父亲开着车说，看上去一脸疲惫。

拖拉机进村以后，众人下了车各自回家。我也和父亲一同进了家门，母亲迎出来说："咋这个时候才回来？"

"唉！不稀说了，先吃饭。"父亲一边停车一边说。

"嗯，正好我已经做好饭了。"母亲说。

进屋后，父亲开了一瓶白酒，拿了茶碗，倒了大半茶碗的酒，又拿了个咸鸭蛋，坐下端起茶碗抿了一小口酒，剥着咸鸭蛋（父亲平时是不喝酒的，只有在很累的时候才喝上几口）。

小兰依旧坐在小板凳上看动画片。我帮母亲搬桌子，端饭菜。母亲边盛汤边问父亲："回来这么晚，出啥事了？"

父亲又抿了一口酒说："昨晚拉他们去了市医院，结果人家主要医生都下班了，只能先挂了个急诊，简单处理了一下伤口，又安排了床位先住下。"

"那你们那些人在哪儿睡的？"母亲问。

"能在哪儿啊，在走廊的长椅上将就了一夜。"父亲接着说，"等到今天一早主要医生上了班，给他们两个一诊断，修林是外伤加轻微的脑震荡，需要住院观察几天。小满虽然没有多少伤，但是医生说他有精神问题，市医院治不了，也不收，要我们带他去精神病医院看看，于是我们就拉他去了精神病医院，医生又检查又会诊，一直折腾到下午才出来结果，医生说是精神分裂，需要长期住院。我和立本一商量，既然已经这样了，只能听医生的，不然弄回来再打伤人更难办。我们就给他办理了住院手续。一切安顿好了，我们这才回来。"

"唉，小满啊，这几年日子刚好起来，好不容易找个媳妇，没想到又弄了这么一出。"母亲絮叨着。

"啥也不说了，都是命啊！"父亲喝完了酒，放下茶碗，拍了下手，开始吃饭。

一个星期后，李修林出院回了家。头上还缠着厚厚的纱布，看来伤得不轻。但是全村人没有一个心疼他的，也没有去看望他的。

听志彬说，他在家里躺了几天后，就去找立本叔了，说是要住院费的赔偿，立本叔一听就有点不耐烦了，说："你这又不是工伤，自己打架打出来的，要的哪门子赔偿？"

"你的意思是，我让小满打了就白打了，一个多星期的住院费也让我自己掏？"修林一肚子不情愿地说。

"不然你想咋办？现在小满成了疯子，疯人院的费用还是大队里交着呢，你还能让一个疯子给你出住院费？"立本叔正色道。

"他跑了媳妇，疯了活该！反正我是不能让他白白地打了，受疼又搭上钱。"修林仍旧不甘心地说。

"那你想咋办？反正别指望大队里给你出住院费，虽然你是大队会计，你这不是为大队办事受的伤啊。"立本叔还是公事公办地说。

"小满疯了，那他置办的那个台球桌有人要吗？"修林想了想问。

"暂时没有。"立本叔说。

"那让我家梅芳去摆他那个台球摊咋样？反正那东西闲着也是闲着。"修林轻巧地说。

"可以是可以，不过先说好，要是小满哪天好了，回来了，你必须还给他，他毕竟是靠这个吃饭嘞。"立本叔强调说。

"行，行嘞！"修林说完高兴地回家了。

从此，生活区旁边就又多了一道风景，就是梅芳穿得漂漂亮亮的站在球桌前等着那些下班的小青年来打台球。还真别说，自从梅芳干了这个活儿，虽然价格提高了，生意倒是比小满叔干的时候好了一倍还多。每天的人是走了一帮又来一帮，红火得很，而且还加了个新项目，就是梅芳陪打一局价格翻一倍。

梅芳和我哥同岁，上初中的时候，经常和我哥一同上学放学。初中毕业以后，我哥当了兵，梅芳不知道为什么没有和其他女孩一样进城打工，而是选择了在家里和她娘一块儿种地。

虽然修林在李村是出了名的坏，但是，他这两个女儿却一点也不随他。特别是梅芳，在家这几年，谁家有个大事小事的，找她帮忙，随叫随到，干活麻利，脾气也好，而且人长得漂亮。

可是自从修林让梅芳干起了台球桌的营生，村里就出了一些闲话。其实修林才不管这些呢，只要能挣钱就行。用他自己的话说就是："打台球咋了？在城里干这个的有的是，俺们家梅芳又没干啥丢脸的事。"

随着天气的逐渐转暖，修林又围着台球桌搭起一个凉棚，这下去的人就更多了。每次放学，路过生活区，都会看到台球桌那里围着一帮人。向阳就扯开嗓子唱几句："大姑娘美，大姑娘浪，大姑娘撑起了台球帐。"

听到的人，无不大笑起来，然后骂向阳："你个小毛孩子，别瞎唱，小心修林听见打你！"

"我才不怕他嘞！"向阳满不在乎地说。

有一天放学回家，在路上向阳突然问我："清明节，你春兰姐回来吗？"

"回啊，她得回来给我二叔二婶上坟嘞。"我说。

"哦！……"向阳回了一声就不言语了。

"咋了，你问这个干吗？"我问。

"没咋，就是随口问问。"向阳有些敷衍地说，然后紧蹬了几下车子，跑出好远。

一旁的志彬笑着对我说："你傻啊，他呀，应该是喜欢上咱春兰姐了。"

"他喜欢也没用呀，春兰姐在城里好像有对象了。"我说。

"那也不妨碍他喜欢啊，就让他喜欢着吧，反正以后的事谁也不好说。"志彬自然地说。

这时又听到远处的向阳在唱："我早已为你种下，九百九十九朵玫瑰……"②

---

① 《雄鹰》作词：徐安利，作曲：卞留念，演唱：孙国庆。
② 《九百九十九朵玫瑰》作词：林利南，作曲演唱：邰正宵。

第9章　清明节

春兰姐是清明节前一天下午回来的,而且是和家兴叔家的小艳一起回来的。我是在村口看见她们的,因为正好赶上志彬、向阳和我放学。

春兰姐和小艳提着大包小包的东西往家走,看到我们,春兰姐就对我说:"三光啊,正好,快帮我带一下东西,我快提不动了。"

我忙接过两大包东西挂在了车把手上,让春兰姐坐上了车后座。一旁的小艳同时也将两大包东西交给向阳说:"你也带我一会儿,累死我了。"说着坐上了向阳的自行车后座。

小艳和向阳虽说不是一个娘生的,但是自从向阳和他娘来了以后,他们两个相处得倒是很好的,基本上和亲姐弟一样。

不过小艳这次回来没有化妆,比我上一次见到她看着顺眼多了。当然,那天晚上我和君妍看到的事,我也没有对任何人说起过。

"咋买这么多东西啊,姐?"我问春兰姐。

"自从过了年就没回来过,不得给你们买点东西啊。"春兰姐说。

"有没有我的呀?"我问。

"回家自己看。"春兰姐笑着说。

这时向阳也问小艳:"有没有给我买点啥?"

"少不了你的,快走吧你!"小艳拍了一下向阳的肩膀说。

"好嘞!"向阳脚一蹬车子,出去老远,又听到了他的歌声:

　　常常地想,现在的你
　　就在我身边,露出笑脸
　　可是可是我,却搞不清
　　你离我是近还是远……①

65

我和春兰姐到家后，春兰姐把大包小包都打开，东西摆了一炕。她给母亲买了一身夏天穿的衣裳，给父亲买了两瓶酒和两条烟，给小兰买了一盒巧克力和一盒水彩笔，还有一些水果，给我买的东西应该是最贵的，是一个复读机，还带着两盘英语磁带。

我和小兰都高兴坏了，只有母亲一直在唠叨着："虽说你现在是可以挣钱了，但也不能这么狂花钱啊，过年的时候你不是刚给我买了衣裳嘛，咋又买啊？再说给三光买那么贵个东西干啥？那就是个玩器。"

"哎呀，大娘，冬天买的衣裳夏天能穿啊？再说三光马上就快中考了，这东西正好用上，放心吧，没花多少钱的。"春兰姐笑着说。

这时小兰拿着彩笔说："姐姐，我要画画，给我个本子。"

"好！"春兰姐又从包里拿出一个本子来，递给小兰说："小兰好好画，小兰长大了，当个画家。"

"嗯！"小兰歪着小脑袋答应着。

这时父亲回来了，一家人就开始吃饭。吃饭时我们给春兰姐讲起了村里这几个月发生的事情，春兰姐听了时而感叹时而又笑起来。

我们刚吃完饭，向阳的歌声便由远而近地传来：

> 摇起了乌篷船
> 顺水又顺风
> 你十八岁的脸上
> 像映日荷花别样红
> 穿过了青石巷
> 点起了红灯笼
> 你十八年的等待
> 是纯真的笑容……②

紧接着，小艳和向阳推门进来。母亲赶紧招呼说："哎哟，小艳也回来了？"

"嗯，大娘，很久没回来了，正好明天给我娘上个坟。这不吃完了饭没事做，过来找春兰玩玩。"小艳笑着说。

"好啊好啊，那你们快坐。"母亲说完就忙着收拾碗筷，春兰姐也跟着母亲一起拾掇。

小艳坐在了炕沿上，逗引着小兰玩着。向阳站在那里，不太自在。我拿着复读机，对向阳说："走，上我屋里玩儿去。"向阳就随我来到我的屋里，这下他自在多了。他从怀里也掏出一个和我的一模一样的复读机来说："看，咱也有！"

"哎哟，你姐也给你买了？看来是她俩一起商量着买的。"我说。

"嗯，她还给我买了这些呢。"向阳说着从衣兜掏出好几盘流行歌曲的磁带来。

"哇，这下对你的胃口了！"我赞叹地说。

"那是。咋地，你姐没有给你买？"向阳问。

"没有，她只给我买了两盘英语磁带。"我说。

"没事，咱们可以轮换着听。"向阳说着随便打开一盘磁带，放进复读机里，按下播放键，瞬间满屋子里流动起了音乐声。向阳马上也跟着音乐唱起来：

  春水流　春水流　春水流
  别把春天　悄悄地带走
  想你在心里头
  想你在心里头
  别让风把情吹走
  跟着我　一起走　跟着我
  别让时光　把孤独收留
  当噩梦醒来后
  又是个新的开头
  向往事挥挥手
  ……③

正当向阳唱得忘情的时候，志彬走了进来。

我问志彬："你咋才来？"（每逢节假日，或者星期天，他们两个都会来我这里打几把扑克。明天清明节，学校放假，所以我才这么问。）

"哦，吃完饭，我娘说有点头疼，我带她去生活区的卫生室打了一针。"志彬说。

"咋了，婶子没事吧？"我问。

"没事，就是有点感冒。"志彬说。

"那就好。"我边说边拿扑克。

"不过，我倒是从卫生室医生那里了解到了一点山子逃跑的新情况。"志彬说。

"啥？他知道山子去哪里了？"向阳问。

"那倒不是。"志彬说，"那个医生说，山子逃跑的前半个月，也就是修林打了他以后，山子去卫生室买了几回安眠药，理由是身上疼得睡不着。"

"这能说明啥？"向阳又问。

我突然明白地说："你忘了，山子和钱桂芝逃跑那天，小满叔和修林一家都说起晚了，肯定被他俩下了安眠药才这样的。"

"对，对，我想也是这样的，不然他们不会那么顺利地逃跑。"志彬说。

"唉，现在说这些没啥用了，打扑克，打扑克。"向阳说。

……

他们打扑克打到十点多才走，小艳是跟向阳一起走的。

第二天吃过早饭，母亲和春兰姐一起准备上坟的东西。父亲今天也没去修车行，细心打磨着两把铁锹，表情很严肃。或许这一天，对我们一家人来说，心情都是难过的，因为，两年前的那场悲剧打击实在太大了！

父亲和二叔从舅姥爷那里回到李村以后，原本日子过得还是不错的。父亲买了大队里的那部拖拉机，农忙的时候，给别人家干些农活，农闲了就去路边修车，补贴家用。二叔则买了辆三轮车，和二婶赶集摆摊卖小百货，几年下来，日子也比较宽裕。二叔和二婶先后生下了一儿两女，分别是志程、春兰和小兰。志程的小名叫二光，因为我大哥志鹏的小名叫大光，这样排下来，我的小名自然叫成了三光。小兰属于超生，因此那年计生办还带了不少的人把二叔刚盖了没几年的新瓦房给拆了，还罚了款。二叔一家没地方住，只能又来到我家，和我们住在一起。那几年家里虽然挤了点，但是一大家子人在一起也挺热闹的。就在那个时候，不幸发生了！

那年志程哥刚刚初中毕业，有一天二叔和二婶带着志程哥去赶集，在路上三轮车跟一辆大卡车相撞，二婶和志程哥当场就不行了，二叔和那个卡车司机虽然被送到了医院，也没有救过来！二叔临终前拉着我父母的手，用微弱的语气嘱托把春兰和小兰照顾好，父母流着泪答应，二叔就这样撒手人寰……当时春兰姐还在上初中，小兰才三岁。从此父母就把这两个女儿当成了自己的亲生孩子来养育，对她们的疼爱甚至超过了对大哥和我。这是李村的人有目共睹的。

虽然那场悲剧已经过去两年，但是留给这个家庭的伤痛似乎还没有被岁月完全抹去。

母亲和春兰姐提着上坟的东西，父亲和我一人扛着一把铁锹，小兰跟在我们身后。一家人刚出家门，就看到立新叔把车停在了门口的一边，立新叔和小婶子一块儿下了车。

"哥，你们这是去上坟啊？"立新叔走过来问父亲。

"嗯，去给你大爷大娘和你立身哥上个坟。"父亲说。

"立身哥走了有两年了吧？"

"是嘞，两年了。"

"唉，真是不愁混啊，都两年了。"

"没办法啊，老天爷做了，咱就得受着。"父亲说着抹了两把眼泪，又问立新叔，"你们回来也是给婶子上坟吧？"

"是啊，清明节都放假，回来给老娘上个坟。"立新叔说。

"应该的！那你们快准备吧，我们先去嘞。"父亲说着摆了摆手。

"行嘞，哥。"立新叔也摆了摆手，和小婶子回家了。

我们一家人向墓地走去。一般墓地都在自家种的良田地里，也有由于每年分地的特殊情况。不过，我家的墓地就在自家的麦场旁边，也不远，不一会儿就到了。

墓地里有三个坟头，分别是爷爷、奶奶、二叔、二婶和志程哥的。

母亲和春兰姐在坟前摆放了几盘供品和几盘水果，点上三根香，又拿出几捆烧纸，分别放在三个坟头前，点燃后，我们一家人先在爷爷奶奶的坟前磕了三个头，然后母亲抹着眼泪对春兰姐和小兰说："你们给你们爹娘磕个头吧。"

春兰姐和小兰磕头的时候，我也跟着在二叔二婶的坟前磕了三个头。

接下来，等纸烧完了，母亲和春兰姐收拾供品，我和父亲则拿着铁锨给三个坟头都添了一些土。添完之后，我们一家就往回走。在另一条小路上看见立本叔和立本婶领着立云姑、志彬和君妍去给广义二爷上坟。广义二爷去世也有五六年了，立云姑还是每年都会来上坟。我们彼此招了招手，便各走各的了。原来我们两家的墓地是在一起的，有一年大分地，就把墓地分开了。

回到家后，父亲倒了杯酒，弄了盘花生米，把小兰抱在怀里，喝起了闲酒。母亲和春兰姐忙着做午饭。这时，立新叔走了进来。父亲立刻站起来问："你上坟已经回来了？"

"嗯，回来了。"立新叔接着又说，"哥，我爹觉得身体不太舒服，我带他去医院看看，如果需要住院的话，麻烦你照看着点家里，喂一下我爹养的那只小狗，这是我家的钥匙。"

"行嘞！行嘞！"父亲接过钥匙说。

接着我们一家人也跟着立新叔一块儿出来了，看到小婶子正扶着三爷爷上车。

"三叔这是咋了？"母亲问立新叔。

"我们上次回来，就说自己感冒，不停地咳嗽，这次回来，还是一直咳嗽，还有点胸闷。"立新叔说。

"那还是上医院检查一下比较好，有啥小毛病就住几天院。"母亲说。

"就是嘞！"立新叔说着上了车。正要关车门，只见小艳跑了过来，问立新叔："叔，你们这是要回去吗？"

"是啊，你也要回城吗？"立新叔问。

"嗯，我回来的时候忘了点事情，最好现在就回去。"小艳说。

"那一块上车吧，正好捎上你。"立新叔说。

"那太好啦！"小艳说着上了车，临关车门时又对春兰姐说，"本来想叫上你一起坐公交车走，没想到现在正好搭上了叔的车。"

"没事，下午我自己坐公交车回去就行。"春兰姐笑着说。

"好，那咱们到城里再联系。"小艳说完关上了车门。

看着立新叔的车驶出了李村，我们一家人才回了家。

下午四点多，春兰姐说该回去了，父母要她再住一晚，春兰姐说怕耽误了明天上班，父母也没再挽留，就让我骑车送春兰姐去坐公交车。

我推着自行车和春兰姐出了家门，在村口，正好碰上志彬和向阳，还有立云姑和君妍。她们也是去公交站的，让志彬和向阳送她们。

六个人，三辆自行车，一人带一个正好。君妍突然坐上我的自行车后座，而且很自然地对春兰姐说："姐，你让向阳带着吧，我让志远带着。"

春兰姐先是一愣，然后也很自然地说："行啊，谁带都行。"于是春兰姐就坐上了向阳的车子后座。

就在她们说话间，志彬已经带着立云姑上了大路。

其实这里的公交站点就在化工厂的生活区旁边，很近的一段路，但是我和向阳此时都希望这段路能长一些……

向阳带着春兰姐，一边骑车一边又唱起了歌：

  与你相逢　其实就像一个梦
  梦醒无影又无踪
  总是看了不能忘　总是过了不能想
  总让我为你痴狂
  让我爱上你　其实没什么道理
  明明知道不可以
  让我痛苦为了你　让我快乐为了你
  没有你还有什么意义
  看那东南西北风　吹着不同的脸孔
  难道爱情只是一阵风
  我的心儿碰呀碰　因为有你在梦中
  从此生命不再空呀空
  也许爱变得更浓　也许变得无影踪
  只要有你我就有笑容[④]

君妍单手扶着我的腰，小声对我说："你别说，他唱歌确实很好听哈。"

"那是！要不你和他比一比？"我说。

"怎么，你以为我不敢啊？"她有些俏皮地说。

"我可没那么说。"我微笑着说。

"嗯,这次没时间了,下次看机会吧。"她说。

"那本《平凡的世界》你看了吗?"我问她。

"看了,真的非常好看!"她说。

"有何感触?"我问。

"感触很多,不过要等下次再告诉你啦!"她说着已经跳下了车子。

我这才发觉公交车已经停在路边……

---

① 《笑脸》作词:富钰,作曲:陈翔宇,演唱:谢东。

② 《九九女儿红》词曲:陈小奇,演唱:陈少华。

③ 《春水流》词曲:高枫,演唱:黄格选。

④ 《东南西北风》词曲唱:黄安。

第 10 章 向阳挨打

一个星期过去了，立新叔和三爷爷还没有回来。

这期间，都是我把家里吃剩下的饭菜拿去喂三爷爷家的小狗。那是一条很温顺的白毛小狗，每次吃完我拿去的东西，都会冲我摇摇尾巴，在地上转几个圈，用黑眼睛看着我。我总是摸摸它的头，然后离开。三爷爷的院子很大，有五间正房，三间西偏房，院子里种着几棵苹果树和几棵枣树，还养着很多花卉，摆放在各处的墙角，一看就是一个很雅致的院子。虽然和三爷爷对门这么多年，由于三爷爷性格孤僻，所以除了拜年，很少走进这个院子。在我心里，三爷爷远不如五爷爷好相处，但是立新叔却是很好相处的。

周五的晚上，一家人吃完了饭在看电视。我对父亲说："爹，给我二十块钱，明天我和志彬、向阳去城里买中考的复习资料。"

"行嘞。"父亲掏出二十块钱给了我。

一旁的母亲对父亲说："差点忘了，今天下午立本过来说，明天要和你去医院看看三叔，都一个多星期了，也没个消息，虽说咱们和三叔不大来往，可毕竟是对门，何况立新这兄弟不错。所以立本一说，我就替你答应了。"

"是啊，一个多星期了，也应该去看看。"父亲说。

次日上午，父亲和立本叔，志彬、向阳和我就一起坐上了去城里的公交车。

我们在医院附近下了车，一块儿跟着父亲和立本叔进了医院。来到住院处一打听，值班大夫说三爷爷在四楼 5 号病房，我们就上了四楼。

到了四楼，"肿瘤科"三个大字映入眼帘。来到 5 号病房前，父亲让

73

我们三个在外面等着，他和立本叔推门进去了。

不大一会儿，立新叔跟着父亲和立本叔出了病房。立新叔看上去一脸的憔悴和疲惫，不过看到我们三个，还是勉强笑着说："你们三个怎么来了？"

"他们是来城里买复习资料的。"父亲说。

"哦。"立新叔随手带上了病房的门。

"三叔是怎么个情况？"立本叔问。

立新叔在一边的长椅上坐下说："肺癌晚期！"

"不能治疗了吗？"父亲问。

"这么大年龄了，化疗经不起折腾了，我也不想让他受那个罪。"立新叔无奈地说。

"医生说还有多长时间？"立本叔问。

"最多还有四个月！"立新叔说着抹去眼角的泪水。

"那你想一直在医院里，还是？……"父亲问。

"再住几天，打打保养针就回家，老爷子也不愿意在医院里。"立新叔说。

"那你的工作咋办？"立本叔问。

"唉，没有好办法，只能请个长假了。"立新叔叹了口气说。

接着父亲和立本叔每人掏出一百块钱塞给立新叔说："这钱给三叔买点水果，我们就先回去了。"

立新叔再三推让也没拧过父亲和立本叔，只好把钱收下了。

我们出了医院，父亲对我说："我和你立本叔先回去，你们三个买完东西也早点回家啊！"

我们三个答应着。父亲和立本叔向公交站走去，我们仨则进了一家比较大的书店。

志彬和我很快就找到了我们要买的复习资料，也很快付钱买了下来，就是向阳迟疑着不想买。志彬问他："你咋不买呀，没带钱吗？"

"带了，带了，我只是想买更好的东西，你们看！"向阳用手指了指旁边的柜台。

那个柜台是专门卖音乐磁带的，上面摆着一套新进的郑智化专辑，其中包括一盘刚发行的《游戏人间》的专辑。

"你买了这个，复习资料咋办？"志彬问。

"反正你俩都买了，你们看完以后，借我看看就行。"向阳笑着说。

"那随便你吧。"志彬说。

向阳就叫过售货员来，问那一套磁带多少钱？售货员说："一套六盘，二十八元。"

"能不能再便宜点，带的钱不够。"向阳说。

售货员稍加犹豫后说："想要的话，二十五元给你，不能再便宜了。"

向阳看看我和志彬。志彬双手一摊说："帮不了你，这次没带多钱，就剩下两块钱了，是回去坐车的钱。"

我苦笑着说："我也是。"

就在这时，身后传来一个男生的声音："向阳，你咋也在这里？买啥呢？"

我们回身一看，都认识，是向阳的姨表哥刘天宇。刘天宇也是刘家村的，和刘强一个村。刘天宇的爹刘建华是建筑工头，家里比较富裕。刘天宇比向阳大一岁，因为学习成绩不好，留了一级，也在镇中学上初三，只是不和我们一个班。他平时经常到李村来找向阳玩儿，所以我们都挺熟悉。刘天宇虽然学习成绩不好，和刘强却不一样，他的性格和向阳很像。

"哥，你也来买复习资料吗？"向阳问刘天宇。

"陪我爹来买了一点建筑材料，顺便来买复习资料。"天宇说。

"那你有多带钱吗？"向阳问。

"带了点，咋了，你要买啥？"

"我想买这一套磁带，钱不够。"

"哦，差多少？"天宇过来看了看说。

"差五块。"向阳说。

"我给你出十块，行了吧。"天宇说着掏出十块钱给了向阳。

"太好啦！"向阳很快付了钱买下了那套磁带。

天宇也很快买了复习资料，我们四个就出了书店。

书店门口停着一辆12马力的拖拉机，拖拉机上坐着一个中年男人正抽着烟。我们也认识，是天宇他爹刘建华。

"向阳啊，你也在这里啊，正好跟着我回家玩玩吧，你姨这几天老是念叨你呢。"刘建华看到向阳笑着说。

"是啊，跟我们回刘村玩玩吧。"天宇也对向阳说。

向阳看了看我和志彬。

"你想去就去，别管我们。"志彬说。

"那好，你们回去给我娘捎个话，说我明天下午就回去。"向阳说完就和天宇跳上了装满建材的拖拉机后斗。

"行嘞！"志彬回了句。紧接着拖拉机发动起来，随着尘烟远去了。

我和志彬也很快坐上了回李村的公交车。

第二天晚上，母亲把饭做好了，父亲还没有从修车行回来。母亲让我出去看看，我刚要骑上车子出去，父亲正好回来。

"爹，你咋才回来？"我问父亲。

"唉，别提了，进屋再说。"父亲说着放好自行车，进了屋。这时我们才发现父亲的衣服上有好几处血迹。

"呀！你这是咋弄的啊？"母亲惊讶地问父亲。

"没事，拉架拉的。"父亲说。

"谁和谁打架了，用你拉架？"母亲又问。

"向阳被修林打了！"父亲说。

"啥？咋回事啊？"我吃惊地问父亲。

父亲这才边吃饭边说起了事情的经过……

原来向阳下午从刘村回来，路过化工厂生活区的时候又看见台球桌那边围了一帮人，他不自觉地又唱了两句："大姑娘美，大姑娘浪，大姑娘撑起了台球帐。"但是向阳没看见修林今天下午也在旁边看台球，他唱的那两句正好让修林听见。其实向阳唱完就走他的路了，哪知修林紧跑了两步，来到了向阳的身后，脱下一只鞋来，照准了向阳的后脑勺儿就是一鞋底子，向阳不知道谁打了他，刚回过头来，修林又劈头盖脸狠狠地打了向阳几鞋底子。向阳这才明白过来，可是晚了，自己的口鼻已经流血了。向阳顾不上擦血，也踢了修林两脚，然后两个人扭打在一起。修林毕竟正是中年，向阳明显吃亏。一旁的人都在看热闹，没有一个人过去拉的。父亲实在看不过去了，跑过去好不容易把两个人拉开，修林才骂骂咧咧地走开。父亲看向阳的鼻子还不停地流血，就领他到生活区的诊所处理了一下伤口，这才和向阳一起回来。

"向阳呢？"听父亲说完，我问道。

"我送回他家了，还在他家坐了一会儿。"父亲说。

"向阳伤得重吗？"我问。

"没大问题，都是皮外伤，不过修林下手确实狠了点。"父亲说。

"唉，对个孩子吓唬一下就行，他真下得去手，以为都是他们家山子了，说打就打。"母亲唠叨着。

"我去看看向阳。"我说。

我刚要出去，被父亲拦住了，父亲说："他刚挨了打，你现在去不太好，等明天就一块儿上学了。"

我只好止住了脚步……

次日清晨，我和志彬来到村口的时候，向阳已经早早地等在那里。走近了，看他的鼻子还是红肿的，嘴角也有一大块瘀青。

"怎么？听说你昨天被老家伙教训了。"我笑着说。

"你个鬼子，就知道看我笑话。"向阳说。

"谁让你瞎唱歌呢，以后别瞎唱了。"志彬说。

"哼！这事没完。"向阳说着拍了一下车把。

"你想干吗？"我问。

"不干吗！"向阳脚一蹬车子上了大路，又高声唱起来：

  小小的草迎风在摇
  狂风暴雨之中挺直了腰
  别笑我小别笑我孬
  风吹雨打之后依然不倒
  动荡的大地之中落地生根
  苦难的时代之中不屈不挠
  小小的草志气不小
  风雨之中任我招摇
  小小的草心在燃烧
  梦想比海更远比天还高
  容颜不改青春不老

泪水淹没不了我的骄傲……①

我和志彬也追了上去，我们的头发伴着向阳的歌声，迎风飘向耳后。清明过后，天气热起来了。我们都把校服搭在肩上，白色的衬衣也被风吹得鼓了起来。我们就这样彼此追逐着，向阳偶尔还玩一下大撒把，同时嘴里照样唱着他喜欢的歌：

喜欢上人家　就死缠着不放
那是十七八岁才做的事
衬衫的纽扣要故意松开几个
露一点胸膛才叫男子汉
总以为自己已经长大
抽烟的样子要故作潇洒
总以为地球就踩在脚下
年纪轻轻要浪迹天涯
哦　年轻时代　年轻时代
有一点天真　有一点呆
年轻时代　年轻时代
有一点疯狂　有一点帅
……
所有欢笑泪水
就是这样度过
那一段日子
我永远记得
或许现在的我
已经改变很多
至少我从没改变
那个做梦的我……②

每当我们经过，向阳的歌声都会把道路两旁麦地里的麻雀惊起一片。麦子已经开始秀穗，再有一个月就应该"过麦"（麦收）了。青色的麦浪被风吹拂着，空气中弥漫着新麦的清香。每一棵麦子都在迎风摇曳，也像是随着向阳的歌声而舞蹈。

虽然中考在即，也不妨碍我们在上学路上的这段快乐时光。

几天以后，三爷爷出院了。立新叔也留在家里，日夜照顾着三爷爷。小婶子每逢周六也会回来，给他们买些青菜和肉，还有一些日用品，然后周日下午再回城里上班。

自从三爷爷出院后，母亲经常过去帮立新叔做点洗洗涮涮、缝缝补补的小活儿。开始立新叔还有点不好意思，时间一长，立新叔也习惯了，他有什么好东西也经常给我和小兰吃，还时不时地在我们家吃饭，吃完了，给三爷爷端点过去，就算一顿。

生活就这样平静地过去了半个月。

一天下午放学回来，听说村里晚上要放电影。虽然那个时候几乎家家户户都有了电视机，可是看露天电影对于我们这个年龄段的，或者更小的孩子来说，还是别有一番乐趣的。所以这天晚上都希望能早点吃饭，好提前拿着撑子（马扎）去占一个好位置，看一场电影。

自打立本叔当上村书记以来，每次放电影都是在他家的门前。有时候立本叔也会在换片的间隙，用话筒讲几分钟的话，讲的都是一些上面的新政策和村里的新任务。

这天晚上，我和小兰也早早地吃完了饭，拿着撑子要去看电影。正好立新叔也在我家吃的饭，吃完他问我父母："哥嫂，你们去看电影吗？"父母说不去。立新叔一听就说："正好我也不想看，我去看看我爹，回头就过来，咱哥俩下两盘棋？"

"好嘞！"父亲说。

于是立新叔就和我跟小兰一同出来了，他回了家，我领着小兰向立本叔住的那条街走去。

我们家和立本叔的家中间隔着三条街。隔的第一条街就是向阳家的那条街，修林家住在第二条街，第三条街是小满叔住的那条街，自从小满叔住进疯人院后，这条街也似乎冷清了许多。

我领着小兰路过向阳家的那条街时，我高声喊了两声"向阳"，紧接着就听到向阳他娘的高嗓门喊道："去看电影了，早走啦！"我心想，这小子行动倒是挺快。就继续往前走，等走到第二条街的时候，正好看到修林和他老婆，还有梅芳出家门，他老婆和梅芳走在前面，修林在后面锁大门。我有些奇怪，怎么不见小芳？又一想也许早去了吧。不过每次路过这条街，都会看见修林他们家的房前屋后，包括大门前，堆满了柴火，足够他们家烧一年的。那都是山子用瘦小的身体从地里背回来的，每当想到这里，就会莫名地气愤。为了不和他们家三口碰见，我跟小兰就快走了几步，来到了第三条街。这条街很冷清，一点动静也没有。我和小兰没有停留，直接走了过去。很快就到了放电影的地方，也就是立本叔的门前。这里已经是人声鼎沸，虽然电影还没有开演。

　　我们在第二排找了个空地坐下，因为前面已经都被小孩子占满了。天色完全黑下来，放映员打开投影灯开始在大幕上调整机位，小孩子们高举着双手在白幕上做出各种动物的手影。我则借着灯光寻找向阳的身影，却始终没有看见他。奇怪呀，人群中也没有看到小芳。接着修林一家三口就到了，他们坐到了靠后的一排。有人就问修林老婆："怎么就你们三口呀，你们家小芳呢？"修林老婆说："她好像是感冒了，说头疼，喝了两片药就倒下了。""哦，我说呢。"那人说。随着一段震耳的音乐声响起，下面她们说的就什么都听不清了，电影开始正式放映。

　　大幕上两个长发飘逸的剑客和一场激烈而短暂的打斗后，出现了片名《东邪西毒》。我本以为这是一部和83版《射雕英雄传》有关的电影，结果却完全不是。直到十几年后，我才看懂这部电影讲的是什么。不过电影中的一些台词，我倒是感觉挺有趣的。张国荣演的欧阳锋与丐帮大战前说："很多年之后，我有个绰号叫作西毒。任何人都可以变得狠毒，只要你尝试过什么叫作嫉妒。我不会介意其他人怎么看我，我只不过不想别人比我更开心。"然后他又向一位客人说："看来你的年纪也有四十出头了，喏，这四十多年，总有些事情你是不愿意再提，有些人你不想再见。有个人曾经对不起你，也许你想过……要杀了他。但是你不敢，又或者你觉得不值……"接着黄药师出现，给他带来一坛名为"醉生梦死"的酒。然后就是林青霞演的慕容燕和慕容嫣反复在大幕上切换着身份。

　　正当我看得有些无聊的时候，志彬从人群的空隙中弯腰钻过来问："看到向阳没？"

　　"没有，我来的时候叫过他，他娘说他早出来看电影了，可是我一直没看见他。"我说。

"嗯？奇怪了，我再去后面找找他。"志彬说完又弯腰钻出了人群。

这时候，电影换片。立本叔走到放映机旁边，拿起话筒开始讲话，讲话内容是关于麦收和交公粮的。

小兰用小手揉着眼睛说："三哥，我想回家睡觉。"

"咋了，困了？"我问。

"嗯！"小兰点点头。

"行，那我领你回家。"我说。

"不，我要三哥背着。"

"好，三哥背你。"我说着蹲下，小兰趴到我背上，我站起来往家走。

走到第二条街的时候，听到修林家门前好像有人在弄柴火的声音。我下意识地问了声："谁呀？"然后又没动静了。我就继续背着小兰往家走，等我走回家，小兰已经在我背上睡着了。这时立新叔还在和父亲下棋，母亲从我背上把小兰抱过去，放到炕上，盖上了一件厚点的衣服。我刚要走，立新叔问："三光，放的啥电影啊？"

"《东邪西毒》。"我说。

"哦，这部电影我在城里看过，很不错的。"立新叔说。

"我咋没觉得好看啊。"我说。

"那是你还小。臭小子，快回去看吧。"立新叔笑着说。

我不服气地"哼"了一声，又出了家门。来到街上，听到立本叔还在讲话，我的脚步自然放慢了一些。走过向阳家那条街时，不自觉地看了一眼，还是没看到向阳。此时听到电影又开始放映了，我加快了脚步往前走。还没走到第二条街，突然听到一个女孩在喊："着火啦！快来人啊！"我开始以为是电影里发出的声音，等我走到第二条街时，只见修林他们家已经完全被火光包围，他们家周围那些柴火全烧着了，而且火势已经蔓延到了屋顶。这下我听清了，那个喊声正是小芳的声音，这时她的喊声越来越急促。我赶紧跑了过去，只见修林他们家的木头大门已经被火烧着了。我用力踹了两脚，没有踹开，我又用力踹了三脚，整个大门向里倒了下去。隔着烈焰，我看见小芳只穿着睡衣，双手使劲抱着一个枕头，一副惊恐失措的表情。

"快跑出来啊！"我冲她喊道。

"我不敢！我不敢！"她吓得眼泪都出来了。

"你再不出来就都塌啦！"我高喊道。

"我不敢！我不敢！"她更害怕了。

我后退了两步，冒着烈焰冲了进去，快速地来到她身后，双手用力往外推了她一把，她终于出来了。我又后退了两步，往外一蹦，我刚一落地，只听"轰隆"一声，整个门楼塌了下来，砸在了我身上，然后我就啥也不知道了……

---

① 《小草》词曲唱：郑智化。

② 《年轻时代》词曲唱：郑智化。

第 11 章　我住院了

当我苏醒过来的时候，我已经躺在医院的病床上了。我的头上缠着厚厚的纱布，左腿还被高高地吊着，打着沉重的石膏，手上打着点滴。我的头还是昏昏沉沉的，眼前是满脸疲惫的父亲。我用微弱的声音问父亲："爹，我咋了？"

"你的腿骨折了，刚做完手术，别乱动啊。"父亲说。

"骨折？"我好像这才恢复了一些意识。

"是啊，你被修林家的门楼砸伤了。"父亲心疼地说。

"我的头咋了？"我问。

"你的头没事，只是有一些外伤。"父亲说。

这时，立新叔端着饭菜进来，看到我醒了，高兴地说："你个臭小子，终于醒了，你都昏迷两天了。"

"啊！我都睡了两天了？"我有些惊讶地说。

"是啊，我们从土里把你扒拉出来，到现在整整两天了。"立新叔说。

"那现在是白天还是晚上？"我问。

"晚上！"立新叔说完，又对父亲说，"哥，你先吃点饭，再好好睡一觉，你都两天两夜没有合眼了，现在三光醒了，你该放心了，你好好休息，我看着这小子。"

"行嘞！"父亲端起饭盒吃了两口，又问立新叔，"他啥时能吃饭？"

立新叔也端着饭盒说："我问过医生了，得六小时以后，等麻药劲过去才行，你别管了，我买了一份骨头汤，等能喝了，我就给他喝点，你先睡觉。"

"你看，这次真是麻烦你了。"父亲说。

"看你说的哥，跟我还见外啊。"立新叔笑着说。

父亲没再说什么，吃完饭，便躺在另一张病床上，很快睡着了。

立新叔吃完后，把两个饭盒洗了遍，然后在我床边的椅子上坐下来。

我问立新叔："你来了这儿，三爷爷咋办？"

"有你娘照顾着呢，放心吧。"立新叔说完又问我，"你咋被砸到的？到底怎么回事？"

我就把事情的经过简单说了一遍，立新叔听完说："唉，看电影那里那么多人，你咋不先去叫人啊？"

"当时也没想那么多。"我说。

"傻小子！"立新叔笑着说。

"那你们是咋知道的？"我问。

"好像是小芳去放电影那里喊人救火，然后所有人就都去了，我和你爹听到救火声，也正要出来，志彬和向阳正好来叫我们，说你被门楼子压住了，我们就赶快去扒拉你，扒拉出来后，就发动起拖拉机，来到了医院。"立新叔说。

"哦。修林家的房子咋样了？"我问。

"好像全烧光了，其实我也不太清楚，当时光顾着救你了，谁管得了他的房子啊。"立新叔说完又问我，"他家怎么会无缘无故地起火呢？"

"这……我也不知道……"我说。

"好了，你刚做完手术，说话太多了，快休息一会儿。"立新叔说。

"嗯！"我答应着不再说话。立新叔拿起一本音乐杂志，认真地翻看着。不一会儿我又睡着了……

我再次醒来是被刀口疼起来的，可能麻药劲已经过去了。父亲还没有醒，立新叔坐在椅子上也睡着了。我看了看窗户外面，天色已经泛白，应该在五点左右。

过了一会儿，立新叔醒了。看到我睁着眼睛，问我疼不疼？我说有点疼，他说疼是正常反应，让我忍着点，过一两天就好了。又问我饿不饿，我说有点，他就从保温桶里倒了半碗骨头汤喂我喝。我开始有点不好意思，他说没事，跟叔还客气啊。半碗骨头汤很快喝完了，他说现在还不能喝太多，要少食多餐，等天亮了，再给我打点小米粥喝。我点点头答应，感觉脖子也有点疼。我问他："叔，我多久能出院？"

"至少要一个多星期吧。"立新叔说。

"今天星期几啊?"我又问。

"星期五吧,咋了?"他说。

我"哦"了一声,不再说话了。

立新叔又坐下来问:"现在是不是有点后悔了?"

"没有,只是看来今年的中考,我是没戏了。"我说。

"应该没事吧,离中考还有一个来月呢,别想那么多。"他说。

我点点头。

这时,父亲也睡醒了。父亲起来就问我疼不疼?我说有点疼。

立新叔对父亲说:"给他喝了半碗骨头汤,过会儿我去打饭,再给他打点小米粥。"

"立新,还是我去打饭吧。"父亲说。

"哥,你别管了,我去就行。"立新叔说。

父亲也没再推让。一会儿立新叔出去打饭了。我让父亲帮忙给我解了小便。父亲倒了小便回来说:"你立新叔脾气真好,这次多亏了他嘞!"

"他脾气好,从他照顾三爷爷的细心,就能看得出来。"我说。

"是啊,可惜你三爷爷没有多少福啊。"父亲感叹地说。

正说着,立新叔已经打饭回来。他和父亲买的包子,给我打的小米粥。

"我们先吃着,一会儿再给你喝粥,现在还很烫。"立新叔笑着对我说。

他们吃着包子,父亲对立新叔说:"立新啊,现在没啥事了,你今天就回去吧,毕竟三叔离不开你。"

"你一个人行吗?"立新叔说。

"咋不行啊。"父亲说。

"那等医生查完床,看看情况再说。"立新叔说。

"行嘞。"父亲说。

他们吃完了,父亲又给我喝了点小米粥,喝完正好医生来查床。

一看主治医生,我认识,是给小东做手术的王主任。王主任查看了一下我的身体,又询问了一下我的感觉,然后说:"头部的伤没什么大事,背上有几处烧伤也问题不大,主要就是左腿,由于刚做完手术,需要观察一星期左右。"

"头部没啥大事就好！"父亲说。

"最近几天先别给他吃难消化的食物，喝点粥，适当吃些水果，多休息。"王主任说。

"行嘞！行嘞！"父亲说。

王主任带着几个医生就出去了。

"还好头部没啥大事。"父亲对立新叔说。

"嗯，医生说没事那就没事。"立新叔笑着说。

"立新，这里没啥事了，你快回去吧，也好给你嫂子捎个信，别让她担心。"父亲又对立新叔说。

"行嘞，那我这就回去。"立新叔说完就要走。

父亲追问了一句："你是坐公交车回去，还是开我那拖拉机回去？"

"我还是坐公交车吧，拖拉机还是放在这里吧，万一有点啥事，你也不至于着慌。"立新叔说完就出了病房。

父亲也出了病房送了几步立新叔，很快就又回了病房。不大一会儿，立云姑推门进来，手里提着一大袋水果。看到我醒了，高兴地说："志远，你可醒了，这两天把我们都吓坏了。"

"昨晚就醒了。王主任刚才来查床，又给他检查了一下。"父亲对立云姑说。

"哦，王主任咋说的？"立云姑问。

"他说，别的没啥大事，就是腿需要观察一段时间。"父亲说。

"嗯，没事比什么都强。"立云姑说着把水果放到床头柜上。

我问立云姑："姑，你是咋知道的？"

父亲抢着说："这次还是多亏了你立云姑，从那晚拉你来住院，你立云姑就一直在忙活，直到昨晚你做完手术，她和君妍才回去。"

"立业哥，看你说的，这不是应该的嘛。"立云姑说。

"君妍也知道啊？"我问。

"是啊，她今早上还让我给你带两本书过来，她说你爱看书，在医院里会闷的。她忙着去上学，说下午放了学来看你。"立云姑说着从装水果的袋子底下掏出两本书来，放在我的床头，又对我说："这两天少看，要多休息。"

"嗯！"我答应着。

立云姑又和父亲说了几句话，然后说还要值班，就走了。

我拿起了放在床头的两本书，一本是高尔基的自传三部曲，一本是罗曼·罗兰的《约翰·克利斯朵夫》。我刚要翻开看一下，一位护士进来给我打点滴。她给我打上点滴，很快就出去了。我看着针管里的药液，一滴一滴地滴答着，不一会儿我又睡着了……

一直到护士进来起针，我才醒来。她起完针，又给我量了一下血压，才出去。

时间已到中午，父亲出去给我买了一碗小米粥，给自己买了两个馒头和一碟小菜。他先把保温桶里的骨头汤往小米粥里倒了一些，用小勺搅了搅，给我喝了，然后他坐到另一张床上，就着小菜吃起了馒头。我拿起一本书，无意地翻看着。

过了一会儿，我见父亲一直不言语，就问道："爹，你是不是在怪我救小芳？"

父亲听了这话，先是有些疑惑，然后平静地对我说："三光，你咋这样想呢？不管啥时候，救人都是没错的。就算咱家和修林家有私怨，那也是上一代人的事，和你救小芳是没有关系的，知道吗？"

"嗯！那咱家和修林家到底有啥私怨？"我问。

父亲寻思了一下说："唉！那说起来就话长了。'文革'前你爷爷是大队书记，你奶奶是妇女主任，修林他爹李长荣是大队会计兼村长。本来两家的关系是不错的，可是'文革'一开始就全都变了。你爷爷那个时候也算是个文化人，打年轻起就喜欢收藏一些名人字画和古书古籍，也正是这些东西害了他。'文革'开始，'破四旧'时，就把你爷爷收藏多年的这些东西给搜出来了，然后大做文章。修林他爹带头开批斗会，批斗你爷爷和你奶奶，连续批斗了三个月，最后你爷爷奶奶不堪折磨，双双离世……就这样，我和你二叔才去投奔了你的舅姥爷。"

父亲虽然在用很平静的语气讲述这一切，但是从他的神情中，我能看到他的心情有多么激动。加上前两年二叔的意外，已经让这个在我心中最伟岸的男人有了一些苍老的痕迹。我于是点了点头，不再说话，认真地看起书来。

一下午的时间很快过去，又到了打饭的时间。父亲刚出去，君妍就推门走了进来。她脸上带着笑容对我说："我在楼下听我妈说你醒了，我上来看看。"

"看来我要是不醒，你就不上来看我了？"我说。

"哎！我可没那么说啊。"她俏皮地说。

"不管咋说，都要谢谢你的书，要不然，我得闷死。"我举了举手中的书说。

"就知道你喜欢这个，不过谢就免了，你给我讲讲你是怎么英雄救美的就行了。"她说。

"你快算了吧，我不是英雄，她也不美。"我说。

"是吗？小芳姑娘我是见过的，人家还是挺漂亮的嘛。"君妍背着手围着我的病床走了一圈说。

"我没看出她哪儿漂亮来。"我说。

"那你为什么要救人家呀？"君妍一脸严肃地说。

"总不能见死不救吧？本能反应不行啊？"我有些着急地说。

"行行行！"君妍突然又笑起来，接着说，"好了，不逗你了，看你急得那样。你的腿还疼不疼呀？"

"断了能不疼啊？"我没好气地说。

"怎么？生气啦？"她问。

"没有！"我说。

她稍微看了看我说："好了，我该走了，明天再来看你，还需要什么书吗？"

"暂时不用，这两本就够我看几天的，医生还让我多休息，一天也看不了多少。"我说。

"嗯，好的，那我走了。"说完，她转身离开了病房。

次日上午，吃过早饭，护士又给我打上了点滴。我已经没有昨天那么困了，我一只手拿着书看着。这时候，志彬和向阳推门进来。我高兴地说："你们咋来了？"

"今天星期六，过来看看你，也好给你带点东西过来。"志彬说着从包里拿出一些中考的复习资料，"如果身体允许，你就看看，争取别耽误考试。"

88

"嗯！"我答应着。

向阳也把我的复读机带来了，除了那两盘英语磁带，还把他平时听的那些歌曲磁带一起带来了，放在我的床头说："闷了听听！"

没等我说话，君妍推门进来说："呀，我说这么热闹呢，原来是来客人了。"

"我们算啥客人啊。"志彬说完，又问君妍，"哎？你咋也来了？"

"兴你们来，不兴我来啊？"君妍说。

"兴！兴！"志彬说。

一番说笑过后，旁边的父亲问志彬："志彬，村里咋样？修林家的房子咋样？"

"烧得干干净净，就剩五间空壳了。"志彬说。

"咋烧的这么利害？"父亲问。

"当时人们都忙着救三光哥了，谁顾得上他的房子啊。"志彬说。

"不是叫救火车了吗？"父亲说。

"救火车来也晚了，谁让他家弄下那么多柴火呢。"志彬说。

"也没找到起火原因吗？"君妍问。

"当晚，修林报警了，非说是向阳给他点的火，可是向阳一直和我在一起看电影，哪有机会点火玩啊。"志彬说。

"那修林他们家四口人现在住哪儿？"父亲又问。

"我叔暂时先把他们安排在小满叔的院里住着了。"志彬说。

"哦，也行啊。"父亲说。

"说是暂时的，我看啊，如果小满叔好不了，修林那家伙是不会出来的。"志彬笑着说。

"呵呵，这很有可能啊。"父亲也笑着说。

接下来，他们又东拉西扯地说了些别的。君妍也参与其中，弄得整个病房都欢声笑语的，就是向阳一上午都没说几句话。直到护士进来给我起针，志彬对父亲说："大伯，天不早了，那我们就回去了。"

"一会儿我去打饭，你们在这儿吃点再回去吧。"父亲说。

"不了，我们坐公交车，一会儿就到家。"志彬说完向我摆摆手和君妍先出去了。

向阳低着头站在床边，紧握了一下我的手。我用另一只手拍了拍他的

89

胳膊说："我没事，放心好了，快回吧！"

"嗯！"他答应一声，一转身和父亲一块儿出了病房……

吃过午饭后，父亲躺在另一张床上休息。听父亲说，这间病房是立云姑特意安排的一个单间，不过也正好赶上这个时候没有多少住院的人，要不然，就算她想给安排，也是有心无力的事。

我正翻看着志彬给我拿来的复习资料，父亲突然问我："出事那晚，向阳确实和志彬在一块儿看电影吗？"

"好像是吧，当时我也没太注意，我一直照看着小兰，咋了？"我故作平静地说。

"没咋，我就是觉得向阳今天有点反常，平时这孩子挺闹腾的，话也多，今天来咋没见说啥话。"父亲说。

"也许有君妍在这里，他不自在吧。"我说。

"哦，但愿是……"父亲还没有说完，立本叔就推门进来了。

父亲赶忙起来问："你咋来了？"

立本叔喘了口气说："别提了，上午志彬回家说三光没啥事，我本想过两天再来看看的，可是中午接到市电视台和市报社的电话，说要给三光做一下采访，让我通知你们，好准备准备。"

"啥？市电视台和市报社？他们咋知道的？"父亲惊讶地问。

"我也不知道，说是接到了匿名电话。"立本叔说。

"匿名电话？那是谁打的呢？"父亲奇怪地问。

"先别管这些了，快准备准备吧。"立本叔说。

"这咋准备呀？"父亲刚说完，就听到有人敲门。

立本叔赶忙去开门，一下子进来五个人，三男两女。立本叔连忙问："你们是记者同志吧？"

"是的，我们是市电视台和市报社的记者，我们过来是想采访一下李志远同学舍己救人的英勇事迹，可以吗？"为首的一个女记者说。

"哦，那当然欢迎了，我们积极配合。"立本叔非常客气地说。

"好的，那我们就开始吧。"女记者说完，后面那四个就开始忙活起来，有架摄像机的，有拿照相机的，有拿话筒的，有做笔记的。

"这位就是李志远同学吧？"那个女记者走到我床前问。

"是的，他就是。"立本叔说。

女记者拿着话筒对准我说："李志远同学，你好！你能说说你救人的过程吗？"

我当时紧张得直冒汗，从小也没见过这阵势。那也得说话呀，我就结结巴巴地，简单说了一下那晚的经过。

女记者听完我的讲述说："嗯，李志远同学，你很勇敢！那你当时就没想过自己可能有生命危险吗？"

"当时没想那么多。"我说。

"嗯，好的，希望你早日康复！"女记者说完，转身又问立本叔，"您是李志远同学的什么人？"

"哦，我是他本家的一个叔，也是李村的支部书记。"立本叔自我介绍说。

"嗯，那么您对李志远同学舍己救人这件事怎么看？"随着女记者的提问，摄像机的镜头对准了立本叔。

立本叔定了定神，又整了整衣服说："李志远同学一直是一个很有上进心的孩子，也是一个经常助人为乐的孩子，当然这离不开家庭和学校的教育，这次的表现也是我们李村的光荣。"

"嗯，好的，谢谢您！"女记者说。

"哪里，是我们谢谢你们才是。"立本叔客气地说。

另一位拿笔记本的女记者对父亲说："您应该是李志远同学的父亲吧？您也说几句吧。"

父亲连连摆手说："我没啥好说的，孩子只是正好赶上这件事，做了他应该做的。"

女记者记下了父亲的话，又说："您说得很好！"

然后她和其他几个人嘀咕了几句，对立本叔说："那就这样，我们回去了。"

立本叔客气了两句就和父亲一块儿把他们送出了病房。等回到病房，父亲就问立本叔："立本，你说这到底是好事还是坏事？"

"好事肯定是好事，我就奇怪到底是谁给他们打的电话呢？"立本叔思索地说。

"嗯，这事确实有点奇怪。"父亲也寻思起来。

立本叔坐了一会儿说:"先别寻思了,反正已经这样了,寻思也没用,我先回去问问,应该是咱们村里的人,不然记者不会知道咱大队部的电话。"

然后父亲就把立本叔送出了医院。

第12章 "名人"出院

三天后王主任把我头上的纱布拆了下来,又检查了一下我背部的伤和腿。检查完,王主任对父亲说:"恢复得都很好,再过几天就可以出院了。"

"太好了,谢谢您!"父亲既高兴又客气地说。

"不客气,他的腿也别总吊着了,可以适当活动活动。"王主任说完就出去了。

头上的纱布拆掉后,我明显感觉轻松了一些,看书和吃饭也方便了很多。上午还是照常打点滴,下午父亲从外面拿了一副双拐进来,让我试着下床活动一下。在父亲的帮助下我双臂夹着双拐在房间里走了几步,开始很不习惯,几步下来已经浑身是汗,又坚持走了几步,父亲说:"好了,今天就这样吧,不能着急。"说完又把我扶到床上。我躺在床上休息了一会儿,又拿起中考的复习资料。

父亲出去打晚饭的时候,穿着一身蓝色校服的君妍又推门进来。这几天她每天都过来看我一下,不是给我带本书,就是给我带几盘磁带过来。这次来她背着手,一进来就说:"哎呀,没想到,你一下成了名人啦!"

"啥名人?"我奇怪地问。

她从背后拿出一张报纸扔到我的病床上说:"喏,自己看。"

我拿起报纸一看,在报纸副刊上有一篇题为《中学少年舍己救人负重伤》的报道,还附有一张我躺在病床上的照片,文章内容除了描述了我救人的过程,又浓墨重彩了一番。我看完就把报纸扔到了一边说:"这都是些啥呀?"

"怎么?成了名人还不高兴啊?"君妍笑着说。

"啥呀?这也太夸张了。"我说。

"新闻报道都这样，昨晚你还上电视新闻了呢，而且今天在学校的课间我们老师还专门提到了你，让我们要向你学习呢。"她一边在病房里走着一边说着。

"哎哟，我的天啊！这是搞些啥呀？"我拍了一下头说。

"媒体就是这样的，没什么好奇怪的，再说了，这又不是什么坏事。"她自然地说。

"哎，是不是你给电视台和报社打的电话？"我突然问她。

"什么？我？说真的，我还真没有那个闲心。"她很坦然地说。

"那到底是谁呢？"我纳闷地说。

"我猜肯定是为你好的人。"她说。

"为我好的人？啥意思？"我问。

"你想啊，你伤成这样，也许就无法顺利地参加中考了，现在媒体一报道，说不定你们学校就有可能会保送你进入高中。"她一番分析下来，好像有些道理。

"就算是这样，我也不会接受。"我说。

"为什么呢？"她有些不解地问。

"如果我真的不能中考，可以再复读一年，我才不靠这些虚名进入高中呢。"我认真地说。

"嗯，好，支持你，如果是我，我也会这样做。"她也认真地说。

"哎，你现在已经上高二了，当然会这么轻松地说。"我半开玩笑地说。

"那没办法，我们城市从小学开始就比你们农村早上两年。"她好像有些无辜地说。

"咋，比我们早上两年学，你还不愿意啊？"我说。

"好了，不和你说了，我该回家了。"她说完离开了病房。

不一会儿父亲打饭回来，还带进了两个人来，是春兰姐和小艳。她们手里都提着一包水果，进来后把水果放到床头柜上。春兰姐问我："还疼吗？"

"不疼了。"我说。

"不疼也得好好养养。"春兰姐说。

"你们是咋知道的?"我问。

"我是在报纸上看到的。"小艳说。她这次又化了很浓的妆。

"是啊,这次你可成了名人啦。"春兰姐笑着说。

"啥名人啊,不就是上了报纸嘛,又不是我想上的。"我说。

一旁的父亲也说:"上报纸有啥用,就算出了院,他至少也得在家里待上三个月。"

"大伯,家里是不是快过麦了?"春兰姐问父亲。

"还早点,不过也快了。"父亲说。

"过麦的时候,家里要是忙不过来,就给我打电话,我回去。"春兰姐说着在我的复习本上写了个电话号码。

"不用,我和你大娘还能行嘞,你安心上班就行。"父亲说。

"哎呀,大伯,跟我客气啥呀!"春兰姐说。

"行嘞,用着你时就叫你。"父亲说。

"嗯,那我们就先回去了。"春兰姐说着从包里拿出五百块钱放在床上。小艳也拿出二百,放在床上。

"我带的钱足够,你们留钱干啥?"父亲说着就拿起钱来推让。

一直推让到门口,也没把钱推让回去,春兰姐和小艳就这样走了。

第二天上午,我正在打点滴,门一响,突然闯进来十几个人,原来是我们学校的教导主任杨老师(也是我们班的班主任)带着各班级的班长来看我,还带了一份"见义勇为好学生"荣誉奖状。

杨老师给我发完奖状说:"你是我们学校的骄傲,所有同学都要向你学习,愿你早日康复,回到学校,尽量别耽误中考!"

"谢谢老师!"我不好意思地说。

向阳虽然不是班长,但是也跟着来了,这次来他又恢复了以往的调皮。一见到我就说:"好你个鬼子,一下子成了名人啦。"

"你得了吧。"我白了他一眼说。

他笑嘻嘻地站到了我的床边,看到我的床头柜上放着一些磁带,他拿起一盘优客李林的《少年游》专辑来问:"这是谁的?"

"志彬他表姐的。"我说。

他毫不客气地装进衣兜里说:"我拿回去听听哈。"

我又白了他一眼。他满不在乎地说："我又不是不还她。"

一旁的志彬笑着说："没事，让他拿着吧。"

就在我们说话间，杨老师转身握住了父亲的手说："您培养了一个好孩子，是我们的光荣啊！"

"这是赶巧了，其实这些孩子谁遇上那种情况，都会那么做的。"父亲说。

"哎呀，您客气了！"杨老师笑着说。

"我是实话实说。"父亲说。

杨老师又和父亲客气了几句就说要走。父亲把他们送出了病房，又送下了楼梯……

三天后，王主任又给我简单检查了一下说："恢复得很好，可以出院回家休养了，适当锻炼一下。"

父亲听完高兴地问："现在就能出院了吗？"

"是的，随时可以去办理出院手续，一个月后再来检查一次，如果没什么问题，就可以拆掉石膏。"王主任说完就出去了。

"那咱们今天上午就出院？"父亲问我。

"行啊。"我答应着，我明白在这里多住一天就多花一天的钱。

"那我这就去办出院手续。"父亲说完就往外走，还没到门口，君妍正好进来。

"大舅，你要干吗去？"君妍问父亲。

"我去办一下出院手续。"父亲边说边往外走。

君妍走到床边问我："你现在就出院吗？"

"是的。"我说。

"干吗这么着急啊？"她问。

"刚才王主任给我检查了一下，他说可以出院，那就快回家吧，毕竟在这里多住一天就多花一天的钱。"我说。

"嗯，也是。"她抿嘴说着，犹豫了一下，就给我收拾起东西来。该打包的打包，该装袋的装袋，没用的扔进了垃圾桶。

"你不用忙活，一会儿我爹来了收拾就行。"我说。

"怎么，跟我还客气？"她一边收拾一边回头笑着说。

"不是。"我不好意思地说。

"不是什么?"她笑着追问。

"好吧,你想收拾你就收拾吧。"我无奈地说。

不一会儿,两大包东西已经收拾完成。她问:"怎么样?可以不?"

"太可以了。"我说。

"那是!"她有些得意地说。

"你的那些书和磁带,就先不给你了,回家后我可能要在家待三个月,得靠它们打发时间。"我对她说。

"没事,我快放假了,等我去你们村的时候,再给你带些回去。"她说。

"那太好了。"我说。

正好父亲办完出院手续回来,一看东西,君妍已经收拾好了,就说:"你这孩子,等我回来收拾嘛,你咋都收拾了?"

"大舅,你跟我还客气呀。"君妍俏皮地说。

"真是好孩子啊,既然你都收拾好了,那咱们下楼吧。"父亲说着给我拿过了双拐。我架起双拐,父亲和君妍一人一手提着一个包,一手扶着我出了病房,慢慢走到电梯门前,一会儿电梯门开了,我们慢慢进了电梯,门一关,电梯慢慢向下滑动。

"君妍,你今天咋没上学?"父亲问。

"大舅,今天是星期天。"君妍说着,电梯门已经开了。他们扶着我慢慢走出电梯,又慢慢走过候诊大厅。在候诊大厅碰见了立云姑,她忙把父亲和君妍手里的包接过去说:"志远今天就出院吗?"

"是嘞,王主任说可以出院,那就不在这儿多待了,家里也快过麦了。"父亲说。

"哦,也是,回家也得好好养息啊。"立云姑叮嘱着。我们已经走出了医院,走向拖拉机。

"知道嘞。"父亲答应着。

立云姑先把两个包放进拖斗,又过来帮父亲和君妍一起把我扶上拖斗,让我靠在一个包上。

父亲发动起拖拉机,上了驾驶座,对立云姑说:"那我们就回去了。"

"路上慢点。"立云姑说。

父亲点点头，一踩油门，车子慢慢开动。

拖斗里的我向立云姑和君妍挥了挥手，她们站在医院门口也向我挥着手，然后她们的身影越来越小，直到消失在我的视线之外。

拖拉机行驶在大公路上，五月的太阳带着夏天的温度洒下来，晃得我抬不起头，一阵阵热风吹在脸上，带给我久违的舒畅。道路两旁的麦子已经金黄，迎风摇曳，像金色的浪花在大地上起伏。

"今年的麦子真好啊！"驾驶座上的父亲高声说。

"嗯，应该快收了吧？"我回头也提高了嗓门问。

"要是都这样，明后天就可以收了。"父亲说着继续开车。

很快就进了李村，拖拉机刚开进我家住的那条大街，就看到家兴叔和向阳从我家里出来，又听到了向阳的歌声：

> 这绿岛像一只船
> 在月夜里摇呀摇
> 姑娘哟
> 你也在我的心坎里飘呀飘
> 让我的歌声随那微风
> 掀开了你的窗帘
> 让我的衷情随那流水
> 不断地向你倾诉
> ……①

父亲把车停在家门前，就问家兴叔："你们这是干啥嘞？"

家兴叔迎上来说："这不是看看你们回来没有，想借你这拖拉机用用。"

"哦，借它干啥？"父亲边问边打开拖斗的挡板，往下扶我。

家兴叔和向阳过来帮忙扶我下了车。

母亲和小兰听到动静也出来了。母亲拿下那两个包问："咋这就回来了？"

"医生说能出院了，还在那里干啥。"父亲边扶我进屋边说。

直到把我扶到炕上，家兴叔才说："咱们村准备明天开镰了，我打算去赶个刘家集，把家里存了两年的陈麦子全卖了去，也好腾出地方放新麦子嘛。"

"哦,明天就开镰啊,听天气预报没?"父亲问。

"听了,说今日咱这里有小雨,你看这天哪像下雨的样啊。"家兴叔给父亲点了一根烟说。

"那你是自己开着去,还是我和你一块儿去?"父亲吸了口烟问。

其实家兴叔也会开拖拉机,虽然不太熟练,赶个集是没问题的。可是没等家兴叔说话,母亲就对父亲说:"你快跟着一块儿去吧,顺便也赶个集,这就过麦了,也好买点菜,再买点大骨头,今中午咱炖大骨头,给三光补养补养。"

"行嘞,那咱们快走吧,这都快十点了,上你家装车去。"父亲说完就跟着家兴叔和向阳,开着拖拉机走了。他们刚出家门就又听到向阳唱起来:

  日头昏昏照未光
  好人坏人怎样分
  心情郁卒的时阵
  喝酒唱歌解忧闷
  ……②

"向阳这孩子哪儿都好,就是一天到晚的瞎唱,也不知道唱了些个啥。"母亲一边收拾从医院拿回来的东西一边唠叨着。

小兰趴在炕沿上,用小手轻轻摸着我打着石膏的腿,歪着小脑袋问:"三光哥,你的腿还疼吗?"

"不疼了。"我笑着摸摸她的头。

"那咋还包着这么厚的布呢?"她好奇地问。

"因为它还没有长好呀。"我说。

母亲收拾完东西对小兰说:"小兰,别缠着你三光哥,让你三光哥先歇歇,跟大娘上外边洗衣裳去。"

小兰听话地跟着母亲出去了。

我斜躺在被窝上,看了一会儿书,就听到母亲在院子里说:"志彬来了!"

"嗯,大娘!我听向阳说我哥出院了,过来看看。"志彬的声音回答。

"你哥在炕上躺着呢，进去吧。"母亲说。

"嗯！"志彬答应一声，来到屋里。看到我躺在炕上的样子，笑着说："哟，你挺自在呀。"

"少来，要不你也自在一回？"我说。

"我不是没遇上舍己救人的机会嘛。"志彬说着坐到了炕沿上。

"少贫嘴！"我白了他一眼，又压低了声音问，"放电影那天晚上，你在哪儿找到的向阳？"

志彬也压低了声音说："在修林的屋子后面。"

"嗯，我一猜就是他放的火。"我说。

"不用猜，那天晚上大伙把你救出来后，他就跟我说了，要不然我也不会在警察面前给他打掩护了，不过那天晚上他真不知道小芳还在家里，更没想到会伤到你。"志彬说。

"这我知道，他就是想报复一下修林。"我说。

"要是只因为修林打了他，他也不至于放火。"志彬低声说。

"那还为啥？"我问。

"他说，他一看到修林家那一堆柴火，就会想起山子在修林他们家受的那些苦，然后就莫名地生气，这才是他放火的真正原因。"志彬说。

我听完，拍了一下炕面说："对！我也有这种感觉……"

这时母亲和小兰走进屋来，志彬快速地转移了话题说："咱们已经放假了。"

"已经放麦假了吗？"我问。

"对，放假十天，然后再上十几天学就考试了。"志彬说。

母亲叹口气，插话说："唉，你们可以上学考试，你三光哥可咋办？"

"大娘，你可别这么说，我哥的事都上报纸和电视了，没准儿我们学校能保送我哥上高中呢。"志彬宽慰母亲说。

"唉，但愿能吧……"母亲还没说完，就听到立新叔的声音说："三光出院了吗？"接着立新叔就走进屋来。

"立新叔！"我和志彬同时叫了声。

"嗯，志彬也在啊。"立新叔笑着说。

"嗯，刚来一会儿。"志彬说。

"刚才我听到拖拉机的声音，就想过来看看，正巧我爹要解大手，又忙活了一阵这才过来。"立新叔说。

"三叔又便秘啊?"母亲问。

"唉,活动越来越少,能不便秘嘛。"立新叔说。

"唉,三叔这身体拖累你了。"母亲叹息着说。

"这是没办法的事,人都有老的一天嘛。"立新叔说。

"这星期,他婶子没回来吗?"母亲问。

"可能单位加班吧,没回来。"立新叔说完又问我,"出了院,怎么样啊?"

"挺好的,就是行动不太方便。"我说。

"没事,小年轻养几个月就好了。哦,对了,我从医院借了个轮椅回来,现在你三爷爷还用不上,回头给你弄来。"立新叔说。

"立新,今儿中午别做饭了,你哥去集上买骨头了,中午炖骨头,一块儿吃吧。"母亲说。

"好嘞,我得先回家看看,现在老爷子一会儿都离不开人。"立新叔说完就回家了。

志彬说:"我也该回去了。"

"一块儿在这儿吃吧。"母亲说。

"不了,大娘!"志彬说完向我一摆手,出去了。

---

① 《新绿岛小夜曲》词曲唱:郑智化。

② 《烟斗阿兄》闽南语,词曲唱:郑智化。

第13章　天灾致人祸

父亲赶集回来的时候已经快十二点了。母亲问:"咋回来这么晚?"父亲把几斤骨头和几样青菜从拖拉机上拿到屋里说:"家兴的麦子在集上根本没人要,最后实在没办法,送到粮站才卖掉,而且价钱还很便宜。"

母亲一边忙着炖骨头一边说:"他卖的这个时候不好,眼看新麦子就下来了,谁还要陈麦子啊。"

"是嘞,也不知道他是咋想的,就不能等几天再卖。"父亲到院子里洗了下手又进屋说。

"这是几斤骨头?"母亲问。

"四斤啊,咋了?"父亲说。

"看着不多,立新也一块儿在这儿吃,那不得给三叔再端点去。"母亲剁着骨头说。

"哦,那是不多,我再切几个土豆,一起炖吧,那样还更好吃。"父亲说。

"嗯,也行。"母亲说完,父亲就去拿土豆。

母亲接着说:"家兴能咋想,就他家那几间土屋,住人都不宽敞,别说存麦子了,过几天,新麦子下来,真没地放。唉,自从向阳娘儿俩来了以后,虽说家兴的脾气比以前好了很多,但一直也没有个正经营生,光靠着干电工领那点死工资,也就刚够一家人吃饭的,想盖上几间房子有点难喽。"

"也不能这么说,这次三光住院,春兰和他家的小艳去医院看三光,小艳还扔下二百块钱呢,就是小艳那个穿着打扮,我差点没认出来。"父亲切着土豆说。

"哦,是吗?好来的钱,肯定不是从正路上来的。"母亲说。

"看你都说些啥话，可不要往外边说。"父亲说。

母亲刚要反驳，立新叔推着个新轮椅进来。母亲马上转移了话题说："骨头刚炖上，还得等会儿，你们兄弟俩先绊个凉菜，喝两盅。"

"行啊！"立新叔答应着。

父亲很快绊了个豆腐干儿，倒了两杯酒，跟立新叔边喝边闲聊起来。

小兰爬到轮椅上，正经八百地坐在上面，晃悠着小脑袋，很好玩的样子。

父亲指着轮椅对立新叔说："你弄这东西来干啥？"

"这是我爹出院的时候，我向医院借的，现在我爹还用不着，就先让三光用吧，他刚出院，进进出出的也方便些。"立新叔喝了口酒说。

"医院不白借吧？"父亲问。

"交二百块的押金，用完了送回去，钱再退还。"立新叔说。

"哦，出院的时候，我也不懂这些，不然也借一个了。"父亲也喝了口酒。

"没必要，先用这个就行，三光也用不了多长时间，最多用到拆了石膏。"立新叔说。

这时母亲在灶膛旁问："你们喝完了没？喝完了就开饭了。"

"喝完了，喝完了！"父亲和立新叔同时说。

母亲一掀锅盖，满屋子散开白色的热气，热气里飘着骨头汤的香味……

等吃完饭，已经一点多了。母亲又盛了一碗骨头汤，拿了个馒头，让立新叔给三爷爷端过去，立新叔也毫不客气地端着骨头汤拿着馒头回家了。

母亲刚把碗筷收拾好，就听见外面打了一个响雷。父亲出去一看，从西北方上来一块很大的黑云彩。父亲说："不好，要下雨了！"就马上拾掇院子。黑云彩很快遮住了原本晴朗的天空，屋子里立刻变得像黑夜一样。父亲收拾好院子，进屋说："这天不像是好天啊！"话音未落，第二声响雷带着闪电响彻天空，紧接着豆大的雨点夹杂着像鸡蛋大小的冰雹下了起来，砸得屋顶上的瓦和门窗的玻璃噼里啪啦响，然后又是"啪"的一声，院子里的一个咸菜缸也砸烂了，咸菜水和雨水混在一起，流散开来。冰雹一直下着，不一会儿地上就下了一层厚厚的冰蛋蛋。

小兰吓得蜷缩在母亲的怀里说："大娘，外面下啥？我怕！"

母亲摸着小兰的头说："不怕哈，外面在下雹子，一会儿就好了。"

父亲点燃一根烟，叹口气说："唉，到嘴的麦子，这下全完了！"

"唉，可惜了今年一地的好麦子啊！"母亲也叹息说。

"是啊，老天爷不让吃啊！"父亲又狠抽了一口烟。

"幸亏咱家去年打的麦子还够将就一年的。"母亲说。

"只怕家兴他们家今年的日子不好过了。"父亲说。

"哎呀，是啊，早知道这样不给他帮忙呢。"母亲后悔地说。

"现在说啥都晚了，听天由命吧。"父亲说。

……

冰雹整整下了十分钟才停止，接着又下了半个多小时的雨。等雨停了，很快太阳就出来了，天空中还出现了一道漂亮的彩虹。

村里的人们都出了家门，在大街上纷纷抱怨着老天爷。男人们都去了地里，看麦子的情况，父亲也去了。不一会儿都垂头丧气地回来了。

女人们都问："咋样啊？"

有的男人说："砸了个精光！"

有的男人说："今年省得过麦了！"

有的男人说："明天直接不用开镰了！"

……

据当地晚上的新闻报道，好几个镇的小麦全部受灾，有的村直接颗粒无收，其中就包括李村。第二天，小麦的价格上涨了三倍还多。

就在这天晚上九点左右，我刚躺下，就听到向阳他娘在外面喊："快来人，救命啊！向辉他爹喝药啦！"

父亲和母亲一听马上跑了出去。接着就听到全村像开了锅一样，人声鼎沸。没过一会儿，父亲急匆匆地回来发动拖拉机。母亲随后也回来叮嘱父亲："天这么晚了，路上小心点！"

父亲"嗯"了一声，开着拖拉机出了院子。

母亲进屋后，我问："咋回事啊？"

"你家兴叔喝药了！"母亲说。

"为啥呀？"我追问着。

母亲就简单地把经过说了一下:"你家兴叔从下雹子开始,就喝起了闷酒,一直喝到晚饭后,喝了两瓶多白酒。你家兴婶也是不赶眼神,还一直在埋怨他卖了麦子的事,结果两个人就打起来了,你家兴叔一上手打,向阳能看着他娘挨打吗?向阳再一动手,你家兴叔一看没有活路了,拿起一个农药瓶子就喝了一口,也不知道喝了多少,反正倒下就没起来。"

"那现在呢?"我继续问。

"现在你家兴婶陪着你家兴叔一块儿上医院了。"母亲说。

"就我爹一个人和他们去的吗?"

"你立本叔也跟着去了?"

"哦,那向阳呢?"

"向阳在家里看着向辉。"

"哦!"

"你家兴叔这才过了几年好日子,又闹这么一出,现在是死是活都不知道,唉,这是啥命啊!"母亲絮叨着上炕躺下了。

村里也渐渐安静下来,月光透过窗口照进来。我却没有了丝毫的睡意,一直想着向阳此刻在干什么。没想到一场冰雹就改变了他们一家的命运……

父亲和立本叔是两天后的下午才回来的。父亲将拖拉机停到院子里,和立本叔一同进了屋。

"你们咋现在才回来啊?"母亲忙问。

"唉,别提了,我们也想早回来啊,可是家兴不醒,我们能回来吗?"立本叔一屁股坐在椅子上说。

"家兴才醒吗?"母亲边给他们倒水边问。

立本叔喝了口水说:"今天上午才算是抢救醒了。"

"咋了?到底是啥情形啊?"母亲又问。

立本叔又喝了口水说:"本来家兴喝的农药并不多,就一点点,可是他之前喝了大量的白酒,这就比较难办了,不过,现在好歹是抢救过来了。"

"那真是万幸啊,只要人没事了就比啥都强。"母亲说。

"我看也不好说。"父亲喝着水说。

"那是咋?"母亲问。

立本叔又把话接了过去:"命是救过来了,就是神志一阵清醒一阵糊涂,直到我们走也是那样。"

父亲说:"我问过医生,医生说,也许是农药和白酒造成的副作用,也许是精神上受了刺激,脑子真出了问题,目前还不好说是哪种情况,不排除两种因素都有,医生说,这种情况也许是暂时的,也可能会是长期的。"

"嗯,要是长期的,还真是麻烦了呢。"立本叔端着茶碗说。

"唉,你们说,向阳他娘这是啥命呀?"母亲听完感叹地说。

"现在也只能走一步看一步了,想太多也没用。"立本叔说。

"向阳他娘现在咋样?"母亲问。

立本叔说:"跟我们一起回来了,到她家门口她就下车了。我让她回来收拾点东西,明天一早再坐公交车回去,也好休息休息,反正现在医院那边有小艳照看着。唉,这一路上她一直在哭,到现在哭能有啥用?"

"唉,一个女人这个时候,她不哭,能有啥法?"母亲叹息着说。

"也是啊!"立本叔站起来对斜倚在被窝上的我问,"你的腿好点没?"

"好多了,叔。"我微笑着说。

"还是得多注意点,别乱动哈。"立本叔说着就要走。

"嗯!"我答应着。

父母要留立本叔吃了饭再走,立本叔说:"不了,两天没在家了,他婶子也该着急了,再说村里也不知道有啥事没有。"

父母就没再挽留,一起送立本叔出了大门口。

每年这个时候,收完自家的麦子,父亲就会开着拖拉机带上母亲去别的村里给人家拉麦子、打场。这样十几天下来,挣的钱就够一家人一年零花了。

今年一场冰雹虽然让李村和其他几个村颗粒无收,可是那些没有受灾的村子照样忙着收麦子。所以吃晚饭的时候,母亲就和父亲商量着去别的村子找些活儿干,可是又担心我的腿还没好,我自己在家不行。我说:"没事的,你们去吧,我自己能行,再说了,不是还有小兰嘛。"这时小兰也扬起小脑袋说:"我要和三光哥在家一起玩。"母亲对小兰说:"那你可要听你三光哥的话，千万别瞎闹，更不能碰到你三光哥的腿，要是有啥事，要先去外面叫大人，知道不？"

"嗯，知道！"小兰很认真地点头说。

于是，第二天父母就开着拖拉机出去了，临走时母亲还专门托付立新叔没事多过来看护着点，立新叔当然很爽快地答应下来，父母这才放心地开车出了村。

其实我和小兰在家一点也不清闲，因为一会儿志彬就来了，接着向阳领着向辉也来了，屋子里瞬间热闹起来。不过志彬和向阳都觉得屋子里太闷，于是他俩把我从炕上架到轮椅上，又把我推到院子里找了一处阴凉地儿一放，向阳说："齐活！"

我故意没好气地冲他俩说："哎，我咋感觉被你们绑架了似的？"

"俺们好心费力地把你弄出来凉快凉快，透透气，你还说这种风凉话，真是个鬼子，小心我大刑伺候。"向阳依然俏皮地说，好像家兴叔的事对他没有什么影响。

我给了向阳一个白眼，没再理他。

一旁的志彬笑了笑也没说话，背靠在墙上，从口袋抽出他的小游戏机，摆弄起来。

小兰领着向辉到大门外的土堆上刨坑玩儿去了。

而向阳又高歌起来：

日子怎么过，快乐不快乐
像这种无聊的问题，你不要问我
该来的会来，该走的会走
反正都是没把握，不必太强求
我有我的痛，我有我的梦
装疯卖傻的时候，你不要笑我
也许有一天，你我再相逢
睁开眼睛看清楚，我才是英雄
笑容太甜，泪水太咸
山盟海誓到了最后难免会变
烦恼太多，未来太远

　　　　何不陪我一起放荡
　　　　游戏人间
　　　　……①

　　我一边听着向阳的歌声，一边看着晴朗的天空，一片淡蓝色，没有云彩，偶尔有几只燕子飞来飞去。我又回过头来看了一眼向阳，突然觉得，也许只有在他的歌声里才能看到他真实的自己，在他嬉皮笑脸外表的背后不知隐藏了多少秘密和酸楚……

　　"哥，你还准备参加中考吗？"志彬的问话打断了我的思绪。

　　"当然，要是能去，我还是想去参加考试。"我说。

　　"不过，在放假之前，班主任找我，问过你的伤情，我看班主任的意思，就算你不参加考试，学校也会保送你到市高中。"志彬说。

　　"我不希望他们保送我，我想尽量凭自己的实力考上高中。"我认真地说。

　　"我看你就是个傻子，你都上了电视和报纸了，你还费那个劲干啥？"向阳满是不解地说。

　　他的话一下让我想起了件事，我立刻问向阳："哎，是不是你给电视台和报社打的电话，让我上的电视和报纸？"

　　向阳好像更不解了，说道："快拉倒吧，我才不干这'好事'呢，再说了，就算我想干，我也不知道电视台和报社的电话，就算我知道，我上哪里找电话去？"

　　我又追问了一句："真的不是你打的？"

　　"真的不是我！"向阳也认真起来。

　　"哎，那是谁打的电话呢？"我思索地说着。

　　过了一会儿，向阳一脸怪笑地说："嗨，我倒是想到一个人！"

　　"谁？快说！"我急切地问。

　　向阳反而慢悠悠地走了几步，又唱起了歌：

　　　　村里有个姑娘叫小芳
　　　　长得好看又善良
　　　　一双美丽的大眼睛

辫子粗又长

我有些疑惑地说："你的意思……是她？"

"嗯！"向阳点点头。

"不可能，她为啥给电视台和报社打电话啊？"这回轮到我不解了。

"你傻啊，你想啊，"向阳分析说，"你救了她一命，她想报恩，想还你这个人情，难不成你叫人家以身相许啊？"

志彬在一旁笑了笑，没说话，继续玩他的游戏机。

我白了向阳一眼："你少给我胡说八道，我伤成这样不都是你害的，还拿我开玩笑。"

向阳又嬉皮笑脸地说："别急眼嘛，我也只是瞎猜，反正时间会证明一切的。"

我又白了他一眼，向阳就没再说话。

这时我听到小兰喊了一声："小婶婶！"

志彬走到大门前，也马上说："婶子，回来了？"

"嗯！志彬在这里玩啊？"是立新叔家的小婶子的声音。

向阳把我推到了大门口。立新婶手里提着两包东西，正好走到我们跟前。她先是从包里拿了四块巧克力，分给了小兰和向辉，接着又问我："三光，你的腿好些了吗？"

"好多了，已经不怎么疼了。"我说。

"嗯，那也要多注意休养。我回家把东西放下，你们玩吧。"说完，立新婶回身进了家门。

我们三个又回到院子里。向阳推着我问："你有没有发现立新婶和以前有啥变化？"

"变化？哪方面？"我问。

"身材方面。"向阳说。

让他这么一说，我才意识到立新婶比以前发福了一点，尤其是肚子特别明显。我说："好像比从前胖了一些，咋了？"

"我看她一定是有小孩了。"向阳说。

"哦？她和立新叔结婚都快一年多了，有小孩不是很正常吗？"我说。

"那倒是，要是没有小孩才不正常呢。"向阳笑着说。

109

我又白了他一眼："你能不能少胡说？"

"我哪胡说了，不是事实吗？"说完，他一个转身，紧跑几步，然后一跳，做出了一个乔丹经典上篮的动作。

我真是拿他一点办法都没有。

这时志彬收起了游戏机，问我："你上炕躺一会儿，还是在轮椅上？我出来一上午了，也该回去了。"

"我在轮椅上吧，这样方便一些，你回吧。"我说。

"嗯！"志彬答应着就要走。向阳叫过向辉来说："咱们也该回家了。"

他们走到大门口，志彬又转身问我："中午你和小兰咋吃饭啊？要不我一会儿给你们送点过来？"

"不用，没准儿一会儿你大伯大娘就回来了，你别管了。"我说。

"好吧。"志彬说完转身和向阳走出了大门。然后我又听到了向阳的歌声：

　　我是风筝　高高地飞
　　我是风筝　天南地北
　　一生注定　不能后悔
　　没有人管　没有人陪
　　……②

他们走后，小兰自己在外面玩，我在轮椅上拿着一本中考复习资料看了一会儿，听到屋里的挂钟打了十二下，心想父母怎么还不回来？就听到立新叔对小兰说："别玩土了，小兰，快到水管上洗洗手，准备吃饭了。"话音未落，就看到立新叔双手端着一个小笼屉进来，他先把笼屉放到屋里，又出来推我，他一边推着轮椅进屋一边说："你婶子回来的路上看见你娘了，说他们接了个大活儿，中午就不回来了，让我给你俩送点饭来。"

"哦！"我应了一声。

立新叔把我推到饭桌边，就把笼屉里的饭菜端出来，放到饭桌上，我一看有两碗米饭、一大盘红烧肉，还有一大碗西红柿鸡蛋汤。

这时小兰也洗完手进来了。立新叔笑着对小兰说："快，自己拿板凳坐下吃饭。"然后又给我俩拿了筷子和勺子说："这些应该够你们吃的了，要是不够再让小兰过去说一声。"

"够了，叔，这些已经很多了。"我说。

"嗯，那就快吃吧，吃完了上炕睡一觉，我一会儿过来收拾就行。那我也回去吃饭了，你婶子还等着我呢。"立新叔说完就回家了。

也许真的饿了，也许是饭菜太好吃了，我和小兰很快就把些饭菜吃了个精光。吃完后小兰要看电视，自己用小手扭开电视机的开关。电视里正在播放《西游记》，这好像是每逢放假必播的一部电视剧。

我觉得有点困，就从墙角拿过双拐，自己支撑着上了炕，躺下就睡着了。

当我醒来的时候已经是下午三点多了。小兰不知什么时候也在炕上睡着了，电视机也关了。桌上的碗筷都没有了，想必是立新叔来收拾过。

我将上身靠在被子上，拿起那本高尔基自传三部曲第二部《在人间》看了起来。

小兰是四点多醒的，她刚醒，正好立新婶来晾被单，就要跟小婶婶去玩，立新婶笑着说："来吧，和婶子一起回家玩去，也省得总缠着你三光哥。"小兰很快下了炕，跑到院子里。

我隔着窗户问："婶子，回来待几天啊？"

"明天就回去了，这不赶紧给你叔和你三爷爷洗洗该洗的衣服什么的，家里实在晾不开了，只能拿你家来晾了。"立新婶边往天条上搭床单边说着。

"哦，晾就行，反正我家的天条闲着也是闲着。"我说。

立新婶晾上床单就领着小兰回家了。

这一下午，志彬和向阳都没有过来，也许是怕我太累吧。正好我把整本小说一口气看完。合上书，我在感叹主人公命运的同时，心里也在想自己以后会不会也能成为一个作家……

父母回来的时候已经快七点了，天已经黑了。他们还没等进屋，小兰就跑来了，立新婶也跟了过来说："我们开始吃饭了，这孩子一听到你们回来，就不吃了，放下小碗就跑。"

"中午就够让你和他叔麻烦了，晚上还让你们忙活。"母亲客气地说着。

"嫂子，看你说的，这不是应该的嘛，再说我经常不回来，立新不也是没少在你家吃饭嘛。你们回来这么晚，就别开火了，我回去给你们端些过来吧。"立新婶一边收床单一边笑着说。

　　"哎呀，不用了，俺们回来的时候在路边买的热包子，对付吃点就行，你们可别忙活了。"母亲着急地说。

　　"光吃包子哪行啊，等会儿让立新给你们端点汤来。"立新婶说完抱着床单快步回家了。

　　"不用！不用！"母亲还在着急地说，可立新婶就像没听见一样。

　　父母进了屋，他们的头发上和衣服上全是碎麦秸和麦皮，脸上也都是很疲惫的样子，想必今天肯定累得不轻。父亲把一大袋蒸包子放在桌子上，然后上里屋倒了一小杯白酒出来，坐下，先抿了一口酒，又拿出一个包子吃了起来。

　　母亲给我和小兰每人拿了一个包子，自己再坐下开始吃。一边吃一边问我们中午吃的啥？没等我开口，小兰就抢着说了。

　　"嗯，我们不在家，你俩吃的还不错啊。"父亲听完有些欣慰地说。

　　"这还不是多亏立新两口子。"母亲说。

　　母亲刚说完，立新叔就端着一个大汤盆进来了，把汤盆慢慢放在桌子上，是大半盆菠菜鸡蛋汤。

　　"我都和他婶子说不用了，还是麻烦你端过来，这真是……"母亲感激地说。

　　"这有啥麻烦的，嫂子，我就知道你们回来迟，所以特意让他婶子多做了一些，这不正好嘛。你们快吃吧，我也回去吃了。"立新叔笑着说。

　　"哎，立新！"立新叔刚要走，母亲又叫住了他问，"他婶子是不是有了？"

　　"嗯！"立新叔点头回答。

　　"这是好事啊，几个月了？"母亲高兴地问。

　　"有四个多月了吧。"立新叔摸摸头说。

　　"那你还让她去上班？这时候应该多养息着。"母亲说。

　　"单位不准假，她工作也不累，就先干着吧，啥时候上不了班了再说。唉，我爹又这样，要是我们两个都不上班了，拿啥生活呀？"立新叔有些无奈地说。

"唉，这倒是，就是委屈了他婶子了。"母亲感叹着说。

"那也没办法啊……我先回去吃饭了，你们也快点吃吧，都累了一天了。"立新叔说完就回家了。

"立新能娶到这样的好媳妇真是上辈子修来的福气，现在又怀了孩子，真是好事啊！"母亲边盛汤边念叨着。

父亲喝完杯中的酒接话说："只怕咱三叔看不到这个孩子出世了……"

---

① 《游戏人间》词曲唱：郑智化。
② 《我是风筝》词曲唱：郑智化。

第 14 章　红红好姑娘

　　时间总是像水一样流过我们的生活。转眼间，十天的麦假已经结束，学生们又都开始了上学的生活。

　　其实，今年对于李村来说，这个麦假放得毫无意义，因为那场冰雹已经把李村的人们对麦收的憧憬和希望全部砸了个精光！这不禁让我想起往年过麦的热闹场景，人们在金黄的麦地里挥舞着镰刀，看麦子一排接一排地倒下，虽然劳累，但是脸上都洋溢着丰收的喜悦，还有道路上各种拉麦子的车辆和打麦场上的欢笑声……这一切竟然被一场冰雹全都毁灭了。

　　同时毁灭的不止这些，还有家兴叔，虽然在几天前家兴叔已经出院了，可是听志彬说情况并不好，家兴叔的精神好像出了问题，情绪时好时坏的，上来一阵就会对向阳他们娘儿仨连打带骂，等那阵过去，又会懊恼不已。向阳因为有了上次的教训，再也不敢还手了。家兴叔出院那天，小艳也一起陪着回来了，并给了家兴婶一千元钱，说是只要把他爹照顾好，她会每月往家里送钱的，然后在家住了一晚就回城了。

　　虽然不用收麦子了，但人们的日子还得过下去，所以这几天村里人们开始忙着把地里的烂麦秸弄出来，再把土地重新耕一遍，该种玉米的种玉米，该种高粱的种高粱，希望秋天能有个好收成。

　　父母在家待了两天，忙完自家地里的营生，就又去比较远的村子给人拉麦子、打场去了。由于各村种麦子的时间不同和种子的成熟期不同，所以麦收的时间也不是那么统一，反正拖拖拉拉怎么也得一个月左右。

　　麦假结束后，小兰也跟着她的小伙伴们一起去上幼儿园了。我就只能自己在家照顾自己，我的腿也在慢慢好转，小范围的活动自己是完全可以的。中午，父母有时候回来，就算他们不回来，立新叔也会给我送些饭菜过来。

这天下午，我睡了会儿午觉醒来，自己下了炕，坐到轮椅上，拿出中考复习资料和五爷爷过来看我时拿来的一本合订本的《读者》放到大腿上，自己双手转着轮椅来到院子里。这十几天下来，我已经可以比较熟练地控制轮椅了。院子里满是阳光，没有一处阴凉的地方。我转着轮椅往外走，来到大街上，在一棵大树底下停下。我抬头看看天空，浅蓝色的天空上没有一片云彩，也没有风，树上倒是有了知了的叫声。夏天就是来得这么快，猝不及防的闷热会让人感觉不太习惯。

我又环视了一下大街，整条大街上几乎没有行人，只是在不远处的墙根儿旁有几个乘凉的老人，说着家长里短，或者陈年旧事。这是我所熟悉的场景，也是我从小看到现在的夏天应有的样子。我翻开中考复习资料，凝神看了起来。其间立新叔出来倒了几次水，也许是给三爷爷擦拭身体吧，见我在低头看书，也没有和我说话。自从上了初中以后，我就比较偏科，文科还行，理科就完蛋了，看到那些数理化的题目就头大，因此每次考试，我的理科一直在及格线左右徘徊，所以我解了五六道题之后，就再也看不下去了，于是我合上中考复习资料，打开了那本合订本的《读者》，飞快地翻看起来。其中有一篇纪念诗人海子的文章吸引了我，这也是我第一次知道中国有这样一位天才级的诗人，以及他传奇而又短暂的一生。在惋惜的同时也让我对生命萌生了一些思考，到底是怎样的绝望才让他以那样的一种方式来结束自己的生命呢？难道生命真的有那么脆弱吗？这时我不自觉地想起了小满叔和家兴叔，是啊，生命有时远比我们想象的要脆弱得多，但是，生命有时又远比我想象的要顽强得多！

在文章的最后还附上了海子的几首诗，其中有这么几行：

> 吃麦子长大的
> 在月亮下端着大碗
> 碗内的月亮
> 和麦子
> 一直没有声响
>
> 和你俩不一样
> 在歌颂麦地时

昨日如歌

我要歌颂月亮

月亮下
连夜种麦的父亲
身上像流动金子

月亮下
有十二只鸟
飞过麦田
有的衔起一颗麦粒
有的则迎风起舞，矢口否认

看麦子时我睡在地里
月亮照我如照一口井
家乡的风
家乡的云
收聚翅膀
睡在我的双肩
……

　　这样的诗句，让我很自然地想起了往年和父亲一起收麦子的情景。可惜今年没有麦子可收，即使有麦子，我也无法去和父亲一起收麦子、看场院了。我在感叹之余竟不自觉地轻声读起了这首诗。可没等我读完，就听到一个女孩用城市腔的普通话接了过去：

麦浪——
天堂的桌子
摆在田野上
一块麦地

收割季节

麦浪和月光
洗着快镰刀

月亮知道我
有时比泥土还要累
而羞涩的情人
眼前晃动着
麦秸

我们是麦地的心上人
收麦这天我和仇人
握手言和
我们一起干完活
合上眼睛，命中注定的一切
此刻我们心满意足地接受
……

  不用抬头，我也听出了这是谁的声音！可我还是自然地抬起头来，张君妍已经背着手站在了我的跟前。她还是扎着马尾辫，雪白的衬衣和鲜红的背带连衣裙形成一种强烈的对比，白色的袜子和粉红色的凉鞋又显得她比以前文静了许多。是啊，夏天正是女孩子们绽放的时候，就像花朵一样。

  没等我开口，她先笑着问了句："你也喜欢海子的诗？"

  "哪儿啊，我随意翻到的。"我把那本《读者》递给她看。她背着的手伸过来把书接过去，我这才发现，她手里也拿着一本书。于是我问她："你拿的啥书？"她把那本书递过来，我伸手接住，是司汤达的《红与黑》。她说："我觉得这本书挺无聊的，看得我直犯困，我才出来的。"

  "哦，是吗？我没看过，要不借给我看看？"我说。

  "行啊，那我看这本《读者》啦？"她说。

  "可以。"我爽快地说，然后才奇怪地问她："哎，你啥时候来的李村？"

  "今天上午啊。"她翻着书很自然地说。

"你们已经考完试，放假了？"

"嗯，已经放假两天了。"

"哦，你们真是幸福啊，我们还有十几天才考试呢。"我有些羡慕地说。

"其实也差不多，你们有麦假，我们就没有。"她继续翻着书说。

"可是今年的麦假也白放了，不过，就算不下冰雹，我也不能帮家里干活。"我叹息地说。

"这都是没办法的事。"她说。

"嗯！"我又问她，"你这次在李村待多久？"

她合上书直视着前方。"不好说，如果没有特殊情况，我想多住一些日子，反正我回去也没什么事。"说完，回过头来问我，"怎么了？"

"没怎么，我就想，你要是不着急回去的话，能不能给我辅导一下数理化，我的数理化太差劲了。"我有些不好意思地说。

她思索了一下说："行倒是行，只是嘛，我的数理化也是一般般，每次考试，都是在及格线左右徘徊着，不过，教你应该没问题吧。"

"太好了！那从明天就开始？"我高兴地问。

"行。"她答应后又问我，"你还是想参加中考？你这样子怎么去呀？"

"只要想去，总会有办法的。"我说。

"好吧，救人英雄。"她微笑着说。

"你就少拿我开玩笑吧。"我有些无奈地说，然后又问她，"你咋会读海子的诗？"

她见阳光快晒到我了，就又往树荫底下推了推我的轮椅说："哦，我有一本海子的诗集。在我们学校很多同学都很喜欢他的诗，我就买了一本，刚看完没多久，我还把一些喜欢的句子记到了日记本上，所以刚才听到你一念，我就听出了是海子的诗。"

"哦，那有机会借给我看看吧，我平时都读一些杂志和小说，很少读诗集，不过看了海子的这几首，倒是挺震撼我的。"我说。

"嗯，没问题。"她答应着又反问我，"你最喜欢他的哪一句诗？"

"比如'目击众神死亡的草原上野花一片，远在远方的风比远方更远'，比如'青海湖上，我的孤独如天堂的马匹，因此，天堂的马匹不远'，我说不上喜欢，我只是好奇，是怎样孤独的一个人才会写出这样绝望的句子?"

"嗯,他的孤独是没人能理解的,不然他最后也不会那么做。"她说。

"也许有很多事,我们现在还理解不了吧,不过我一直觉得,死并不能解决一切问题。"我说。

"嗯,你的性格有点像孙少平。"她说着,一阵微风吹来,她的红裙子被吹起一道道波纹,像流动的火焰。

"哦?是吗?我没觉得,我倒是比较喜欢孙少平那个人物。"我说。

"如果你不是那样的性格,又怎么可能喜欢那个人物呢?"她反问。

我竟无言以对,只好把话题岔开:"你看了《平凡的世界》有啥感受?"

"一本好书!"她简单地说。

"这就完了?我还以为你会说出一大堆心得来呢。"我有些失望地说。

君妍笑了笑说:"其实感触有很多,就是不知道从哪里说起。我虽然不能完全体会到那个时代带给我们父辈的那种困苦和艰辛,但是书里的每个人物都是那么鲜活而真实,就像生活在我们身边一样。他们都在向往美好的生活,并为之努力着,可能现实并不那么美好,甚至残酷,然而他们却始终没有放弃自己的那份初心,这一点在孙少平身上更加突出,但是……"

"但是啥?"我问。

她犹豫了一下接着说:"但是我痛恨书的结尾,为什么没有让少平再找到一个和他般配的那个她?我一直在心里问为什么?可是我知道,没有人可以取代他心底的、最爱的晓霞!我甚至不知道用什么词来形容他们的感情!平凡的世界,为什么让他们遇见,而不能平凡地让他们度过一生呢?!作为读者,每每想到晓霞被洪水冲走,我都会伤心不已,作为最爱她的少平,他又有着怎样切肤之痛,我也不敢去想象!"

"嗯!我和你的感受差不多,田晓霞的死,的确是全书最让人伤心的一幕,但是……"我停顿了一下。

"但是什么?"她问。

我接着说下去:"但是,如果田晓霞没有死,这个小说还有没有那么震撼人心?还能不能展现出人的渺小和作品的伟大?"

听我说完,她把额前的刘海拢向两侧,沉思了一下说:"这确实是一个比较深刻的问题,这也许正是大部分文学名著都是悲剧的原因之一吧。"

"也许是吧。"我说。

这时我又听到了向阳的歌声传来：

> 我想打开心房
> 让你在心中回荡
> 拥有每个梦你的夜晚
> 当接触你的眼光
> 我的心地旋天转
> 意乱情迷的我为你痴狂
>
> 红红好姑娘
> 潮来花浪舞风帆
> 红红好姑娘
> 潮去青春不复返
> 是否你也正在凝望月的方向
> 为何你的感伤和我一样①

随着歌声，看到志彬和向阳骑着自行车停在不远的十字路口，向阳冲我这边高喊："哎哟，鬼子，真有个红红好姑娘陪着你呀，真是福气啊！"

我没好气地冲他喊："滚，少给我胡说八道！"

"好，我滚，不在这儿碍你们的事了哈！"说完一蹬车子就走远了。

一旁的君妍好像没有在意向阳说的话，反而问我："他为什么总是管你叫鬼子呀？"

我笑着说："我的小名叫啥？"

"三光啊。"

"那日本鬼子进村后，实行的是啥政策？"

君妍听完，思索片刻后，哈哈大笑起来，把腰都笑弯了。

这时志彬骑着车子过来问："笑啥嘞？"

"没笑啥。"我说。

志彬又问君妍："姐，回家不？"

君妍终于收住了笑说："好，回家！"然后坐上了志彬的车子后座，又对我说:"明天过来给你补习数理化。"

我向她点了点头,看着他们姐弟俩远去。

紧接着小兰也背着小书包放学回来了,一到家就进屋打开电视机着急看动画片。

阳光已经西下,在夕阳的余晖中,下地干活的人们陆陆续续地经过这条大街回家。有的会向我点点头,有的会问一句我的腿伤,我都一一回应着他们的问候与关心,这是淳朴乡村中独有的一份友善,也是我从小就习惯的场景,在此刻我却感到分外亲切!

父母今天也比往常回来得早了一些,说是没遇到大活儿,他们下了拖拉机,洗洗手就开始忙活晚饭。

外面的蚊子多了起来,我自己转着轮椅,也进了屋。

吃晚饭的时候,村里的大喇叭响起了国歌的声音,等国歌播放完毕,就传来了立本叔下达通知的声音,通知的基本内容是:经过镇政府领导研究决定,李村和其他受灾的几个村,都将免除交公粮的任务,而且还会对特别困难家庭及个人给予相应的基本生活补助!

父亲听完说:"这是一件好事啊!至少家兴家里的日子会好过一些。"

"唉,可是家兴那个病啥时能好啊,真愁人!"母亲念叨着。

"这就难说了!"父亲说。

吃完晚饭,我转着轮椅来到自己的屋里,支撑着上了床,背靠在墙上,拿起那本《红与黑》看了起来。不知看了多久,应该已经是深夜了,我听到大街上又传来向阳的歌声:

  一个人走向长长的街
  一个人走向冷冷的夜
  一个人在逃避什么
  不是别人,是自己
  一个人在害怕什么
  不是寒冷,是孤寂

昨日如歌

> 一个人走向冷冷的街
> 一个人走向长长的夜
> 一个人想追求什么
> 不是真实，是幻影
> 一个人想征服什么
> 不是世界，是爱情
> ……
> 长的街，冷的夜
> 冷的街，长的夜
> 交错纠缠的时间空间
> 没有感觉的感觉②

我心想，这小子大半夜不睡觉，在大街上唱的哪门子歌啊？可是我仔细听了一会儿，好像不太对劲，虽然郑智化的歌都带点哭腔，今晚向阳唱的那种哭腔明显加重了很多！唱完这首，他唱起了《英雄泪》：

> 云里去，风里来
> 带着一身的尘埃
> 心也伤，情也冷，泪也干
> 悲也好，喜也好
> 命运有谁能知道
> 梦一场，是非恩怨
> 随风飘
> 看过冷漠的眼神
> 爱过一生无缘的人
> 才知世间人情永远不必问
> 热血在心中沸腾
> 却把岁月刻下伤痕
> 回首天已黄昏，有谁在乎我
> 山是山，水是水
> 往事恍然如云烟

流浪心已憔悴

　　谁在乎　英雄泪……③

　　这次我听清楚了,向阳明显是一边哭着一边在唱歌。他咋了?下午看到他不是还好好的吗?要不是我的腿伤着,我一定跑出去看看他,哪怕我不能做什么,也会陪在他身边。

　　向阳就这样在大街上反复唱着这两首歌,一直到后半夜才渐渐没了动静……我也不知道自己是几点睡着的。

　　早上起来,才听村里的人说,昨晚家兴叔又犯病了,疯狂地打向阳他们娘儿仨,向阳为了不让他娘和向辉受伤,只能自己挡在前面,任凭家兴叔怎样打他,也不还手,直到家兴叔那股劲过去才算完。被打后的向阳就跑出了家门,在大街上唱歌,直到后半夜他娘才把他叫回家。

　　之后,在很长的一段时间里,只要家兴叔晚上犯病,就会听到向阳在大街上唱起这两首歌……

---

① 《红红好姑娘》作词:谢信耀,作曲:左宏元,演唱:张真。

② 《单身逃亡》词曲唱:郑智化。

③ 《英雄泪》作词:刘虞瑞,作曲:陈大力,演唱:王杰。

第 15 章　中考

接下来的十几天，上午君妍都会来帮我补习数理化，偶尔下午也会过来和我聊天。我们之间好像有说不完的话，我们聊看书心得，当然，也会说起向阳和志彬，我还会跟她说村里发生过的一些趣事，她也会跟我说她们学校里发生的一些故事。说到好玩的地方，我们会同时笑起来。我和她的目光经常会碰撞到一起，这时我都会看到她眼睛里有一种光在闪烁。可我总是不自觉地很快地避开她的眼神，或者转移话题。因为这样的眼神总是让我从内心深处涌出一种莫名的自卑，自卑中又夹杂着幸福和快乐！我知道那是一种怎样的感觉，我却努力克制着自己，不断地否定着那种感觉……

然而，美好的时光总是短暂的，转眼就到了中考的日子。

中考这天，父母都起得很早，母亲忙活着做饭，父亲就忙着收拾拖拉机的拖斗，把整个拖斗清扫了一遍，又在里面铺上了两床棉被。

我们刚吃完饭，志彬和向阳就一同骑车来到我家，他们一起帮父亲把我抬上了拖斗。这时立新叔也过来了，他把轮椅也弄到了拖斗上。然后父亲就发动起拖拉机，开出了院子，一踩油门上了大路。我向站在大门口的母亲和立新叔挥了挥手，看着他们的身影慢慢变小。经过十字路口时，我看到君妍还是穿一条红裙子，站在立本叔的家门口，向我挥手。我也向她挥了一下手。很快父亲开着拖拉机就出了李村，上了大公路。

志彬和向阳骑着自行车，紧跟着拖拉机，一同向着镇中学行进。向阳依旧是一路高歌：

　　追逐风　追逐太阳
　　在人生的大道上

追逐我的理想
我的方向　就在前方
载着一颗年轻的心
沿途装满了理想
我的心不断地飞翔
路　不断地向前伸展
我的方向　就在前方
追逐我的理想
心的方向……①

伴着向阳的歌声，我看着从东边升起的太阳，虽然还没有那般的热烈，却依然耀眼。天空很蓝，有阵阵微风吹过脸颊，带着路边野花的清香。算起来，我已经快一个月没有出过门了，这种感觉格外舒畅。

在半路上，看到小芳和几个女生骑着自行车也在往镇中学行进。自从她家起火的那晚，这还是我第一次看到她。我和小芳对视了一眼，就各自把头转到了别处。她看上去没有啥变化，还是一副大小姐的姿态。

听母亲说，在我住院期间，小芳她娘曾往家里送了十斤鸡蛋，从此修林家就再没有问起过我的伤势。父亲说："这就很不错了，咱三光救他家小芳，又不是图他家啥嘞。"

十五分钟的路程，很快就到了。父亲将拖拉机停在学校门口的旁边，志彬和向阳帮父亲把我扶下来，又让我坐到轮椅上。父亲推着我进了学校的大门，志彬和向阳分别跟在我的左右。学校里已经站满了学生，老师们都在安排各班级的考点。有同班的同学看到我，和我打个招呼，就忙着进考点了。这时班主任杨老师也看到了我，就紧跑了两步迎过来笑着说："哎呀，真没想到你能来参加考试，你的腿能行吗？"

"没事，已经不疼了。"我说。

"这孩子要强，非要来，我就拉他来了。"父亲对杨老师说。

"哦，其实志远同学这种情况是可以不来的，因为学校正在研究保送他上高中的事情，虽然还没有最终决定，我想问题不大。不过，他既然来了，自己考一下也好，就当检验一下自己的学习能力嘛。"杨老师说完又叫来了两个男同学，让他们一起帮忙把轮椅抬上二楼三班的教室，又对父亲说，"中考要分班考试，这次他们被安排在二楼三班的教室。"父亲答应着和志彬他们几个一起把我抬上二楼，然后从衣兜掏里出二十块钱交给志彬说："中午你们三个在这里买点吃的，我就先回去了，下午我再过来接你们。"

"大伯，我有钱。"志彬说。

父亲还是把钱硬塞进志彬的裤兜里，才下了楼。杨老师也与父亲一起下了楼。

他们把我推进了教室。同学们已经各自就位。志彬和向阳把我推到比较靠后的一张桌子后面，把轮椅固定好。志彬轻拍了一下我的肩膀小声说："有啥事随时叫我哈。"然后他和向阳各自回到他们的位置。他们刚坐下，负责我们考点的于老师就走进了教室。她走到讲台后说："同学们好，今天由我来担任你们的监考老师，我先把今天的流程说一下，上午，我们考语文、历史、地理和英语，下午，考生物、数学、物理和化学。可能有的同学觉得时间有一些紧张，我向同学们解释一下，学校原定考试时间是两天，但是昨晚看天气预报说明天我们这里会有一场大雨，所以学校临时决定，考试一天完成，请同学们理解。好了，下面开始考试。"

于老师说完就叫两个前排的同学到讲台上拿了试卷，分发给同学们。试卷传递完，考试正式开始。

同学们都先大略的浏览了一下试卷，深呼吸后，便开始埋头奋笔疾书。每个人都全神贯注，目不转睛的盯着每道题。我的大脑飞快运转着，手紧捏着笔，也快速地写起来。伴着笔尖在纸上"沙沙"的摩擦声，整个教室静了下来，仿佛世界都静了下来。

上午的考试还算比较顺利，都是我比较擅长的科目，试题答起来并不太费力，就是时间有点紧张，我刚把笔放下，还没来得及检查一下卷子，就听到于老师在前面说："收卷！"同学们纷纷站起来交卷。志彬过来帮我收了卷子，我抬头一看墙上的钟表，我的天啊，已经快十二点了，不知不觉中，三个多小时已经过去了。可能是坐的时间过长，我感觉双腿都有点麻木。

这时听到于老师说："同学们，下午一点半开始，时间比较紧，所以离家远的同学，希望你们在学校食堂或在学校附近吃饭，千万别耽误考试啊！"说完便抱着试卷出了教室。

学生们也蜂拥着往教室外走。志彬走到我跟前小声问："上厕所不？"

我点了点头。

志彬又叫住了两个男同学，他先和向阳把我推出教室，他们四个一起把我抬下了楼梯。志彬谢过那两个同学，他和向阳推着我走向学校的公共厕所……

出了公共厕所，他们推着我走到学校的操场，操场上都是走动的学生。他俩把我推到一处靠墙的阴凉地，志彬说："你们在这里等着，我出去买点吃的。"说完出了学校。

向阳拉开校服上衣的拉链，无聊地踢着地上的小石子。

"嗨，你考得咋样？"我问他。

"马马虎虎吧。"他满不在乎地说。

"题很难吗？"我问。

"也不是，我就没认真考。"他说。

"为啥呀？！"我奇怪地问。

"反正考上了，我也上不了，何必费那个劲呢。"向阳无奈地说。

"又为啥？"我追问。

向阳靠墙站立，眼望天空说："现在你叔这个情况，电工的活是不能干了。虽然小艳说每月给家里送钱，也只够我们的基本生活，哪还有能力供我上高中啊？再说总靠小艳也不是长久的事，对不？"

我思索着问："那你不上学了，打算干啥？"

"等放了假，休息几天，我就去我姨夫的建筑队里打小工去。"向阳说。

"干小工可累啊，你能行吗？"我说。

向阳笑着说："就咱这身体，还怕累？"

我知道向阳骨子里有一股韧劲，但心里还是有一种说不出的滋味！

正说着，志彬提着一大袋包子和三瓶果汁过来说："我买了十二个包子，应该够咱仨吃的吧？"

"太够了！"向阳拿起一个包子就吃起来。

志彬先递给我一个，自己又拿了一个开始吃。他边吃边问我："感觉上午考得咋样？"

127

"还行吧，文科我还是有信心的，就是不知道下午的理科咋样了。"我说。

"嗯，理科的变数很大，时间又紧，真不好说。"志彬说。

"你上午考得咋样？"我问志彬。

没等志彬说话，向阳抢先说："你别问他，他考高中还不是小菜一碟。"

"嗯，我考是肯定能考上，不过……我可能没机会去上！"志彬若有所思地说。

"为啥呀？！"我和向阳几乎同时问道。

"你们别问，因为现在我也不知道结果，所以无法回答你们，总之现在一切都是未知。"志彬面无表情地说。

我从未见过志彬如此严肃过，我和向阳也不敢再追问。

一大袋包子，我们三个都吃完了。志彬和向阳各自拧开一瓶果汁喝了两口，志彬拿起另外一瓶问我："喝点不？"

"不喝了，下午考试，一上厕所就麻烦了。"我苦笑着说。

"好吧，那等下午回去的时候再喝。"志彬笑着把那瓶果汁放在了我的轮椅后面。

现在学校的操场上已经人流涌动，学生们都在陆续进入自己的考点。

志彬说："我们也行动吧……"

下午的考试果然没有我期望的那么顺利，几乎所有试题都和君妍辅导我的不太一样。加上我快一个月都没来上学，对课程有些生疏，对着那些陌生的题目，无从下手。虽然君妍这些天教了我不少解题的方法，好像现在一点都用不上。眼看着时间在一分一秒地过去，急得我浑身直冒汗！我闭上眼睛，让自己定了定神，事到如今，也只能硬着头皮把试卷填完了，我对自己说。然后拿起笔，一道题一道题答下去……

直到老师一声"收卷"，我才长舒了一口气。志彬过来帮我交卷，看我脸色不太对劲，小声关切地问："没事吧？"

我轻拍了一下他的手臂说："没事，快把卷子交上去吧。"

他"嗯"了一声，很快交了卷子。

这时于老师站在讲台后说："同学们，本次考试已经全部结束，我希望每个同学都能取得一个好成绩。学校从明天放一星期的假，一星期后再开学一天，公布你们的这次考试成绩，然后就是放一个半月的暑假。好了，同学们，再见！"说完抱着试卷离开了教室。

　　志彬又叫了两个男同学，和向阳一起把我抬下了楼梯。

　　我们在操场上又遇到了杨老师，他过来问我："感觉考得怎么样啊？"

　　"上午的文科还行，下午的理科感觉考得很糟糕。"我说。

　　"嗯，也在情理之中，你一向就偏科，又一个月没上学，能来考试已经很值得表扬了。一切都要等出来成绩再说，别给自己太大压力。再说学校不是在争取保送你上高中的机会嘛，所以放平心态就好。那就这样，我先去忙了。"杨老师说完向我们三个摆摆手离开了。

　　"杨老师，再见！"我们三个也向他摆摆手，然后我们走向学校大门。

　　走出学校，父亲的拖拉机已经早就停在不远处。看到我们从学校里出来，赶紧扔掉手中的烟头，去打开拖斗后面的挡板。志彬和向阳推着我来到拖斗跟前，又和父亲一起把我从轮椅上抬到拖斗上。志彬从轮椅后袋里拿出那瓶果汁，扔给我说："快喝点吧，都一天没喝水了。"我接住，拧开瓶盖，一口气喝了大半瓶。父亲又把轮椅抬上拖斗，打上挡板，发动起拖拉机，慢慢开动了。志彬和向阳也各自骑上自行车跟在两边。等离开了学校大门的人流密集区，拖拉机才加快了速度，志彬和向阳还是紧紧跟随。向阳脱掉上衣，搭在肩上，又高歌起来：

　　　　青春少年是样样红
　　　　你是主人翁
　　　　要雨得雨要风得风
　　　　鱼跃龙门就不同
　　　　青春少年是样样红
　　　　可是太匆匆
　　　　流金岁月人去楼空
　　　　人生渺渺在其中
　　　　……②

　　这时夕阳正慢慢下沉，映红了天边的晚霞，云彩像着了火一样，是那么的绚烂多彩。微风吹在脸上，我深吸了一口气，仿佛可以闻到阳光的味道。这一天下来，虽然身体有些累，此时的感觉却是格外舒服。真想如向阳歌里唱的那样，青春就在这一刻定格。

---

① 《心的方向》作词：徐爱维，作曲：陈扬，演唱：周华健。
② 《样样红》词曲唱：黄安。

第 16 章　歌声飞扬的下午

考试结束以后，接连下了整整三天的雨，头一天是大雨，后两天是淅淅沥沥的小雨。对于农村来说，下雨天，正好是人们休息的好时光。忙碌了这么多天的父母终于有空可以歇一歇了。母亲除了饭点上起来做饭、吃饭之外，其他时间都是躺在炕上睡觉。父亲也在家睡了两天，第三天，他打着伞去了修车行。小兰比其他同龄的小孩儿要懂事得多，吃饱了就坐在小板凳上看电视，而且把电视机的音量调得很低。

我则在自己的屋里，倚在床上看小说。三天的时间，我正好将借君妍的那本《红与黑》看完。也许是翻译的问题，整本书的文字都比较晦涩，感觉读起来特别无聊。而且我不太喜欢于连这个人物，他为了跻身上流社会，费尽心机，不择手段，最后既伤害了爱他的人，也伤害了他爱的人，而他自己也是悲剧收场。

我合上书的时候已是深夜了，外面依然下着小雨，我正在思考作者要带给读者什么启示，隐约中，又听到向阳的歌声在大街上回荡：

　　苦涩的沙 吹痛脸庞的感觉
　　像父亲的责骂 母亲的哭泣
　　永远难忘记
　　……
　　在受人欺负的时候总是听见水手说
　　他说风雨中这点痛算什么
　　擦干泪不要怕 至少我们还有梦
　　他说风雨中这点痛算什么

擦干泪不要问 为什么
……①

这样的雨夜,这样的歌声,使我的心头涌上一股悲凉。这是一首多么励志的歌啊,听到向阳这时唱起它,感觉是那么酸楚。想必是家兴叔的病又犯了,向阳又挨打了!这似乎在李村已经成了一种常态,隔三岔五就来这么一回,李村人也都可怜向阳娘儿俩的命运。我在感叹向阳命运的同时也莫名地想起了山子,山子在的时候没少挨修林的打,可山子只是默默无声地忍受,而向阳好歹可以用歌声排遣心中的委屈,或许歌声能给他一些力量去面对。山子没有排遣的出口,所以他选择了逃跑!可是向阳可以逃跑吗?他又能逃到哪里呢?

第四天,雨终于停了,但天气很是闷热,因此人们都不愿意待在屋里。有的人下地干活儿,有的人到大街的树荫下乘凉。我却只能闷在屋里,因为院子里还都是泥水,轮椅根本无法出去。就这样,在自己的小屋里闷了一上午,吃过午饭,睡了一小觉就被热醒了,浑身全是汗,像刚被洗过一样。我坐起来,换了一件短袖T恤,刚要自己下床看看能不能出去,就听到向阳和志彬的声音从外面传来。"鬼子,闷坏了吧?"这是向阳的声音。不过,一同进来的却是三个人,跟在向阳和志彬身后的是向阳的表哥刘天宇。

"天宇,你来了!"我对天宇说。

"是嘞,放假了,在家没事,过来玩两天。"天宇笑着说。

没等我说话,向阳抢着说:"咋样,鬼子,这几天自己在这小屋里闷坏了吧?"

"可不,下雨还好,主要是这闷热让人受不了啊。"我说。

我刚说完,他们三个就七手八脚地把我从床上架到轮椅上,又抬着轮椅直接从屋里来到大街的油漆路上,放下我之后,志彬在后面推着轮椅,向阳和天宇在两边跟着。

"这是要去哪儿啊?"我问。

向阳说:"卖不了你,到了你就知道了。"说完他又扯开嗓子唱起来:

昨日如歌

花瓣泪飘落风中
　　虽有悲意也从容
　　你的泪晶莹剔透
　　心中一定还有梦
　　为何不牵我的手
　　同看海天成一色
　　潮起又潮落
　　潮起又潮落
　　送走人间许多愁
　　……②

　　在向阳唱歌的时候，我看到他的脖颈处有一块红色的瘀青，我知道那是被家兴叔打的，可我并没有说。就这样任由他们推着我前行。

　　他们推着我出了李村，来到了村西的场院，这里是村里人麦收和秋收打场晒粮的地方。由于地势比较高，也比较空旷，所以即使下了雨，也不会泥泞，周围还种着一排排的树木，显得格外凉爽。我家和志彬家共用着一个场院，旁边是家兴叔家的场院。每年麦收和秋收，志彬、向阳和我都会在这里边干活儿边玩闹着。今年由于我受伤，加上那场冰雹，好像一切都改变了。现在再次来到这里，真的感觉非常惬意！

　　志彬推着我进入我们两家共同的场院，我看到君妍也在场院旁边，她在树荫下一块大青石上坐着，还是穿着那件红色背带连衣裙，拿着那本《读者》杂志，有意无意地翻看着。

　　我看到她就问："你咋也在这里？"

　　她看到我们几个走近了，站起来，一脸俏皮地说："怎么，兴你们来，就不兴我来吗？"

　　"兴，兴，咋不兴啊！"我笑着说。

　　"这还差不多。"她依然微笑着说。

　　一边的向阳一脸坏笑地说："没准人家就是专门在这里等你呢。"

　　君妍收住笑容，脸色一变，故作恼怒地说："郭向阳，你少胡说，你再说，我就走了哈！"

　　"走啊，走啊，我哪胡说了？"向阳还是一脸坏笑。

133

君妍脸色又一变，傲慢地说："你叫我走，我就走呀，我还偏不走了呢！"

志彬推着我走到她跟前笑着说："姐，别理他，他一天就没个正形。"

君妍还是一脸傲慢地说："那不行，今天我非治治他不可。"然后又对向阳说："哎！郭向阳，都说你挺会唱歌，今天我们比比，怎么样？"

向阳一听唱歌，立刻兴奋地说："比就比，咋个比法？"

君妍低头想了一下说："我们两个每人唱三首歌，彼此猜对方的歌名，看谁猜对的多，怎么样？谁要是输了，就请大家吃雪糕。"

向阳寻思了一下说："唱歌我不怕，可是我没钱啊。"

一边的天宇拍着向阳的肩膀说："放心比，我有钱，不就是几根雪糕嘛，我请了！"

向阳这下来劲了，对君妍说："那开始吧，谁先唱啊？"

君妍一副淡定自若的样子说："你先唱，我来猜。不过嘛，友情提示一下，知道你经常唱郑智化的歌，可是呢，他的歌我也基本都听过，所以他的歌就免了。哦，对了，还有香港四大天王他们的歌，我也差不多都听过，你最好也别唱哈！"

向阳想了想说："行，那我可唱了啊。"说完就唱起来：

　　就像山风吹不落雨的夏天
　　你的心沉入迷蒙深渊
　　就像春雷敲不醒的一个梦
　　她的爱无缘无故离开
　　心情坏　只发呆
　　你的难过不会有人睬
　　路很长　站起来
　　或许远方同样有谁在等待
　　你的爱……③

没等向阳唱完，君妍就说："这是优客李林的《少年游》，对吧？"

向阳说："你咋知道的？"

志彬在一旁笑着说："你傻啊，这盘磁带还是你拿我姐的呢，她能不知道?"

我也笑着说:"对,我住院的时候她给我拿来的,你还没有还呢。"

向阳拍了拍脑袋说:"大意了,也忘记了。"又对君妍说:"那你唱一首,我猜。"

"好的,听着。"君妍清了清嗓子唱起来:

　　如梦如烟的往事
　　散发着芬芳
　　那门前美丽的蝴蝶花
　　依然一样盛开
　　小河流,我愿待在你身旁
　　听你唱永恒的歌声
　　让我在回忆中寻找往日
　　那戴着蝴蝶花的小女孩④

向阳听完兴奋地说:"这个我知道,叫《往事》,是孟庭苇的歌。"

"好,一比一平了哈。"君妍说。

"这对他来说也太简单了吧。"我对君妍说。

"别着急嘛,还有两首呢。"君妍依然微笑着,又对向阳说,"该你唱我猜了。"

"好,听着!"向阳说完高声唱道:

　　别问我　有没有明天
　　就让我　一个人面对
　　我的梦　不会再是一场错
　　别问我　知心还有谁
　　就让我　留着你的吻
　　我的歌　将永远陪着你走⑤

君妍听完徘徊了两步说:"这是王杰的《孤星》,对吧?"

"呀,这歌你也知道!那该你唱我猜了。"向阳有些无奈地说。

君妍又清了清嗓子，换了一种比较大气的声部唱道：

> 大江大水天自高呀
> 眼睛该点亮了
> 人生得意莫言早呀
> 是非论断后人道
> ……⑥

"嘿嘿，这就太简单了，这不是《戏说乾隆》续集的主题曲嘛。"向阳得意地说。

"是啊，歌名呢？"君妍俏皮地问。

"歌名，歌名，歌名是啥嘞？"向阳急得直挠头。

"说不出歌名，你就输喽！"君妍的笑容灿烂起来。

这时站在向阳旁边的天宇对着向阳的耳朵小声嘀咕了一句，向阳突然大声说："这是江淑娜的《谈笑一生》，对吧？"

"哎，这怎么还带帮忙的？"君妍问。

"那你别管，你就说对不对吧。"向阳故意打岔地说。

"好，对，这首算你们说对了。下面该你唱了。"君妍都被气笑了。

向阳这回低头想了一会儿，唱了一首慢歌，平时很少听到他唱慢歌的。他唱道：

> 你像一条婉约无尽的清溪
> 无声无息轻轻流进我心底
> 时而穿越过高山
> 时而越过原野
> 水中静静掀起一抹涟漪
> ……⑦

"哈哈，这是齐秦的《水岸》，对不对？"君妍听完大笑着回答。

"唉，你咋啥歌都知道啊？"向阳有些沮丧地问。

"这真是巧了，前段时间刚买了齐秦的《边界》专辑。"君妍笑着回答。

"好吧,该你唱第三首歌了。"向阳无奈地说。

"好,听好了哈。"君妍再次清了清嗓子,用一种空灵而婉转的声音唱道:

  我以为永远可以这样相对
  好几回这样地想起舍不得睡
  如果你能给我一个真诚的绝对
  无所谓我什么都无所谓
  ……⑧

君妍唱完,向阳看看天宇,看看志彬,再看看我,我们都摊了摊手,表示没听过。向阳只好低头说:"这歌我没听过,你直接说歌名吧。"

君妍自然地说:"这首歌叫《誓言》,是王菲唱的。"

"王菲是谁?"向阳好奇地问。

"你们怎么连王菲都不知道啊?我们学校的同学都可迷她了。"君妍说。

"唉,生活在城里就是好啊,连听歌都比咱们时髦。"向阳感叹地说。

这时天宇说:"我去买雪糕。"说完就要走。

"我跟你们开玩笑的,你还真买呀。"君妍说。

志彬也拦住了天宇说:"都这个时候了,吃啥雪糕啊,要买明天再买。"

"好吧!"天宇止住脚步。

我看看天空,阳光已经斜照,时不时地有阵阵微风吹来。君妍的裙摆随风轻轻飘动,我对她说:"你和向阳都唱得这么好,也别比了,你们对唱一首,咋样?"

"对唱?"君妍思索着说,"好像没有特别适合的歌……"

天宇试探着说:"《双双飞》?"

君妍说:"太俗。"

向阳冲口而出:"《纤夫的爱》?"

君妍直接说:"更俗!"

志彬想了想说:"《明明白白我的心》?"

137

君妍说:"这首还凑合。"

"那就这首吧,向阳,唱好点!"我说。

"咱没问题。"向阳自信地说。

"那我开始了?"君妍刚要开口唱。

"等等。"天宇从裤兜掏出一只口琴来说,"我给你们来个前奏。"

君妍笑着说:"哎,刘天宇,你还会吹口琴呀,刚才怎么不早拿出来?"

"刚才我也不知道你们唱啥歌啊。"天宇调皮地说。

"好吧,那你开始吧。"君妍说。

天宇真的有板有眼地吹起口琴来,不可否认,他和向阳都有点音乐天赋。前奏吹完,君妍和向阳开始唱:

(女)明明白白我的心
渴望一份真感情
曾经为爱伤透了心
为什么甜蜜的梦容易醒

(男)你有一双温柔的眼睛
你有善解人意的心灵
如果你愿意,请让我靠近
我想你会明白我的心
……⑨

听完他们的对唱,我和志彬只有鼓掌的份了。这时君妍也鼓起掌来说:"刘天宇,没想到你口琴吹得这么好,那你应该也会唱歌吧?"

向阳抢着说:"那当然了,我哥唱得比我都好。"

"不早说,刘天宇,你也唱一首让我们听听呗。"君妍说。

"好吧,我就唱一首粤语歌《一生何求》吧。"天宇说。

"太好了,我喜欢这首歌!"君妍高兴地说。

天宇先用口琴吹起了悠扬的前奏,然后他唱起了《一生何求》,天宇的嗓音明显比向阳的嗓音要清新、干净一些:

冷暖哪可休
回头多少个秋
寻遍了却偏失去
未盼却在手
我得到没有
没法解释得失错漏
刚刚听到望到便更改
不知哪里追究⑩

　　天宇唱完一段，用口琴吹着间奏。我、志彬和君妍轻轻拍着手，夕阳映红了我们每个人的脸庞，也映红了整个村庄。天宇的间奏刚吹完，向阳抢先开口唱起：

喔，不要说
别说那角落太孤寂
虽没有你的梦
也会有我的歌
喔，不要说
别说那过去太拥挤
那很久很久的事
我会，惦记这一些⑪

　　向阳唱的时候，我问君妍："这是同一首歌吗？"
　　君妍说："不是，不过曲子是一样的。"
　　歌曲最后的高潮部分，天宇和向阳同时合唱起来。
　　夕阳中，我们轻轻拍手，也跟着轻轻哼唱着……
　　不知不觉，一个美好的下午，就这样，在歌声中度过了。

---

① 《水手》词曲唱：郑智化。
② 《花心》作词：厉曼婷，作曲：喜纳昌吉，演唱：周华健。

昨日如歌

③《少年游》词曲：郑华娟，演唱：优客李林。
④《往事》作词：邱晨，作曲：陈秋霞，演唱：孟庭苇。
⑤《孤星》作词：陈乐融，作曲：陈志远，演唱：王杰。
⑥《谈笑一生》作词：姚谦，作曲：熊美玲，演唱：江淑娜。
⑦《水岸》词曲唱：齐秦。
⑧《誓言》作词：王菲，作曲：窦唯、王菲，演唱：王菲。
⑨《明明白白我的心》词曲：李宗盛，演唱：陈淑桦、成龙。
⑩《一生何求》作词：潘伟源，作曲：王文清，演唱：陈百强。
⑪《惦记这一些》词曲：王文清，演唱：王杰。

第 17 章　告别初中

放假的第五天中午，有一个来自刘村的消息，在人们的口中传开了，说是痞子刘强和几个中学生在昨天一起救了三个下河洗澡的小孩儿。我最早听到这消息是母亲下地干活儿回来说的，我也没太在意。直到下午向阳和天宇过来玩儿，才确认了这个消息是真的，不过，具体情况他们也不太了解。

"你们村那个刘强最近咋样？"我问天宇。

"自从你们几个跟他们一帮打了那一架以后，刘强倒是比以前收敛了很多。不过，也不光是和你们打架有关系，主要还是跟他爹出事有关吧。"天宇说。

"他爹出啥事了？"我问。

"他爹不是开吊车的嘛，在一次干活时，不知咋地，吊车开到了沟里，整个车都翻了，好不容易把人救出来，在医院昏迷了一个多星期，最后医院确诊是高位截瘫！从此刘强他家的日子就大不如以前了，刘强也老实了很多，虽然有时候还跟那几个痞子在一起玩，但他已经没有了从前的威风。"天宇说。

"他爹出事是啥时候？"我问。

"应该跟你受伤差不了几天吧。"天宇说。

"哦，难怪我一点没听说。"我自语着，又奇怪地问向阳，"咋就你们两个，志彬呢？"

"刚从他家过来，他娘说志彬跟他爹出去了。"向阳说完，又一脸坏笑地说，"不过嘛，他表姐在家给志彬的奶奶洗衣服呢，要不要我们推你过去，看着她洗呀？"

"滚蛋！"我瞪了向阳一眼说。

第二天晚上，地方电视台在新闻里详细报道了刘强几个救人的消息。救人的有五个，都是和刘强一个班的同学。被救的赵庄的三个小孩儿中的一个我再熟悉不过了，是得旺表叔家的小东。母亲看着电视机里的小东说："这孩子是咋地啦，今年咋老出事儿啊？幸亏命大，这要是有个万一，还了得！"

"唉，世事无常啊！"父亲喝了口酒，感叹地说。

一周的假期就这样结束了，很快到了学校公布中考成绩的日子，也是真正放暑假的日子。这天依旧是父亲开拖拉机送我去学校，志彬和向阳骑着自行车跟在拖拉机两旁。当然，向阳还是一路高歌：

  肩上扛着风　脚下踩着土
  心中一句话　不认输
  我用火热一颗心　写青春
  不管这世界　有多冷
  就让豪雨打在我背上
  就算寂寞比夜　还要长……[①]

伴着向阳的歌声，我们很快就来到了学校的大门前。学校的门前已经站满了学生和学生家长，因为今天是允许家长旁听中考成绩的，因此也来了不少家长。

学校的大门一开，学生和家长井然有序地进入学校。父亲停好拖拉机后，在志彬和向阳的帮助下把我从拖斗上抬到轮椅上，跟父亲一起推着我进了学校，然后又一同进了我们班的教室。他们把我推到我的课桌后，志彬和向阳各自坐到自己的位子上，父亲则拿过我的板凳，坐在了我的旁边。

等学生和家长都坐好后，杨老师拿着教案夹走进教室，站到讲台后，说："各位同学和家长，你们好！今天，对于同学们是一个特殊的日子，我即将公布你们的中考成绩。可以说，我此刻的心情是非常复杂的。时间很快啊，转眼间，我和同学们已经共同度过了三年的时光。在这三年里，我们共同洒下了辛勤的汗水、悲喜的泪水，还有一同绽放过的笑容。我们以青春的热情，驱走了三九严寒；我们以对明天的憧憬，送走了一个个如火骄阳。我们收获过胜利的欢笑，也曾经体味过失败的痛苦……'一分耕耘，一分收获'，我坚定地相信，有付出就一定会有回报。不管你们是金榜题名，步入更高的校门，还是名落孙山，就此结束学业，或者选择复读，都是一个新的开始。生命中有无数次的开始，而中考只是你们生命里小小的一环，以后还有更多更难的环节等待你们去挑战。所以不管成败，我都希望你们以一种乐观、平和的心态去面对，毕竟人生有千万条道路可以走嘛。好了，下面开始公布你们的中考成绩。"杨老师说完，从教案夹里抽出几张纸，开始念每个同学的中考分数。

志彬还是全班分数最高的，总分482分，距满分490分只差8分，全校排名第三，上市一中没有一点问题。

向阳的总分185分，根本没有过高中录取分数线，这或许就是他要的结果吧。

过了一会儿，我的分数也出来了，总分361分，离市一中的录取分数线差了几十分，上市二中应该可以。其实这个分数已经比我自己预期得要好很多了，毕竟考试那天下午的考题大部分是靠运气蒙上去的。

杨老师念完全班同学的分数，又从讲台后拿出一个公文包说："这是同学们的毕业证，下面由李志彬同学分发给大家，领完毕业证的同学可以先到外面操场去，等会儿一起在操场上照毕业照。"

志彬开始给同学们分发毕业证，领完的同学就先出去了，也许志彬是故意把毕业证最后才发给我的，发完之后志彬也出去了。教室里就只剩下杨老师、我和父亲三个人，杨老师走到父亲跟前说："实在不好意思啊，有件事要告诉你们。本来学校已经决定保送李志远到市一中去就读高中，可是，唉……想必你们也听说了前两天六班的刘强他们五个救助落水小孩儿的事了吧？这两天报纸、电视也都有报道，所以教委临时决定把保送名额给了他们五个。在这次考试中，他们五个的分数都没有过分数线，可能教委考虑到各方面的影响，最终决定保送他们五人进入市二中。不过值得欣慰的是，这次考试，志远的分数还不错，虽然不能进市一中，但已过了市二中的录取分数线。是上市二中，还是再复读一年，这个你们回去商量一下。我的意见是上市二中，虽然他们的教学质量可能不如市一中，但只要自己努力，在哪所高中都能考上理想的大学。"

杨老师说完，拍了拍我的肩，脸上带着亲切的笑容。

父亲握了握杨老师的手说："哎呀，杨老师，您真是为志远操心了！这孩子从小要强，坚持来参加考试。既然考上了二中，那就上二中嘛。您也别太在意，这就很好。"

杨老师欣慰地笑了，然后和父亲一起推着我出了教室。

操场上，各班的学生和老师都已经排好队，准备照毕业照。我们来到我们班的队列前。同学们把杨老师拉到正当中坐下，其他各科老师分坐在两边。我被志彬和向阳安排在了队列最边缘，向阳手搭在我的轮椅上，双腿下蹲着，志彬则站在我身后。随着摄影师手中的照相机一闪，我们的初中时光也就此画上了句号。

照完毕业照，同学们都拿着各式各样的纪念册，互相交换着给彼此留言。我和向阳没有纪念册。志彬倒是拿着一个浅蓝色又非常精致的纪念册。同学们纷纷过来给志彬留言，也有同学要给我和向阳写留言，我俩正在不知如何回应的时候，志彬连忙说："他俩着急出门，忘带了，干脆一起写在我的本子上吧。"总算帮我们解了围。

就在这时，天宇跑了过来，问："你们考得咋样？"

向阳吹了一声口哨，轻松地说："都不及格，看来只好回去跟着你老爹干活啦。"

"你呀，就没打算往好考，你那点心思，我还不知道。"天宇对向阳说。

向阳继续吹着口哨问："你别管我，你考得咋样？"

"勉强上了市二中的分数线。"天宇说。

"真巧，我也是。"我说。

"你没考上市一中啊？真可惜。"天宇对我说。

"没办法，一个多月没上学，考上二中，已经不错了。"我说。

向阳对天宇说："哥，以后鬼子就拜托你照应了啊。"

"这没问题。"天宇笑着说。

"还是我们的少爷有本事啊，一点没费劲就是市一中。"向阳说。

志彬刚从一帮同学中抽出身来对向阳说："少胡说，你知道我没费劲吗？再说考上市一中，我也不一定能去上。"

"那你要上哪儿？"向阳问。

"过几天你们就知道了。"志彬有些无奈地说。

这时父亲已经在学校大门口发动起拖拉机，等着我。志彬、向阳还有天宇一起推着我走出学校，又一起把我扶上拖斗。天宇打了个招呼，跟着他们村的学生先走了。

向阳和志彬也各自骑上自行车，跟着父亲的拖拉机，出了镇区，上了大公路。向阳又开始高歌起来：

别问我来自何方
我们都是少年郎
离开了故乡，随风四处飘荡
反反复复中，走过春夏秋冬
……
也许你不会我的歌
如同我不会做你的梦
一人一个梦，梦中何必相同
从此一生任西东②

天已正午，火辣辣的阳光直射在人的脸上，有一种烤火的感觉。向阳直接将格子衬衣扣子全部解开，露出白净而微瘦的胸膛。衬衣随风向后飘扬，歌声在浅蓝色的天空上飞扬。而我们的青春将步入新的阶段。我此刻的心情是复杂的，有不舍，也有憧憬，无法预知的未来，到底有什么迎接我们呢？

到家后，志彬和向阳帮父亲把我扶下车，用轮椅将我推到屋里，他们俩就各自回家了。母亲已经做好饭菜，等着我们开饭，父亲洗了把脸，刚倒上一小杯酒，立新叔缓步进来，父亲又倒上一杯说："正好一块儿喝点。"

母亲边摆桌子边说："你们哥儿俩快点喝，饭都做好了，喝完一起吃饭。"

"好嘞！"立新叔也毫不客气地答应着，接着又问我："考得咋样啊？"

我说："勉强考上了市二中。"

"也行啊，在高中努努力，一样能考个好大学。"立新叔笑着说。

吃饭间，立新叔问父亲："哥，下午有事没？"

"没啥事啊，你干啥？"父亲问。

"上午医院来电话，让我爹去复查一下，其实查不查都一样了，只是为了让我爹不起疑心，还是去查一下好，你有空就和我去一趟。"立新叔说。

"行嘞，正好三光的石膏也该拆了，一起去吧。"父亲说。

"这就太好了。"立新叔说。

"几点走啊？"父亲问。

"不着急，吃完饭，睡会儿午觉，三点出发就行。"立新叔说。

睡完午觉起来，父亲先把我扶上拖拉机，又将拖拉机开出大门口。接着立新叔扶着三爷爷出来。三爷爷看上去精神还不错，就是比以前消瘦了很多，脸色蜡黄，没有一点血色。在立新叔的帮助下，三爷爷上了拖斗，然后立新叔也跳上拖斗，坐在了我的对面。父亲脚踩油门，车子缓慢开动，开到村口，父亲刚要加速，只见君妍穿一身红色运动服，单肩背着书包，跑过来问父亲："舅，你们要去哪儿呀？"

"去市医院，给三光把石膏拆了，顺便给你三姥爷做一下复查，你干啥呀？"父亲说。

"哦，那正好捎上我回城。"君妍说。

"行啊，那上拖斗吧，就是脏了点。"父亲说。

"没事。"君妍说着手抓挡板一翻身上了拖斗，礼貌地叫了"三姥爷，立新舅！"然后在我旁边坐下。

父亲一踩油门，车子上了大公路，道路两旁的树林飞快地向后闪过。

"你咋这么快就回城啊?"我问君妍。

"唉,没办法,我妈上午来电话说给我报了两个补习班,一个代数,一个英语,让我尽快回去,本来想着一会儿坐公交车回去的,刚好听到大舅的拖拉机响,我就出来了。"君妍双手抱着一个膝盖说。

"那你这个暑假就没空回来了吧?"我问。

"不好说,可能是吧。"她,停顿了一下又说,"听志彬说你考上了市二中?"

"是啊,没考上市一中。"我有些遗憾地说。

"也可以啊,其实也差不多。"她轻松地说。

"市二中离你们市一中近不?"我问。

"不远,就隔着几条商业街。"她说。

"市二中离我上班和住的地方也不远,以后有空可以上我那里去玩。"对面的立新叔说。

我和君妍都点了点头。

很快就到了市医院,父亲停下拖拉机。父亲和立本叔先把三爷爷扶下车,又和君妍一起把我扶下车。我拄着双拐跟着他们进了医院大厅,医院里的大理石地面太滑,君妍一直扶着我。

"哥,我和我爹先上四楼了,一会儿复查完了,我去骨科找你们。"立新叔对父亲说。

"去吧。"父亲说。

立新叔扶着三爷爷进了电梯。

父亲在门诊给我挂了号,也扶我进了电梯。君妍在电梯口对父亲说:"舅,我就不上去了,我去找我妈说一声,我就回家了。"

"行嘞,你忙你的去吧。"父亲说话间,电梯门也关闭了。

出了电梯就是三楼骨科,父亲先让我在走廊的长椅上坐下,他进了一间就诊室去找王主任。过了一会儿,父亲从就诊室里出来,走过来说:"咱们来得真不巧,王主任出差了,说明后天才能回来。"

"别的医生不能拆吗?"我问。

"能是能,你是王主任的病号,别的医生都不愿意接手,再说还没给你拍片子,也不知道愈合得咋样。"父亲说。

147

正在我们爷儿俩犯愁的时候，电梯门一响，是立云姑，她走过来说："听君妍说你们来了，我上来看看，咋样啊？"

父亲把情况跟立云姑简单说了一下，立云姑听完说："这样吧，现在住院的人比较少，我给你们找个单间先住下，反正今天拍片也不出来结果，干脆明天再拍片子吧。就算王主任明天回来，也不一定来医院，最快也得后天上午才能有时间给志远拆线。"

"这样太麻烦了。"父亲说。

"这有啥麻烦的，你们回去再回来不更麻烦吗？听我的就行。"立云姑笑着说。

父亲寻思了一下说："那行吧。"

"嗯，那我下去给你们安排个房间。"立云姑说完下楼去了。

电梯门刚关上，接着又开了，原来是立新叔和三爷爷下来找我们。

父亲紧走两步上前说："唉，俺们爷儿俩回不去了！"

"咋回事啊？"立新叔问。

父亲又把情况跟立新叔说了一遍，然后说："要不你开拖拉机和三叔先回去？"

立新叔笑着说："不用，我打个车回去就行，我顺便去我住的地方拿点东西。"

"那好吧，回去和你嫂子说一声，俺们爷儿俩最快也得后天才能回家。"父亲说。

"好嘞，放心吧，我们先回去了。"立新叔说完扶着三爷爷进了电梯，父亲要跟着进电梯下去送送，被立新叔拦下了。

立云姑很快在三楼给我们安排了一间空病房，我们爷儿俩就这样住下了。晚饭时候，没等父亲去打饭，君妍就推门进来了。她手里提着一袋包子，还有一些生活用品，说她妈让她送来的。

"你看，总是麻烦你们。"父亲说。

"舅，这有什么麻烦的，您就别客气了。"君妍说着又从另一个袋子里拿出一套书，放在我的床上，我一看是普鲁斯特的七卷本《追忆似水年华》。我说："这么厚啊！这啥时候能看完啊？"

"慢慢看嘛，又没让你一天看完，应该可以够你一个暑假看的了吧。"君妍说。

"一个暑假也够呛能看完。"我说。

"那你就什么时候看完什么时候还我。"君妍说完，又对父亲说，"舅，你们快吃饭吧，我先回家了。"说完开门就出去了。

"君妍这孩子真懂事！"父亲自语着说。

第二天上午，给我受伤的腿部拍了个片子。下午父亲取出片子回到病房说："拍片的医生说恢复得不错，等王主任回来就能拆石膏了。"

晚饭时分，君妍又送来两份水饺，顺便告诉我们王主任已经出差回来了，应该明天就可以来上班。

果然，到了第二天上午，王主任来上班了，他先看了几个急诊，十点多来到我的病房。父亲把给我拍的片子让他看了看，王主任对我说："小年轻，恢复得很好，这就给你拆石膏。"然后从他的医药包里拿出几样工具，很快就给我拆掉了厚厚的石膏。王主任一边把工具放到医药包里一边对我说："刚拆掉石膏，可能腿部有一些麻木和僵硬，要适当地多活动活动就好了，短时间内还是拄双拐为好，感觉可以了就换成单拐，应该不用两个月就会完全恢复的。"说完就要离开病房。父亲连忙客气着，和王主任一同走出去。

父亲回到病房对我说："那咱现在回家吧，在这儿也没啥事了，还老麻烦你立云姑。"

"行，回家！"我点点头说。

父亲简单收拾了一下东西，就扶着我出了病房，又下了电梯。在医院大厅还是碰见了立云姑，她看到我们说："你们这是要走吗？我正要上去看看呢。"

"刚才王主任给他拆了石膏，说恢复得很好。再说我们来也没打算住院，再不回去，你嫂子该着急了。"父亲对立云姑说。

"行，那就走吧。"立云姑说。

"要办出院手续吗？"父亲问。

"办啥出院手续？你们就没办住院手续，快走吧。"立云姑笑着说完，扶着我出了医院，来到大街上。父亲发动起拖拉机，立云姑扶着我上了拖斗。

车子开动，父亲说："走了啊！"

"走吧，路上慢点。"立云姑向我们摆摆手说。

拖拉机很快出了闹市区，行驶在公路上。烈日炎炎，直射的太阳光，耀得人睁不开眼睛。路面也散发着热气，就连风吹到脸上都是热乎乎的，这似乎警示着人们，真正的夏天已经到来。

---

① 《追风少年》作词：刘虞瑞，作曲：陈大力，演唱：吴奇隆。
② 《明天会吹什么风》词曲唱：黄安。

第 18 章 摇滚乐与诗歌的启蒙课

　　从医院回家后，就从母亲口中得知了两个消息，一是向阳已经去了刘村跟着他姨夫在建筑队上干起了小工。二是志彬放弃了上市一中，而是去了李村旁边的化工厂正式上班了。对于向阳的消息，我并不觉得奇怪，毕竟他没考上高中，早一天干活儿也就早一天为家里减轻一些负担，也少受一点家兴叔的气。但是志彬的消息就让我有些不解了，他以优秀的成绩考进了市一中，家里的条件又不是不允许，为啥这么早放弃学业，而选择到化工厂上班呢？母亲说："化工厂前段时间招工，给了李村一个职工名额，第一年是合同工，一年以后就可以转为正式工人。你立本叔认为这是件好事，就将这个名额给志彬独揽了，之前谁也不知道。"

　　听母亲这么一说，我好像才明白了中考那天中午志彬说的话，原来一切早就安排好了，只是志彬不便明说而已。不过，听志彬当时的语气，对立本叔这个决定并不是完全愿意的，毕竟以他的学习天分，以后考一所自己理想的好大学是没有任何问题的。可是命运就是这样，有些选择，我们自己是无法决定的。

　　突然少了两个玩伴，觉得这个暑假瞬间少了一些乐趣。向阳三四天才回来一次，而且都是晚上，即使来我家，也待不了多长时间就走。志彬的工作是三班倒，更少有空过来玩儿了。

　　白天，父亲去修车行，母亲下地干活儿，就连小兰也不在家陪我了，吃完饭就跑出去，找她的小伙伴们一块儿玩儿。只有我自己在家看书，和适当锻炼一下双腿走路。很快我就不用双拐了，拄着单拐也已非常轻松。

　　这天下午，我在屋里看了一会儿君妍借我的《追忆似水年华》，感觉有些枯燥乏味，屋里也特别闷热，我就拄着单拐来到大街上。大街上空无一人，只有知了在树上不停地鸣叫。

这时立新叔穿着篮球背心出来往排水沟里倒了一盆脏水，看见我一个人站在街上，对我说："大热天的，老闷在屋里干啥？来我这里玩玩，我屋里有电扇，顺便给你听点好东西。"

"好嘞。"我答应着，拄着单拐跟随立新叔进了他家。三爷爷在院子里的树荫下，倒在躺椅上闭着眼睛。那条白毛小狗趴在三爷爷脚边，看到我来也不叫。立新叔轻声说："刚给你三爷爷擦完身子，现在舒服了，可能在躺椅上睡着了。"

我没有说话，直接跟着立新叔来到屋里，立新叔马上关上了屋门，带我进了他的卧室。这是一间挺大的卧室，一张双人床，床上铺着凉席，收拾得很干净。床边有一张桌子，桌子上放着一个台式风扇，风扇是开着的。桌子上还放着一台很高级的双卡录音机，一看就不是国产的，像是日本牌子。立新叔说："坐在床上就行，先吹吹风扇凉快凉快。"

我在床上坐下，看见旁边还放着一个大书架。书架底部是音乐杂志，还有几本诗集，分别是《海子的诗》《顾城的诗》《昌耀的诗》《北岛的诗》《舒婷的诗》《食指的诗》，看样子像是一套诗集。

书架上面几层全都是音乐磁带！我凑近看了看，大部分我都没见过。有罗大佑、李宗盛、齐秦、薛岳、马兆骏、黄舒骏、崔健、唐朝乐队、黑豹乐队、呼吸乐队、指南针乐队、beyond 乐队、窦唯、何勇、张楚、郑钧等人的专辑，以及《中国火》《红色摇滚》《摇滚北京 1 和 2》等合辑，还有很多没有封皮的磁带。

"这么多磁带啊！这些都是啥歌呀？"我惊讶地问。

"这都是摇滚乐。"立新叔说。

"摇滚乐？叔，你也喜欢唱歌吗？以前也没听见你唱过呀，也没有听见你在家里放过音乐啊？"我说。

"我不会唱，但我喜欢听。以前这些东西都放在我城里住的地方，前些天不是和你三爷爷去复查嘛，就顺便带了回来。因为你婶子说要装修一下房子，准备小孩儿出生，这些东西就没地方放了。"

"哦。那这些没有封皮的磁带是啥？"

"那些是打口带，还有一些是我找人翻录的磁带。别看它们没有封皮，可比那些有封皮的更难淘换，因为那些都是老外的摇滚乐。"立新叔得意地说。

"哦。"我简单答应着。

"向阳也喜欢听歌,还会唱歌,他如果看到这些磁带,肯定非常高兴。"我说。

"我知道那小子嗓子不错,不过他听的那些歌,和我这些比起来就差多了。"立新叔说。

"有啥区别吗?"我问。

"区别大了,他听的都是一些流行歌,除了郑智化的歌稍好一点,其他的都是情啊爱呀的口水歌,没有任何内涵和深度。当然摇滚乐也有情歌,但更多的是对社会问题的批判,对人类命运的思考和对底层人们的关怀。而且摇滚乐的歌词文学性很强,大部分都可以当诗歌来看。"

听完立新叔一通讲,我的兴趣也上来了:"是吗?那你放一首让我听听。"

"行嘞!"立新叔说完,从书架上抽出一盘张楚的《孤独的人是可耻的》磁带,放到录音机里,按下播放键。我听到一个沧桑而厚重的声音唱着:

走出城市　空空荡荡
大路朝天　没有翅膀
眼里没谁　一片光亮
双腿夹着灵魂　赶路匆忙

烟消云散　和平景象
灰飞烟灭　全是思想
叫或不叫　都太荒唐
疼痛短促如死　道路漫长

天不怨老　地长出欲望
麦子还在对着太阳生长
天空的飞鸟总让我张望
它只感到冷暖没有重量

耿耿于怀　开始膨胀
长出尾巴　一样飞翔
眼泪温暖　天气在凉
归宿是否是你的目光

我没法再像个农民那样善良
只是麦子还在对着太阳愤怒生长
在没有方向的风中开始跳舞吧
或者紧紧鞋带听远处歌唱

听完这首歌，立新叔就按了暂停。问我："啥感觉？"

"嗯，确实和其他的歌曲不太一样，不过，歌词我没大听懂。叔，你给我讲讲这首歌，它表达的是啥？"

立新叔让我坐在床上，他坐在椅子上，说："这首歌叫《冷暖自知》，如果你仔细听它的歌词，你就会发现这是一首非常好的诗。"立新叔说着将磁带盒里的歌词递给我，接过歌词，仔细看了一遍，我说："还是没太看明白。"

立新叔很有兴致地讲起来："歌词的第一句'走出城市'就很巧妙地告诉了我们整首歌的重点，城市之外是乡村，走出城市即意味着面向乡村，而张楚为什么不直接写'走进乡村'？这就是诗的语言，让人有了很多想象的空间。还因为此时正处在城乡之间的大路上，刚出城市，又未进入乡村。另外，城市往往又意味着现代的、新的、喧嚣的，乡村象征传统的、旧的、质朴的，整首歌正表达了'我'彷徨无计的境地。此时'我'走出城市，面向乡村，意味着'我'已否定城市是归宿，而乡村是不是归宿，心中还未明确。如果用'走进乡村'或'走向乡村'，就是目标明确，那就不用再彷徨了。"

"'空空荡荡'即意指乡村已是一片荒芜，也意指'我'在城市了无所获，走出城市时心中和身上都是空空荡荡的。"

"'大路朝天'，即言说眼前到底走哪一边的迷茫，也在言说人生全局的迷茫。"

"紧接着就是一句'没有翅膀'。'翅膀'意味着飞翔，飞翔起来，可以反顾自己所处境地的全部,远眺未来的方向;对人来说,意味着在高处从一种超越的视角来审视过去、现在、未来,确定安身立命之所;没有在高处的审视,人是盲目的,大路朝天,看不清该往哪边走,行动完全是受盲目的欲望所驱使,后面几句就是对这种盲目状态的描写。这是'飞翔'线索的第一次出现,这条线索贯穿整首歌的始末,第二次以'飞鸟'的意象出现,第三次直接出现,构成一个完整序列,即意识到自己不能飞翔,到为飞鸟的飞翔所吸引渴望飞翔,然后在想象中实现飞翔,至文末,又以'听'字结束'飞翔'线索,从想通过'飞翔'看远方转变为'听'远方。"

"'眼里没谁 一片光亮。'人若被欲望蒙了心,看欲望的对象就是一片光亮,没有阴影,并且看不到欲望对象以外的东西。正如黑格尔所说:跟绝对黑暗一样,在纯粹光明中,人什么也看不见。所以一片光亮,实际是盲目。"

"'双腿夹着灵魂 赶路匆忙。'灵魂夹在双腿上,指出活得匆匆忙忙,感受着浮光掠影;同时也指出灵魂的卑下,夹在双腿间的是最原始的欲望。"

"由此可见,整首歌词是写'我'在城乡之间的大路上的所见与所思,欲飞翔而不能,欲寻找归宿而不得。有对世相的审视,也有对自我的反省。整首歌的语言颇具特色,与其所要表达的情绪十分切合。所以说这首歌词是一首非常优秀的现代诗,一点也不为过。"

"我个人觉得每一个摇滚歌手,都是一位诗人。"

立新叔这一大通言论,简直听得我目瞪口呆。我赞叹地说:"哎呀,叔,你比我们语文老师讲的都好啊!"

"瞎扯的,我也是从一些音乐杂志上看来的,加了点自己的理解,不一定全对哈。"立新叔说。

"我觉得这首歌词和海子的诗有点像,特别是,他们都用了'麦子'和'太阳'的意象。"我说。

"对,他们都有一颗悲天悯人的心,所以在诗人里面海子是最孤独的,而在摇滚歌手里张楚也是最孤独的。"立新叔说。

"为啥张楚要说孤独的人是可耻的呢?"我问。

"这个问题，不同的人会有不同的理解，但我认为张楚是在反讽，因为真理往往掌握在少数人手中，而那些少数人必然是孤独的。所以，如果正确理解张楚这句话，应该是孤独的人是可贵的，只是张楚没有这么直白地说。"

"哦……"我看看外面，天已黄昏，我说，"叔，我能不能拿两本诗集、几本音乐杂志和几盘磁带，回家晚上看看、听听？"

"没问题，随便拿，听完了随时来换，也可以让向阳听听，只是别让他弄丢了，这些磁带可是我从高中一直积攒到现在的宝贝啊。"立新叔笑着说。

"行，知道了。"我答应着，从书架上拿了《海子的诗》《顾城的诗》和几本音乐杂志，又选了几盘磁带，分别是：窦唯的《黑梦》、何勇的《垃圾场》、张楚的《孤独的人是可耻的》、郑钧的《赤裸裸》，还有《中国火》和《摇滚中国乐势力》。

立新叔见我挂着拐不好拿，给我拿了个方便袋，让我提着出了屋门。

三爷爷还坐在院子里，不过已经醒了，正摸着小狗的头不知在说啥，看到我也没说话。

我也没有和三爷爷说话，直接出了他家的院子，来到大街上。天气已经比中午凉爽了一些，街上也多了些干农活儿回家的人。我走到自家门前，只见五爷爷拿着一沓报纸走过来。

"三光啊，你的腿咋样了？"五爷爷问。

"好得差不多了。"我说。

"哦，还是要多注意点。"五爷爷说着从那沓报纸里抽出几封信来："你大哥又来信了。"

这时我才发现，五爷爷的手有些抖，一下没拿住，那沓报纸掉了一地。

"唉，这人老了，手也不好使，眼也看不清了。"五爷爷说着把几封信递给我，他先弯腰去捡摊了一地的报纸。

我接过那几封信，从中找出大哥寄给家里的信，刚要把那些信件还给五爷爷，我忽然看到一封寄给李梅芳的信下面的地址也是大哥当兵的地方，我再仔细看了看字迹，确实是大哥的笔迹。我觉得有点奇怪，大哥给梅芳写信干吗？转念一想，他俩是同学，通信也很正常，就没再多想下去。

　　五爷爷捡起地上的报纸，我就将那些信件还给了五爷爷，他的手还是有些抖，呼吸也有点急促。

　　"五爷爷，走路小心点啊！"我说。

　　"没事嘞，你也快回家吧。"五爷爷说完就慢慢地走开了。

　　我看着五爷爷蹒跚的背影在夕阳里远去……

　　我心想：才半年的时间，五爷爷的身体咋变成了这样?!

　　吃晚饭的时候，我拆开了大哥的信，信很短，意思是一个多月后他有十天的探亲假，再就是他已经正式成为一名党员。听到这两个消息，母亲自然是高兴的。

　　"再有不到半年就退伍了，咋这个时候回来看家？"一旁的父亲若有所思地说。

第 19 章　三爷爷的丧事

　　接下来的日子，我每隔几天就到立新叔那里换几盘磁带和几本音乐杂志。如果立新叔有空，他就会给我讲一些他对摇滚乐和诗歌的感悟与心得，特别是摇滚乐，一讲起来就非常兴奋的样子。听立新叔说，黑豹乐队来本市巡演的时候，他和婶子就是在那场演唱会上认识的。

　　慢慢地，我对摇滚乐也产生了兴趣。偶尔向阳和志彬来我家玩儿，也会听那些磁带。志彬只是随便翻翻那些杂志，向阳当然更喜欢听那些磁带。没多久向阳就学会了很多摇滚歌曲，以后的时光里，摇滚歌曲很自然地成了他经常唱在口中的歌。

　　每次去立新叔那里，都会看到三爷爷坐在院子里。明显看得出来，三爷爷的身体一天比一天虚弱。立新叔开始为三爷爷的后事做一些准备。立新婶也经常从城里带一些止疼药回来，顺便问母亲一些办丧事的习俗。

　　我的腿伤好得很快，不到一个月时间，我就不用拐杖走路了，我正在为这件事高兴的时候，三爷爷就不行了……

　　那是一天晚上，我们刚吃完晚饭，立新婶就跑过来，急切地对父母说："哥，嫂，我爹看着不好，你们过去看看吧！"

　　父母赶紧跟着立新婶过去，临出门时，母亲对我说："你不要过去，在家好好看着小兰。"

　　我答应着没有跟着去。父母很长时间都没有回来。快十点了，我听到外面有哭声。我下炕，出了大门，正好碰上志彬。我问："是不是三爷爷他？……"

　　"嗯，三爷爷去世了！"志彬说。

　　"你咋知道的？"我问。

"立新叔去叫的我叔和我娘,我正好休班,就一块儿过来了。"志彬说。

"哦,现在啥情况?"

"你家大伯和我叔已经给三爷爷穿好衣服,按他的遗愿,是一身军装。大娘和我娘还有小婶子正在缝制白衣白裤,让我出来等着,一会儿送倒头盘缠。"志彬说。

"哦,那进屋等着吧。"我说。

志彬就跟我进了屋。我又问志彬:"你的工作不累吧?"

"累是不累,无非是看看表,做一下记录,就是三班倒有点不习惯。"志彬说。

"一直也没机会问你,你那么好的成绩,为啥要放弃学业,选择到化工厂工作呢?"我问志彬。

"其实中考前半个月,事情已经决定了。化工厂给咱村就一个职工名额,而且一年后可以转正,我叔说,就算以后大学毕业,看现在的形势,也不一定能找到一个稳定的工作,那就不如抓住这次机会,早点工作算了。"志彬虽然说得很轻松,从他的表情上还是能看出有一些无奈。

"嗯,这样也不错,至少不用再读六七年书,现在就能按月领工资了。"我说。

志彬苦笑了一下,没说话。

这时母亲上身穿着白孝服进来,递给我和志彬一人一顶孝帽说:"快戴上,出去跟我们送盘缠去。"(送盘缠是这里的一种丧葬风俗,以前叫"上庙",后来改叫"送盘缠"。老人去世后的第一趟盘缠叫"倒头盘缠",就是老人亡故以后,孝子穿着孝服在前面,后面跟着整个家族的晚辈,排成长队,走过村街,一直走到村外的十字路口,向着正西方,烧一些纸钱,孝子领着老人的晚辈们围着火堆转三圈,再往回走,而且去的时候不能哭,回的时候才可以哭。过去办一回丧事至少要送五六趟盘缠,现在提倡丧事简办,也就只送一两趟了。)

等我和志彬跟着母亲出来,大人们已经走上街了。立新叔和立新婶穿着一身孝服走在前面,后面是父亲、立本叔、母亲和立本婶,他们只是上身穿着孝服。我和志彬只戴着一顶白帽,慢慢地跟在后面走。

在农村,老人死后,送盘缠的晚辈越多越能证明这个家族在村里的威望。按理说，我们这个家族在李村不算小的，人也不少。可是，自从二叔意外去世，小满叔住进了精神病医院，五爷爷的两个儿子又都不在家，因此，送盘缠的人自然就少了。

这场白事，在孝子前面打灯笼的应是小满叔，但小满叔不在，只能换了李护林。

来到村外的一个十字路口，李护林把一大捆纸钱点着，瞬间火光冲天。我们围着火堆走了三圈，然后立新叔对着正西方喊了一声："爹，西方大路去啊！"（这里的风俗叫"指路"）。喊完后立新叔就哭着往回走，跟着的人也都哭，直到走回家里，哭声才慢慢止住。

在立新叔家的院子里，立本叔对父亲说："哥，今晚咱哥儿俩留下，陪立新守灵吧？"

"行嘞！"父亲答应着。

立本叔又问立新叔："立新啊，三叔的丧事，你打算咋办呢？"

立新叔抹了一把眼泪说："我年轻，又一直在外面上班，对这些事一点也不懂，我一切都听你们的。"

立本叔又看看父亲问："你说呢，哥？"

"嗨，你是村里的领导，你拿主意就行。"父亲说。

立本叔想了想说："按理说，三叔是老兵，又是退休干部，应该在家里多放几天，丧事也应该隆重一点，可是这时候不行啊，大热天的。我看还是简单一点吧，明早我就安排一下火化车，中午管老少爷们儿一顿饭，吃大包子就行，下午就让三叔入土为安吧。你在家不少时间了，也应该尽快回去上班了，你看这样行不？"

"行，行，一切听你们安排。"立新叔又抹了一把眼泪说。

"你看还用不用让你立云姐、君妍，还有春兰回来？"立本叔问。

"不用了，她们都上班，就不麻烦她们跑一趟了。"立新叔说。

"那送丧的人就咱们几个，是不是少了点？"立本叔说。

"反正我爹活着的时候，我该尽的孝也都尽到了，丧事就尽量简单吧，这也是他老人家临终嘱咐的。"立新叔说着又流下泪来。

"那好，咱就这样办吧。"接着立本叔对院子里的人说，"除了我和立业哥留下，你们都回去睡觉吧，明早吃完饭，过来帮忙。"

这话一说，我们就都出了立新叔的家门，各自回家。

第二天早上我们很早就吃了饭,去立新叔家忙活三爷爷的丧事。我和母亲去的时候,院子里已经站满了过来帮忙的人。在立本叔的安排下,五爷爷和村里的所有党员给三爷爷做了一个简短的告别仪式。

七点半左右,火化车就到了,从车上下来两个工作人员,提着一副担架,进了三爷爷那屋,不大一会儿把三爷爷的遗体径直抬到车上。立新叔和父亲也上了火化车,然后车子开动,很快就出了村。火化车走后,立本叔就开始安排人去买棺材和墓碑,安排人去预订了二百个包子,安排女人们再炒上十几个菜,最后安排我和志彬骑三轮车去买五条烟和五箱酒。

等把一切都准备得差不多了,已快中午了。十一点半左右,火化车回来了。父亲先从车上下来,随后立新叔双手抱着骨灰盒下来,慢慢走进家门,把骨灰盒放在院子里的一张桌子的正中,桌子上还摆放着一些供品,这也是立本叔提前安排好的。

火化车开走后,立本叔就开始招呼人们吃饭。院子里放了几张大方桌,每桌上开了一瓶酒,放了几包烟,女人们端上几盘菜和一笼屉大包子。院子里男女老少几十号人都先后坐下,开始吃饭。

吃完中饭,收拾好了,家族的晚辈又都穿上了孝服,准备送葬。立新叔将骨灰盒慢慢放入棺材,随后有人盖棺,用大铁钉把四角钉死,再将两根粗绳子放在棺材两头底下,上面打结,穿上两根大木棍,四个壮小伙抬着往外走。立新叔哭着走在最前面,我们跟在后面,再往后就是抬棺材的。送葬的长队慢慢走过大街,街道两边站着很多看热闹的人。每过一个十字路口,都要停下,立新叔下跪磕三个头,然后再前行。走到村口,立新婶、我娘和立本婶就要回去了,因为按照本地的风俗,女人是不能看老人入土的。她们回去后,我们继续往前走,一直来到坟地。立本叔上午已经安排人开好了坟,也立好了墓碑。抬棺材的四个人慢慢地将棺材放入坑内,抽出绳子。立新叔接过一把铁锨,先轻轻地往棺材上撂了几锨土,然后众人才齐动手,不大一会儿,一个大大的坟头就堆好了。立新叔又在墓碑前烧了些纸,流着泪磕了三个头,被父亲和立本叔拉起来,这才往回走。

到家后,立本叔该打点的打点,该结账的结账,借的东西也安排我和志彬送还本家。等我和志彬送完东西回来,立本叔和父亲正坐在院子里,

161

跟立新叔清点整个丧事的花销，还有收的礼金。等清点完毕，立本叔把账本和钱一起交给立新叔说："立新啊，打算啥时回城上班啊？"

"明天收拾一下，后天就回去。"立新叔说。

"城里有房子吗？"立本叔问。

"单位上分了一套楼房，不大，七十平的，前段时间刚装修了一下。"立新叔说。

"哦，那家里这房子打算处理吗？要是长期没人住，可就容易荒废了啊。"立本叔说。

"嗯，头三年没打算处理，逢年过节，我回来上坟，得有个落脚的地方，对吧？三哥，咋问这个，是有人要我这房子吗？"立新叔给立本叔和父亲每人递上一支烟。

立本叔点上烟说："那倒没有，是这么个事，前几天精神病医院给村里来电话说，你小满哥的病好得差不多了，说是可以出院回家调养，可他家的房子不是让修林住着嘛，我是想，如果你同意，看看你这房子能不能腾出两间来，让你小满哥先住着，以后你要是想处理房子，我再想办法。"

立新叔听完说："没问题，明天我就腾出两间来，有人住总比没人住强，何况都是自家兄弟嘛。"

"那真是太好了！"立本叔轻拍了一下大腿说。

这时一旁的父亲问："现在小满的病是个啥情况？出院能行不？"

"咋说呢，前些天我去看过一次，状态还行，反正跟过去是没法比了，医生说出院以后，每天还得看着他吃一次药，白天最好有个人看着他干点活儿，这病闲着反而不好。立业哥，要不这样，白天你带着他去你的修车行打打下手吧，至于他的吃饭问题，我从村里给你拿出一份来，你看行不？"

父亲想了想说："行倒是行，得等出院回来看看情况再说。"

"好，那就先这么着吧！"立本叔起身要走。

"这两天让你们受累了！"立新叔客气着说。

"这都是自家的事，受啥累，今天你和他婶子也都早些休息吧。"立本叔说完和父亲，还有我、志彬一块儿出了立新叔的家门，各自回家。

丧事后的第二天，立新叔和立新婶收拾了一天房子，我在家没事也过去帮忙收拾。立新叔把东西罗列了一下，该扔的扔，该卖的卖。立新叔给小满叔腾出了两间房，是正房西边的两间。立新叔在里面摆上了一张床，铺上床垫和一条新床单，还搬进来一个衣柜。立新婶把几件立新叔没怎么穿开的衣服放到里面。一直忙活到下午才算完成。最后立新叔把他自己卧室的钥匙交给了我，并对我说："我那些磁带和录音机就先放在家里了，以后想听什么，自己来拿。过些天你大哥不是回来看家嘛，你家要是睡不开，你到我这里来睡就行。"

"那个时候我也应该进城上高中了。"我说。

"那你周末不也得回来嘛，总之我那些东西，你先给我保管着吧。"立新叔笑着说。

"行嘞！"我也笑着答应着。

晚上立新叔又带上烟酒，分别到立本叔家和我家走了一趟，说了一些客气话。

第三天吃过早饭，立新叔和立新婶给三爷爷上完三日坟，就直接坐上公交车回城了。

过了两天，立本叔进城从精神病医院里把小满叔接了回来。小满叔看上去精神还不错，脸也挺白净的，就是目光有点呆滞，基本不主动说话，问一句才答一句。立本叔直接将小满叔安置在立新叔腾出的那两间房子里。一天三顿饭，由我家负责，都是母亲做好了，让我给小满叔送过去。

过了几天，父亲就开始带着小满叔去修车行，给他打下手。小满叔每天早上都要吃一次药，父亲看着他把药吃下去，才带他走。干了几天，父亲看着还可以，能帮着干点小活儿。就这样，以后的日子里，小满叔一直跟着父亲干。

第20章　进城买衣服

前两天，我终于收到了市二中的录取通知书。虽然是市二中，父母还是挺为我高兴的。母亲说："毕竟考上了高中，只要你自己肯努力，在学校好好读书，以后就有机会考上大学。"

再过一星期我就要进城上高中了。

这一天吃着早饭，母亲递给我二百元钱说："你就快进城上学了，也没几件新衣服，你今天进城去买两件吧，顺便买点住宿用的东西，我本想着赶集给你买的，又怕你看不上，还是你自己去买吧。"我接过钱，母亲又说："能不去百货大楼就不去，就是去也别让你春兰姐花钱，她在那里上班，最好不要让她为难。"我点头答应着。

吃完了饭，收拾完碗筷，我就跟着父亲和小满叔出了村。

父亲和小满叔直接去了修车行，我则站在化工厂的大门口，等进城的公交车。刚站了一会儿，就听见身后有自行车铃铛在响，我一回头，原来是穿着一身工作服的志彬，他问我："你干啥去？"

"进城买两件衣服。你刚下班吗？"我说。

"嗯，刚下了夜班。"志彬看了看手表又说，"我和你一块儿去吧，正好我也去买件衣服。"

"你不困吗？"我问。

"还行，回来下午再睡。你等我一会儿，我回家换一下衣服。"说完没等我回话，他骑着自行车飞快回了村。

不长时间，志彬就骑车回来了，他把自行车放在了父亲的修车行外面，向我走过来。他换了一身干净的便装，看着帅气多了。他刚走到我跟前，公交车也刚好到了，我们一块儿上了车。志彬抢着买了票，我们随便找了两个位子坐下，汽车就开动了。

"可惜向阳不在。"我说。

"是啊，没有了他的歌声，还真有点不习惯。"志彬说。

"真是，好多天没有看到他了。"我说。

"对，三爷爷去世的前一天，我碰见过他，他说他姨夫给他揽了个活儿，晚上给盖房主看料，这样可以多领一份钱。"志彬说。

"哦，难怪三爷爷出丧那天也没看到他呢。"我说。

"你知道吗，小芳也考上了市二中。"志彬换了话题。

"是吗？毕业那天也没太注意到她，原来她也没考上一中啊。"我说。

"嗯，咱们村的几个女孩都没考上高中，就她考上了二中。"志彬说。

"哦……那这么说，咱们村就我和她要去上市二中了啊？"我有些沮丧地说。

"是的，咋了，你不愿意和小芳在同一所学校？"志彬说。

"不是，我是真的不想和修林家的人沾一点边。"我说。

"那着火那晚你还救她？"

"那是情急之下，没有办法。"我刚说完，公交车就停了。

我和志彬下了车，走在熙熙攘攘的城市大街上。

"咱们上哪里买衣服？百货大楼还是小衣店？"我问志彬。

"我也不知道，要不咱们找个参谋？"志彬说。

"找谁？"我问。

"我表姐，她是城里人，至少比咱们懂得哪里的好，或者哪里便宜。"志彬说。

"行吧，那咋找她？"我问。

"我先打个电话看看。"志彬说着直接走进了一个公用电话亭。隔着玻璃，我看着志彬拿起话筒，放了一枚硬币进去，开始按号码。电话通了，志彬说了几句话，挂了电话，出来说："她正好在家复习功课，一会儿就出来，咱们去医院对面等她。"

我和志彬径直来到了医院对面。志彬在路边摊上买了三瓶汽水，递给我一瓶，自己拧开一瓶，喝了一口，眼神迷离地看着天空。

旁边的音像店里传出《江湖行》的歌声：

春天就匆匆地奔向北，秋天又慢慢地走向南

> 快也是千山和万水，慢也是万水和千山
> 沿着一条乡村到城市的路，看到一片光明和飞扬的土
> 不知不觉我已经走出了很远，回头再也不见家的炊烟
> ……①

这首歌我曾经听向阳唱过，立新叔的书架上也有这盘磁带。我正沉浸在歌声中，忽然听到了君妍的声音："哎呀，你的腿好了呀？"

她还是那么开朗，还是扎着马尾辫，穿一身红色运动服，迎面走过来。

"早好了。"我说。

君妍接过志彬递给她的一瓶汽水，喝了一口问："你们要买什么衣服呀？"

"这不快开学了嘛，想买两件新衣服。"我说。

"我就是买件平时下了班穿的衣服就行，反正上班都穿工服。"志彬说。

"哦，那你们带了多少钱？"君妍问。

"二百！"我和志彬同时回答。

君妍听完想了想说："二百块钱就别去百货大楼了，去百货大楼一件衣服最少也得一百多，我还是带你们去小店里看看吧。"

我和志彬答应着就跟着君妍走。

君妍边走边对我说："其实上了高中，特别是住校生，基本穿不着自己的衣服，学校会统一发校服的，而且现在高中一入校先开始军训，还发一套军训的迷彩服，所以你最多就是买件衬衣，买双鞋，还有袜子、短裤什么的，以后天凉了，秋衣秋裤，这些需要自己买。"

"我呢？姐！"志彬说。

"你好办，你也就是下了班穿穿，买件时尚一点的休闲服就行。"君妍说。

"多亏我们找了你当参谋，不然，我们还真不知道买啥呢。"我说。

"那当然了，找我就找对了。"君妍笑着说。

君妍领着我和志彬已经走过了好几条街，志彬问："姐，你这是要带我们去哪儿啊？"

"去我一个阿姨那儿，她和我妈是老同学，她自己开了一家服装店，平时我家买衣服都上她那儿买，价格都不是太贵，这就到了。"君妍刚说完，

我们就来到了一处名为"雅莉服装店"门头前。君妍推开一扇玻璃门带我们进去。里面空间不算大，但服装样式还比较齐全。

一位打扮十分光鲜的中年女人走上前来，笑盈盈地对君妍说："妍妍来了！"

"王姨好！"君妍也笑脸以对，然后指了指我和志彬说，"他们是我表弟，上您这儿买两件衣服。"

"哦，欢迎，你带他们随便挑。"女店主热情地说。

"好的，王姨。"君妍说完就带我们来到了男士专柜前。

她给我挑了一件蓝地红白条纹的衬衣，又挑了一双白色运动鞋。她让我上试衣间试试，我说："不用，号对了就行。"然后我自己又拿了两条内裤和两双袜子。

这时君妍正在给志彬挑选衣服，最终挑了一件深蓝和紫色相间的夹克上衣，一条白色的牛仔裤，还有一双和我同样的运动鞋。

都挑好了，到女店主那儿结账。我的衣服一共126元，志彬的衣服一共145元。女店主对君妍说："零头不要了，一个算120元，一个算140元就行了。"

我和志彬一一付了钱，衣服也都装进了手提袋。

"谢谢王姨！"君妍笑着对女店主说。

"跟王姨还客气啊？你眼光真好，那件夹克上衣是新到的货，价格稍微贵了点。"女店主说。

"没事，王姨，那我们先走了。"君妍说。

"行，回去给你妈问好。"女店主说。

"好嘞，再见王姨！"君妍说完，我们就一起出了服装店。

我们三个走在大街上，志彬看了看手表说："都十一点半了，还能赶回去吗？"

"赶什么赶，来城里一趟，吃了饭再走。"君妍说。

"在哪儿吃呀？"志彬问。

"当然是在外面吃了，放心，我请客，好的请不起，一碗面我还是请得起的。"君妍说着带我和志彬进了一家小面馆，找了个空桌，我们坐下。她点了三碗牛肉拉面和两个小菜。不大一会儿，面和小菜都端来了，我们三个就开始吃起来。

"今天怎么就你们两个来的，向阳呢？"君妍边吃边问。

"向阳上建筑队打工去了。"志彬说。

"哦……他后爹的病好点没？"君妍问。

"还那样。"我说。

"说起来，向阳挺可怜的，不过他性格倒是挺好的。"君妍说。

"三爷爷去世了，你知道吗？"志彬说。

"啊，什么时候的事啊？！"君妍有些惊讶。

"有十来天了，本来想让我姑和你回去的，立新叔不让，就没通知你们。"志彬说。

"哦，唉，上次我回城还跟三姥爷一起在大舅的拖拉机上，现在人就不在了。"君妍不无伤感地说。

"三爷爷得了不能治的病，也是没办法的事，立新叔在家照顾了好几个月，也算尽孝了。"我说。

"嗯……"君妍点点头继续吃面。

我们吃完面，君妍结了账，从面馆出来，她对我和志彬说："我再带你们四处逛逛？要不带你俩去电影院，看场电影？"

"拉倒吧，志彬上的是夜班，我们还是早点回去，让他好好和周公缠绵一下吧。"我说。

志彬笑了笑说："下次吧，姐，我确实有点困了，早点回去补觉去。"

"那好吧，这儿离公交站不远，我就不送你们了，我也要早点回家复习功课去。"君妍说。

我和志彬答应着，就和她分开了。

我和志彬来到公交站，等了一会儿，车就来了，我和志彬上了车。

志彬或许真的困了，在座位上就睡着了，等他醒来时，公交车正好到站。我们在化工厂大门口下了车，看到父亲的修车行的铁门上了锁，志彬的自行车也不见了。正在我们奇怪的时候，听到梅芳在台球帐篷那边喊："志彬，你的自行车在这里。"

我们循声望过去，志彬的自行车果然在台球帐篷外边放着，梅芳也站在帐篷外面。

我和志彬走过去，没等我们开口，梅芳就高兴地对我说："三光，你大哥回来了！"

我听到这个消息，自然也很高兴，就问："啥时候回来的？"

"十一点左右，他们都回家了，所以你家大叔就把志彬的自行车放在了我这里，怕你们回来找不到。"梅芳笑着说。

"哦，原来是这样，那我们就先回家了，梅芳姐。"志彬推着车子说。

"嗯，快回吧。"梅芳还是笑盈盈的。

志彬把买的衣服挂在车把上，骑上车子。我小跑几步，跳上了自行车的后座，回了李村。

志彬一直把车子骑到我家的院子里。大哥看到我们回来，先出了门。

大哥看起来比在家的时候粗壮了很多，也成熟了很多，再加上一身军装，显得格外精神。

"你们回来了！"大哥拍了拍我和志彬的肩膀，声音洪亮地说。

"嗯，大哥回来待几天啊？"志彬笑着问。

"待十天。"大哥看着我们又说，"你们也长高了哈！"

"那我先回家了，大哥。"志彬说。

"再玩会儿吧。"大哥客气地说。

"他昨晚上的夜班，今天又陪我逛了一天，刚才在车上就睡着了，让他回家先睡会儿去吧。"我说。

"哦，那行，快回家睡会儿吧，我晚上去你家看看立本叔。"大哥对志彬说。

"好的，大哥啥时去都行。"志彬说着骑上车子，摆摆手回家了。

大哥又拍了一下我的肩膀说："听说你受伤了，现在咋样了？"

"早好了，现在基本没有感觉了。"我说。

"那就好。快上高中了吧？"大哥问。

"嗯，再有一星期就入学了。"我说。

"现在一入学，就是一周的军训，你也尝尝当兵的滋味。"大哥笑道。

我嘿嘿一笑，提着衣服和大哥一起进了屋。

大哥回来自然是一件高兴的事，最高兴的还是母亲，里里外外忙活了一下午，又让父亲杀了一只老母鸡，早早地炖上，晚上做了一桌子好吃的。连同小满叔一起，我们一家人高高兴兴地吃了一顿晚饭。小兰一直在大哥怀里，不肯下来。吃过晚饭后，父亲让大哥装一包好烟，去看看立本叔和五爷爷,还有其他几个长辈。父亲说:"有些虽不和咱们同族,毕竟是一个村的老少爷们儿,也是看着你长起来的,去走动一下总是好的。"于是大哥把怀里的小兰抱给母亲,带上一包香烟就出了门。

大哥出去后,母亲对我说:"你大哥要睡在你那屋,你是跟俺们睡大炕,还是跟你大哥一起在你那屋里睡?"

大哥没当兵之前,我们兄弟俩确实是在一张床上睡大的,可是两年不见,再同睡一张床,心里感觉已经不太习惯。听母亲这么一问,我想了想说:"我跟小满叔上立新叔那边睡吧,立新叔特意给我留了一把钥匙。"

"也行吧,那没啥事,就和你小满叔早点过去吧。"母亲说。

"行嘞!"我答应着就叫上小满叔去了立新叔的院里。

把小满叔送到他睡觉的屋里,我就来到立新叔的屋里,拿出钥匙,打开卧室的门。开了灯,我坐在了立新叔的床上,看着那一书架的磁带,突然怀念起立新叔在家的那段时光来。我伸手从书架上抽出一盘罗大佑《爱人同志》的专辑,放进桌子上的录音机里,按下播放键,《你的样子》的歌声瞬间在屋子里回荡起来:

> 我听到传来的谁的声音
> 像那梦里呜咽中的小河
> 我看到远去的谁的步伐
> 遮住告别时哀伤的眼神
> 不明白的是为何你情愿
> 让风尘刻画你的样子
> 就像早已忘情的世界
> 曾经拥有你的名字
> 我的声音……

罗大佑沧桑而沙哑的歌声,让我想起了向阳,差不多有小半个月没有看到他了,也不知道他现在过得咋样了。

---

① 《江湖行》词曲唱:黄群、黄众。

第 21 章　向阳的工地生活

　　大哥回来这几天，一直没闲着，除了走亲戚，就是会同学。听母亲说，大哥晚上回家也比较晚，问他，就说和同学在一起，母亲也不好再说啥了。

　　那天，我和大哥一人骑了辆自行车，一起去了趟赵庄，看了看舅姥爷和得旺表叔。舅姥爷的身体还是和以前一样，虽然依旧是半躺在土炕上，精神看上去还是不错的。

　　看到大哥和我进屋，舅姥爷高兴得不得了，连忙让表叔拿烟，又让表婶倒水。舅姥爷拉着大哥的手，问这问那，大哥都一一回答。

　　"小东呢，叔？"我问得旺表叔。

　　"他能干啥，去地里放羊了。"得旺表叔说。

　　我"哦"了一声，便不再说话。

　　大哥跟舅姥爷聊了有半个小时。舅姥爷要留我们吃饭，大哥说我们还有别的事，跟舅姥爷客气了几句，我们就离开了舅姥爷的家。

　　出了赵庄，我们顺路去了王洼村。王洼村是我们的姥娘家，是母亲生长的地方。

　　母亲只有兄妹两个，大舅比母亲大了十几岁。在那个重男轻女的年代，姥爷和姥娘还是更偏爱大舅一些的。好歹让大舅上完了初中，而母亲连小学都没有上。大舅虽然上完了初中，也没有改变当农民的命运。大舅很像得旺表叔和小满叔的混合体，既没啥本事又好吃懒做。大舅还是沾了那点文化的光，在村里当了村会计，又在本村找了个媳妇，成了家，先后生了两个女儿，也算是顶门立户了。

　　自从姥爷和姥娘去世以后，母亲除了给姥爷和姥娘上坟，就很少回娘

171

家了。大哥和我除了过年去给大舅磕头拜年之外，平时基本已经没啥来往。就连我受伤那段时间，大舅也没去看过我一次。

这次出来，也是母亲特意嘱咐要大哥来看看大舅的。

在王洼村的村口，大哥找了一家小卖部，进去买了一箱酒和一大块猪头肉，酒放在自行车的后座上，猪头肉挂在车把上。

"咋，还在大舅家吃饭吗？"我问大哥。

"我都两年没来了，不吃顿饭不太好吧？再说了，这都快晌午了，我们不吃饭，大舅能让咱们走吗？"大哥说。

"我不想在他家吃饭。"我说。

大哥寻思了一下说："那你自己先回家，我自己去大舅家，咋样？"

"行，我想去刘家村看看向阳，要不过两天我就去上高中了。"我说。

"随你吧，你身上有钱吗？晌午吃饭最好别让人家花钱。"大哥说。

"有，咱娘让我买衣服的钱，我还剩下不少嘞。"我说。

"那就行。"大哥说。

就这样，我和大哥在王洼村的村口分开了。大哥骑车进了王洼村，我掉转车把，骑上车子，直奔刘家村的方向而去。

虽然夏天就要走到尽头，但太阳还是火辣辣的，吹在脸上的风也依然带着夏天的个性。

我骑车快到刘家村的时候，路过林家庄的村口，隐约听到了向阳的歌声，我就顺着歌声进了林家庄。车子越往里骑，歌声就越清晰，我确定那就是向阳在大声地唱着：

　　我的包袱很重，我的肩膀很痛
　　我扛着面子流浪在人群之中
　　我的眼光很高，我的力量很小
　　我在没有人看见的时候偷偷跌倒
　　我的床铺很大，我却从没睡好
　　我害怕过了一夜就被世界遗忘①

在村头往里一点，有一处建筑工地，能看出，这是一户人家在盖房子，五间新瓦房已经快起来。就在这个地方，我看到了向阳的身影，他赤着上身，皮肤晒得黝黑，脸上、身上、头发上都是水泥留下的灰色斑点；下身的裤子和鞋子，已经看不清是啥颜色的了。他正边唱歌边推着小铁推车往里边推成袋的水泥。他并没有看到我，只顾着干活儿。

我下了自行车，慢慢地走近，看到在一堆水泥和一堆沙子中间，有一个大帐篷，就是下面一层塑料布，上面一层塑料布，中间用四根竹竿撑起来的简易帐篷。帐篷里有一床旧被褥，没有叠，被褥上放着一个复读机，还有几盘歌曲磁带。我一看就知道，这是向阳晚上睡觉的地方。

这时我的心里忽然涌上一股莫名的酸楚。

就在我愣神的时候，听到向阳说道："哎哟，鬼子，你咋来了？"

我抬头，看到向阳推着小铁推车走过来。

"这不和我大哥走亲戚，顺路来看看你。"我笑着故作轻松地说。

"你大哥回来了？"向阳把小铁推车往旁边一放问。

"嗯，回来有五六天了。"我说。

向阳一屁股坐在一袋水泥上，脱下一只鞋，抖了抖鞋里的沙子问："谁跟你说我在这里的？"

"还用谁跟我说？就你那破歌，我在公路上就听到了。"我笑道。

"啥叫破歌，咱这叫乐在其中。"向阳站起来，拍打着裤子上的尘土。

"还乐在其中，我看你是苦中作乐。"我说。

"别管是啥，反正不是破歌，有本事，你也唱一个。"向阳提上鞋说。

"我可没你那本事。"接着我又问，"快散工了吧？中饭吃啥？"

"嗯，快了。能吃啥，天天炖冬瓜。"向阳有些不耐烦地说。

"咱们去吃包子，咋样？"我说。

"你请客？"向阳一下兴奋起来。

"那当然。"

"太好啦！"接着向阳冲着院里喊，"我和同学出去一趟，晌午不在这儿吃了。"

从院里传来他姨夫刘建华的声音："你可快点回来啊，下午还有很多活儿要赶嘞。"

"知道啦！"向阳说完，到旁边的水管跟前，拧开水龙头，弯下腰，冲

173

了冲上身和头发,又洗了几把脸,关掉水龙头,甩了甩手上的水,来到他的帐篷里,翻了翻被子,翻出一件比较干净的短袖背心,穿上,然后把复读机别在腰上,将几盘磁带装进裤兜里。

"到哪里都忘不了你这套家伙。"我说。

"那必须的,前几天差点让几个小毛孩儿把我的复读机偷走了。"向阳说着到水泥堆后面推出自己的自行车,拍打了两下车座上的水泥灰,对我说,"走!"

于是我们骑上车子就上了公路。向阳边骑车边唱起了黑豹乐队的《无地自容》:

　　人潮人海中,有你有我
　　相遇相识相互琢磨
　　人潮人海中,是你是我
　　装作正派面带笑容
　　不必过分多说,自己清楚
　　你我到底想要做些什么
　　不必在乎许多,更不必难过
　　终究有一天你会明白我
　　……

虽然自从我受伤后,就没和他一起骑车、听他这样唱歌了,不过我还是打断了他的歌声,问道:"哎,你睡那样的帐篷,晚上的蚊子,你受得了吗?"

向阳止住了歌唱,满不在乎地说:"嗨,习惯了照样睡觉,再说,白天干活累得跟烂泥似的,晚上一倒下就睡得跟死猪一样,哪顾得上蚊子咬不咬啊。别说蚊子了,有一回,一条一米多长的长虫钻进我的被窝,跟我睡了大半晚上,我都不知道。"

"啊!后来呢?"我惊出一身冷汗。

"后来我醒了,感觉身子底下凉飕飕的,还在动,我就觉得不对,拿起手电筒一照,是那么长的一个家伙,我一着急,用手电筒狠狠地在它头

174

部来了两下，它就玩儿完了。然后我又弄了点柴火，点着了，把那个家伙在火上烤熟了，给自己开了一顿夜荤。"

"你可真行，幸亏咱们这里没有毒蛇，要不然恐怕玩儿完的就不是它了。"我有些后怕地说。

"嗯，那是，不过蛇肉还真不难吃。"

"你快拉倒吧，听得我鸡皮疙瘩都快起来了。"

"嘀，你就这点胆子，真不爷们儿。"向阳笑道。

说话间，我们来到了刘家村的集街，今天虽然不是赶集日，但街道两旁一些店铺还是开着的，我们在一家包子铺前下了车子。包子铺前面搭着凉棚，凉棚下放着几张桌子和十几把椅子。我和向阳在一张桌子前坐下，紧接着从包子铺里走出一位围白色围裙和戴蓝色套袖的中年女人，一看就是老板娘，对我们笑着问："是吃饭吗？"

"是，蒸包咋卖的？"我也笑着问。

"蒸包有两种，猪肉的和牛肉的，猪肉的四毛一个，牛肉的五毛一个。"

"那来十五个牛肉的吧。"我接着又问，"有啤酒吗？"

"有，一块钱一瓶。"老板娘说。

"那来一瓶，麻烦您再拿两个杯子。"我说。

"好嘞，稍等。"老板娘说完进屋了。

"你买那么多，咱们两个吃得下吗？"向阳说。

"没事，吃不下，给你带上。"我说。

这时老板娘端来两笼屉包子，又拿来一瓶啤酒，两个玻璃杯。

我和向阳就开始吃起来。向阳在椅子角上把啤酒盖磕开，给我倒了一杯，又给自己倒了一杯。

"我就喝这一杯，剩下的全归你。"我说。

"喊，这点酒量，还要啤酒。"向阳说。

"还不是为了你，要是我自己，就不要啤酒了。"我说。

"真够意思。"向阳喝了一大口啤酒说。

"吃你的包子吧。"我拿了个包子递给向阳，我自己也拿了一个，吃了起来。

向阳接过包子，咬了一大口，咀嚼着说："这牛肉包子真香啊！"

我也吃着包子问："我看你们那个建筑队也没几个人啊，是不是快完工了？"

"快了，房子主体和外面都完事了，只剩下里面的一些细活，就留了几个技工，打小工的就我自己，全部完工也就这两三天的事，干完这家，结了工钱，我就回家看看。"向阳边吃边说着。

"干完这家，后面还有吗？"我问。

"有也没有大活儿了，一般盖房子都是春夏两季，一入秋就少了，有也都是些小活儿。"向阳又喝了一大口啤酒，问我，"你大哥回来是退伍了，还是看家？"

"看家，回来待十天就走，退伍得等到十一月份左右。"我说。

"最多还有两三个月，不回来也行。"向阳说。

"嗯，是因为他们连队抗洪救灾立了功，他们那一批统一放的探亲假。"我说。

"哦，难怪呢。"向阳接着又问，"你小子是不是也快开学了？"

"是啊，后天就去报到。"我轻松地说。

"嗯，真快啊！"向阳又倒满一杯啤酒问，"志彬呢，他咋样？"

"他能咋样，每天三班倒地上班，下了班就睡觉。上星期他和我一起进城买了几件衣服。"

"去找你春兰姐了？"

"没有。"

"她不是在百货大楼卖衣服吗？"

"她在那里打工，又不是老板，我去了不是成心让她花钱嘛，再说百货大楼的衣服太贵，不是咱们能买起的。"

"也是哈。"向阳喝了一大口啤酒说，"日子过得真快，转眼咱们毕业都快两个月了，真想回到咱们一起上学的时候，那个时候，啥都不用想。"

"是啊。"我也喝了一口啤酒，转移了话题，"三爷爷去世了，你知道吗？"

"听说了，想回村帮个忙的，可是那天正在赶工，人手又不够，就没回去。"

"没事的，回去也没啥事干。"我接着又说，"小满叔回来了，你知道不？"

"啥？他咋回来的？"向阳刚咬了一口包子，差点吐出来。

我笑着说："你这么激动干吗？听我慢慢跟你说。"

我就把小满叔是咋回来的，现在是啥情况，跟向阳仔细地说了一遍。

向阳听完，才平和地问："也就是说，你现在和小满一块儿住在立新老爹的院子里？"

"对，咋了？"我问。

"你晚上不害怕呀？"

"怕啥？小满叔又不打人，再说，我爹每天都看着他吃药。"

"那就好。"向阳吃着包子接着说，"看来修林那老家伙真的不把那个院子还给小满了。"

"不好办了，那老家伙是干啥吃的。"我说。

"唉，可惜了小满那五间新瓦房。"向阳有些不甘地说。

"那没办法，除非再有人给他点了。"我笑着说。

"你快拉倒吧。"向阳也笑了……

说话间，向阳已经吃完了六个包子，大半瓶啤酒也喝了个精光。我吃了四个包子，一杯啤酒还没喝完。我一大口将剩下的啤酒全喝光，叫出老板娘，结了账，又要了个方便袋，把剩下的包子打了包，递给向阳说："你带上，晚上还能将就一顿。"

"行嘞！"向阳也毫不客气地接过去，挂到车把上。

我又对向阳说："我就不跟你回工地了，我直接绕近道回家了，还有些上学的东西没收拾呢。"

"嗯，你小子上了高中，可要好好读书，千万别像我，就会卖苦力挣钱。"向阳微笑中带着真诚，还有些无奈。

"说些啥呀，快走吧！"我故意没好气地说。

我们推着车子，来到十字路口。我们骑上车子，没有挥手，各自骑向自己的方向。

没骑出多远，身后又传来了向阳的歌声：

177

昨日如歌

> 你我皆凡人
> 生在人世间
> 终日奔波苦
> 一刻不得闲②

　　有时候，我真的很佩服向阳身上那股乐观劲，不管生活有多么艰辛，心里有多少委屈，只要他的歌声一起，好像一切就不那么重要了。并且在无意中告诉他自己和别人：眼前的一切都只是经过，而生活还在继续……

---

① 《中产阶级》词曲唱：郑智化。
② 《凡人歌》词曲唱：李宗盛。

第 22 章　进入高中

　　我进城上高中那天,是父亲和大哥一同送我去的。准确地说,父亲是送我上学,而大哥是去看春兰姐的。我和大哥一人手提一个包裹,父亲则空手。母亲和小兰跟出了家门口,便不再跟了,我们爷儿仨挥别了母亲和小兰,就出了李村。

　　在化工厂大门口等公交车的地方,正好碰见修林和小芳提着大包小裹的也在等车。修林看到我们,主动迎上来,递给父亲一支烟,客气地说:"哎呀,三光和小芳都考进了市二中,同在一个学校,小芳在学校要是有啥事,三光可要多照顾着点啊,小芳毕竟是个女娃,又没进过几回城,我是真不放心啊。"

　　父亲接过修林递上的烟,点着了,也客气地说:"这你放心,同是一个村长大的孩子,相互照应是应该的,再说,又不是在别的地方,在学校能有啥事嘞。"

　　"是嘞,是嘞。"修林说完,又客气地问了几句大哥退伍的事,大哥也客气地回答着。

　　小芳双手提着包袱,将脸扭向别处,也不说话。

　　就在大哥和修林说话间,公交车到了。大哥先让修林和小芳上了车,我们爷儿仨随后也上了车。

　　开始车上的人并不多,经过几个站点后,人就陆续多了起来。大部分是家长送孩子进城上学的,有上一中的,有上二中的,还有上技校的。

　　公交车经过刘家村的站点时,天宇和刘强也上了车,不过,他俩都没有家长陪同。

　　"你老爹没和你一起来啊?"等天宇走到我跟前,我笑着问他。

　　"嗨,不就上个高中嘛,开学第一天,无非就是交一下学费,然后就

179

是安排宿舍，自个儿来就行。再说，我爹今天忙着收工，也确实没空。"天宇满不在乎地说。

"哦。"我回应着，心想：向阳今天也应该可以回家了。

过了几分钟，公交车停在了市二中的大门口。车门一开，我们一帮人陆续下了车。

市二中的大门口今天也是人潮涌动，前来报名的学生和送孩子来上学的家长排了长长的队伍，缓慢地进入学校。两位男老师站在大门两边，维持着秩序。

我们下车后，站到了队伍的后面。大哥将手里的包裹交给父亲说："爹，我穿着军装，就不进学校了，我去看看春兰，你安顿好三光，直接去百货大楼找我就行。"

"行嘞，行嘞。"父亲接过包裹说。

大哥又拍了拍我的肩膀说："你开学可能就是一个星期的军训，不能回家，而我再过四天就要回部队了，咱哥儿俩只能三个月后等我退伍再见了，你好好学习哈。"

"哦，知道了，你去看春兰姐吧，也替我给她带个好。"我笑着说。

大哥"嗯"了一声，转身向一条商业街走去。

我和父亲跟着入学的长队进了学校的大门。这是我第一次踏进高中大门。高中的操场比初中的操场要大上好几倍。正前方是几排五层的教学楼，两边是宿舍楼。这时学校的大喇叭里传来一个中年男人的声音："各位新入学的同学和家长们，请拿着入学通知书，到教学楼前的新生接待处办理入学手续，谢谢配合，同时欢迎你们的到来！"

我和父亲跟着入学的队伍走过学校大大的操场，来到教学楼前。教学楼前每隔一米摆着一张桌子，桌子上放着一块红色的牌子，写着"新生接待处"，每张桌子后面坐着一位老师，站着五六个高年级的学生。我大约看了一下，应该有十几处这样的接待地点。于是入学的长队又分成了十几个小队，大家有序地办理着入学手续。等了一会儿，就轮到了我，于是父亲和我来到一张桌子前面，我把入学通知书递给桌子后的一位男老师。老师看了一下我的入学通知书说："李志远同学是吧？"然后从桌子上拿起一张卡，连同入学通知书一起递给我："这张卡上写着你所上的班级和所住宿舍，一会儿由一位高年级的同学领你们去看一下宿舍，顺便把带来的东西整理一下，现在先交一下学费。"

父亲上前问："学费交多少？"

"学费是一个学期一交，每学期二百二十元，另外就是给孩子留下就餐的钱。"老师说。

"就餐要留多少钱？"父亲一边给我交学费一边问老师。

"一般一星期二十元左右足够，这也要看孩子吃什么了，还要看家庭情况，有给孩子留好几百的呢，这个就没法比较了，是吧？"男老师笑着对父亲说。

"是嘞，是嘞。"父亲也笑了。

交完学费后，一位高年级的男同学领着我和父亲来到我所住宿的宿舍。老师给的那张卡上写得很清楚，我是高一5班，宿舍是11号，左下铺。

那个高年级的男同学将我们领到宿舍里，就出去了。宿舍里有四个床位，上下铺排列着，中间是一条窄窄的走廊。

父亲和我把包裹放到我的床铺上，父亲又递给我三十元钱说："这是留给你的饭钱。"

"不用给我留钱，我娘让我买衣服的钱还剩下四十多呢，应该够一星期用的。"我说。

"还是留下吧，万一有啥事嘞，不至于着慌嘛。"父亲说着还是把钱塞到我手里，"看来已经没啥事了，我去找你大哥，看看你春兰姐，我们就回去了。"

"嗯，行！"我答应着。

父亲转身离开了宿舍。父亲走后，我就开始收拾床铺，叠好被褥，刚把一些杂物放到床底下，就进来三个提着包裹的男生，其中两个正是天宇和刘强，还有一个高个子男生。

"真是巧啊，咱们住一个宿舍！"天宇笑着说。

"是啊，真巧，我还担心和新同学一个宿舍，不好相处呢，这下好了。"我笑着回应。

刘强对我笑笑，没说话。能看出来，他确实比以前收敛了很多。

高个子男生问："怎么，你们三个都认识吗？"

"是啊，我们三个在一个学校上的初中，以前只是不同班，现在是既同班又同房了。"天宇哈哈大笑着。

"你少胡闹吧。"我又问高个子男生，"这位同学是？……"

"哦，我叫马晓，从实验中学考进来的。"马晓说着一口纯正的普通话。

"看来你是城市人啊，我们可都是从农村来的。"我说。

"什么农村城市的，我爸妈虽说是工人，我爷爷奶奶也在农村，每次放假，我都在农村住很长时间。"马晓说。

"按说现在农村和城市也没多大差别了吧。"天宇说。

"有是有，可能以后差别就会越来越小的。"马晓说。

马晓在我的上铺，我帮他铺好被褥，又整理好随身带来的一些东西。

天宇和刘强上下铺，天宇是下铺，刘强自然是上铺，他们也在各自整理自己的东西。

一顿收拾，终于把一切都整理得差不多了，外面的大喇叭响起来："午饭的时间已到，新入校的同学，请自行到食堂打饭。"

我们四个拿上餐具出了宿舍。食堂在对面宿舍的后边，我们径直来到食堂。已经有不少同学在食堂的几个小窗前排队打饭。我们四个站到人少的一排后面，很快就来到了打饭的小窗前。天宇在我前面，他问里边盛饭的阿姨："馒头多少钱一个？"

"馒头三毛钱一个，五毛钱一份炒菜。"里面的阿姨说。

我们四个都要了三个馒头和一份炒菜。站在最后的马晓问里边的阿姨："阿姨，有炸鸡腿吗？"

"有，五毛钱一个。"阿姨说。

"来四个吧。"马晓说。

马晓往我们三个的炒菜里各放了一根炸鸡腿，自己也留了一根，然后说："咱们四个今天第一次见，又同一个宿舍，这就算我请客了哈。"

"那我们就不客气了。"天宇说。

"客气啥，吃就行。"马晓说。

吃完了午饭，到水管下洗了洗餐具，我们四个和其他同学走过学校的操场，天宇跟向阳一样，也唱起歌来：

或许匆匆一生中要与你相聚

相识非偶然茫茫人海里

虽知道某日你或许会弃我而别去

总想永远地爱着你

弥补彼此心中距离

……①

"哎,你咋总是唱一些粤语歌?"我问天宇。

"哦,因为我大哥在广东做生意,每次回家都会带回来一些粤语磁带,我有时也让他给我寄一些回来,听多了,就会唱一点。"天宇说。

"原来是这样,难怪每次见你,都唱粤语歌呢。"我说。

"其实香港出的一些歌,大部分都有国语和粤语两个版本,只是同一首歌有的歌名不一样。"天宇说。

"嗯,这我倒是知道一点。"我说。

我们说着回到宿舍,看了一下时间,才十二点半。马晓说:"两点上课,我们还是先睡一觉吧。"

于是我们四个躺在床上很快就睡着了。也许是都忙活了一上午,加上今天早上也没睡好,所以直到上课铃响起,才把我们吵醒。我们慌忙下床,冲出宿舍,向教学楼跑去。在教学楼前,看到小芳和几个女生也小跑着过来。天宇问:"哎,李小芳,你在几班?"

小芳看了我们几个一眼说:"二楼3班,你们呢?"

"一楼5班。"天宇说。

小芳"哦"了一声,就和那几个女生一起上楼了。

我们也很快进了5班的教室,全班四十多个学生差不多已经都坐到了自己的位子上。我们四个的位子在中间靠后的位置,我和天宇同桌,刘强和马晓在我们后面。我们刚坐好,就走进来一位男老师,正是上午接待我们的那位男老师,他走到讲台后面,正对我们,用平和的语气说:"同学们好!"

"老师好!"同学们一同站起来喊道。

"好,坐下!"老师说完拿起一支粉笔,在黑板写上"宋启明"三个字,然后说,"我是你们的语文老师兼班主任,我叫宋启明。今天是你们踏入高中的第一天,也是我给你们上的第一课,其实今天我没有带教案,因为课本还没有发到你们手里。那就从我认识你们开始吧，每位同学轮流介绍一下自己，可以简单，也可以详细，因为今后的三年时间，我们都要共同相处，所以认识彼此就是一个好的开始。那就让前排左边第一名同学先介绍吧，大家鼓掌。"

同学们都鼓起掌来。

前排左边第一个男生站起来介绍道："大家好！我叫陆涛，毕业于实验附中，平时喜欢篮球和动漫，谢谢！"

同学们又都鼓起掌来。

"很好！下一位。"宋老师说。

……

就这样，全班同学轮流做了一遍自我介绍。在大家做介绍的时候，我察觉到，全班同学有一半来自城市，一半来自乡村。再就是男生多，女生少，四十多名学生中，只有十几个女生。

全班介绍完毕，宋老师说："很高兴认识你们，这是一个好的起点，在以后的一段岁月里，希望你们能互帮互助，共同努力，让高一5班成为一个和谐友爱的大家庭。今天的课就到这里，同学们下课后，请到左边的衣物室，领统一的校服和军训服。从明天开始将由军营里的教官给你们进行为期一周的军训。这是锻炼你们的身体素质，提高你们的爱国意识，培养你们不畏艰苦、迎难而上的精神，磨炼你们意志品质的好机会，希望你们一切行动都要听从教官的指挥，展现出高中生的优良品格。我相信你们都是优秀的，一定能完美地完成这次军训。好了，下课！同学们，再见！"

"老师再见！"全班同学同时喊道。

宋老师走出了教室。

我们也陆续出了教室，来到左边的衣物室，领取校服和军训服。衣物室外的同学已经站了几排的长队，看来也是按班级领取。于是我们来到我们班的发放地点，也站好队。发放人员会先问每个人的尺码，然后给我们相应大小的衣服。领完的同学可以马上离开，这样更容易维护好秩序。我和天宇比较早地领完，我们双臂夹着校服和军训服出了衣物室，走在操场上。天宇又旁若无人地唱起了歌：

　　活得开心　心不记恨

为今天欢笑唱首歌
　　任胸襟吸收新的快乐
　　在晚风中敞开心锁
　　谁愿记沧桑匆匆往事
　　谁人是对是错
　　从没有解释为了什么
　　一笑看风云过[②]

　　"唱吧，明天军训一开始，恐怕你就没劲唱了。"我笑着对天宇说。
　　"喊，你以为学校的军训真像部队里那样严格，这不过是走走样子而已，再说了，我还真是从小就想当兵，这回咱也尝尝当兵是个啥滋味。"天宇说。
　　我们说着回到宿舍，刚把衣服整理好，放到床上，刘强和马晓就回来了，他俩随手把衣服往床上一扔，就躺在了上面。
　　马晓问："你们三个谁喜欢打篮球？刚才我看到操场旁边的篮球场上有几个男生在打球，我一天不打上半小时的球，手就痒痒。"
　　"走，我跟你去。"刘强说。
　　马晓一听就从床上跳了起来："太好了！"
　　"那几个可能有高年级的同学。"天宇说。
　　"那又怎样，去打球，又不是去打架。"马晓说完又问我和天宇，"你们两个不去吗？"
　　"我的腿刚好，不能剧烈运动。"我说。
　　"我也不去了，我再收拾一下我的东西，可能还有半小时就该吃晚饭了。"天宇说。
　　"好，那我们走。"马晓说完就和刘强出了宿舍。
　　天宇整理着带来的东西，突然从包里掏出一本书来扔给我说："知道你喜欢看书，可惜我这里没啥好书，只有这个，你将就看吧。"
　　我接住书一看是古龙的《七种武器之碧玉刀》，我说："有这看也不错啊。"我翻着书问天宇："刘强咋变了个人似的，这一天都没咋说话。"
　　天宇说："他呀，自从他老爹出事以后，他就这个样子了。加上这个高中又是他娘硬逼着他来上的，他心里能好受吗？"

"这个高中不是学校保送的吗？咋成了他娘硬逼着他来上的呢？"我好奇地问。

　　天宇说："这你就不知道了吧，其实他们五个救人的事纯属赶巧，要不是一个被救小孩儿的家长通知了媒体，学校根本就不知道，也不会重视这件事，学校虽然保送了他们五个，可是来上高中的却只有刘强一个。"

　　"那为啥？"我追问。

　　"因为他们知道自己根本就不是学习的料，甚至讨厌上学，所以那四个早就进城打工的打工，学车的学车了。其实刘强也想进城学车，可是他娘死活不同意，非要让他来读高中，他没办法，只好来上高中了。"

　　听天宇说完，我点点头说："哦，原来是这样，难怪这一天都不说话，我以为他还在为上次跟我们打架的事而记仇呢。"

　　"他不是那么记仇的人，再说，那都过去多久了。"天宇笑着说。

　　这时操场上响起了吃晚饭的铃声……

---

　　① 《今夜你会不会来》粤语，作词：简宁，作曲：林东松，演唱：黎明。
　　② 《笑看风云》粤语，作词：黄霑，作曲：徐嘉良，演唱：郑少秋。

第23章　军训生活

一周的军训开始了。

九月二号的上午，我们全班同学都身穿迷彩服，头戴军帽，来到我们军训的地点。这次军训并没有像天宇说的那样走走形式而已，而是一场无比严格的军训。而且参加这次军训的是三个班一组，每组安排了一位教官。跟我们高一5班一组的是6班和7班的同学们。

"嘟……"随着一声哨响，教官出场。教官是一个和大哥年龄相仿的小伙儿，身材不高，表情却严肃而认真。

"立正、稍息、向右看齐、向前看！"教官带一点湖南口音喊道，接着他又高声说，"同学们好，我是此次指导你们新生入学军训练习的教官，我叫陈子斌，大家可以叫我陈教官。很高兴今天能够站在这里与你们见面，你们的朝气蓬勃，让我非常感慨。三年前，我和你们一样，怀着憧憬，从高中走入了军营的大门。在接下来的一周内，我将以认真负责的态度与严格的标准，带领你们共同完成此次军训任务，希望你们积极配合，主动参训，争取在这次军训中，交出一份满意的答卷，同学们有没有信心？！"

"有！"我们齐声回答。

"好，那今天上午就训练你们的站姿。"陈教官说。

站在我旁边的天宇小声说："站立谁不会呀，还用他教？"

紧接着陈教官就说："或许有的同学认为站姿很简单，那接下来大家就跟着我一起做。"陈教官说完，立刻就双腿笔直，抬头挺胸，两眼直视前方，大拇指贴于食指第二节，两手紧紧地扣在裤子上，中指紧贴裤缝线。

全班同学跟着陈教官的动作一起做起来，有的同学动作不标准，陈教官就过去纠正。

"好，就这样，腿一定要挺直，不能有弯曲的趋势。先保持这样的姿势站立两个小时，即使身体上的哪些部位痒痒或是有虫子之类的生物在身边飞也不能动。"陈教官说着在我们对面一同站立。

虽然已是秋日，阳光却依然灼热。站立了半小时左右，同学们的脸上豆大的汗珠往下淌。又过了一会儿，军训服已经全部被汗水浸湿。

可能是因为受伤，这几个月我都没有剧烈运动过，而此刻，我的双腿已经完全麻木，没有了任何知觉。眼前也是一片模糊，只感到汗水顺着脖颈往下流……

不知过了多长时间，听到陈教官喊道："好，时间到！"

瞬间全班同学都瘫倒在草坪上。

天宇有气无力地说："看来，我，我小看这次军训了。"

我也喘着粗气说："你不是说，只是……只是走走形式吗？"

"唉，这刚一上午，下面的一周可咋过啊？"天宇说。

这时陈教官又喊道："大家起立！"

我们连滚带爬地站起来，还没站稳，又是一串口令声："立正、稍息、向右看齐、向前看！"

我们按照口令站好后，陈教官说："军训对于每一个高一新生来说都是一次新的人生挑战，我想这一周的军训将会成为你们一生中难忘的回忆。今天上午同学们表现得都很不错，下午继续。下面大家按照我的口令跑步回到你们的宿舍：立正、列队、左转、齐步走，一二一，一二一，一二三四！"

我们就这样跑步回到了宿舍，刚一进宿舍，我们直接东倒西歪地躺在床上。刘强倒在了马晓的胳膊上，天宇则倒在我的腿上说："累死了！"

马晓喘息着说："唉，比我打了一上午篮球还累。"

"这才一上午，累的还在后面呢。"我刚说完，外面的就餐铃就响了……

吃完午饭，在宿舍休息了一会儿，刚到一点半，我们三个班的同学又跑步来到军训的地点，排队，站好。陈教官正步走到我们前面，行了一个帅气而标准的军礼说："同学们，上午你们练习了站姿，现在开始练习蹲姿，我先做示范，同学们跟着做，也是两个小时。"说完陈教官开始下蹲。只见他一脚在前，一脚在后，两腿向下蹲，前脚全着地，小腿垂直于地面，后脚脚跟提起，脚尖着地，臀部向下，以后腿支撑身体，双手下垂呈直线。

我们全体跟着陈教官的动作一起下蹲，发现动作不标准的同学，陈教官就会过去纠正。其实，蹲姿比站姿更累，蹲了二十分钟，我们已经汗流浃背，双腿酸痛，甚至有几个同学直接倒在地上。陈教官一看这样不行，就命令我们蹲二十分钟，站起来活动五分钟。这样才好不容易完成了下午的训练。

等我们再次回到宿舍，躺在床上，感觉全身精疲力竭，一动都不想动了，直到打饭铃声响起，我们才拖着疲惫的身体来到食堂，吃了晚饭，又回到宿舍，倒在床上，我们连衣服都没有脱就睡着了。可以说，这是很久以来我睡得最香的一夜，整晚连一个梦都没有。

接下来的几天，陈教官训练我们基础的队列动作，包括正规的立正、稍息、敬礼、蹲下、坐下、齐步走、正步走、跑步走。还有停止间转法，包括稍息、立正、向左转、向右转、向后转、跨立与立正、蹲下与起立。再就是行进间转法，包括齐步的行进与立定、正步的行进与立定、跑步的行进与立定。

每一个看似简单的动作，都要重复练习很多次，才会达到真正的规范姿势。还要和所有同学的动作整齐划一，只要有一位同学动作不规范，全体同学就得跟着重新再做一遍，直到动作一致为止。

陈教官在训练过程中是非常严厉的，如果看到有同学偷懒，或者做一些小动作，他就会把那个同学单独叫出来，罚站军姿一小时。而陈教官又是一个非常有耐心的人，每个动作他都是先做示范，对于实在学不会的同学，他也会很细心地指导。

军训是辛苦的，教官是严厉的，但是经过这一次的军训，我又觉得军训是苦并快乐的，教官是严厉并和蔼可亲的。训练时他对我们要求严格，开始我们走不齐也跑不齐，可经过一次次的训练，我们走得越来越齐了，陈教官的嗓子却越来越哑了。休息时，他又会给我们讲一些他在部队的趣事，完全没有了训练时的刻板与严厉，反倒像一个和蔼可亲的穿着军装的大朋友。

军训第六天，吃过早饭，我们再次来到军训的地点。今天是阴天，还有阵阵微风吹过来，比昨天凉爽了很多。

马晓说："不知道今天又有什么魔鬼训练等待我们呢！"

天宇说："你马上就会知道的。"

可没想到的是，迎接我们的竟是三张床和三床被子。随后陈教官正步走过来说："由于前几天训练强度有点大，可能有些同学的身体方面不太适应，今天我就教你们怎样叠军被。"说完他将军被铺平，把它纵向分成三等份，再叠成一个长方形。再把军被横向分成三等份，将两头往里叠。中间部分用手拱起一道坎，再把两头重叠在一起。最后把军被上的褶皱抹去，把四个角掐直，就变成了一块方方正正的"豆腐块"。陈教官示范得一丝不苟，我们目不转睛地盯着。陈教官示范完毕后，就让我们轮流练习。一开始，同学们都信心十足，可没想到，一床被子竟难住了所有同学。看着军被在陈教官手里，不一会儿就成了一块漂亮的"豆腐块"，可到自己手中就不一样了，摆弄来，摆弄去，它就像一条泥鳅似的，怎么也不听话。有的同学甚至急得满头是汗，也没把被子叠成"豆腐块"。他们不是把被子叠成"大面包"，就是叠成了"洋葱卷"。

我在一旁看着，忍不住笑了一下，正好被旁边的刘强看到，他小声地说："你笑啥？有本事，你上去试试。"

我没有接他的话，只是收起了笑容。这时刚好一个没有叠好被子的同学走过来，我就主动走上了训练场，走到一张床前，双手拉开被子，认真地叠起来。我的动作虽然不如陈教官规范，但不大工夫，我就把被子叠成了"豆腐块"的形状。

同学们看着我，都露出了惊讶的表情，刘强惊讶之余还为我拍了两下手。这时陈教官走过来问我："同学，你以前受过军训吗？"

"没有。"我说。

"那你怎么会叠军被的？"陈教官又问。

"我大哥也在当兵，前些日子他回来看家，知道我上高中要军训，就教了我一下怎样叠军被。"我说。

"哦，难怪呢。"陈教官说完，又对同学们说，"我想同学们也都体会到了，叠被子看似很简单的一件小事，可真正做起来，却不是那么容易。其实很多事情都是这样，这也是让你们军训的意义。不要小看任何一件简单的事情，如果做不好，它就会成为你们人生的阻碍，影响你们的命运。今天上午几乎所有同学都没有很标准地把被子叠好，只有这位同学叠得还算不错，基本达到了军被的要求。"陈教官又将头转向我，问道，"你叫什么名字？"

"李志远。"我回答说。

"好名字。"陈教官点头说，然后又面向同学们，"今天下午我将和李志远同学一起手把手教会大家叠军被。上午的训练至此结束，同学们听我口令，跑步回宿舍，立正……"

我赶紧跑回队伍中间，随着陈教官的口令，我们跑回了自己的宿舍。

回到宿舍，马晓就对我说："你有这两下子，也不早说，要是早都教会我们，今天也不至于这么狼狈嘛。"

"就是。"刘强也跟着说。

"我咋知道今天教这个啊。"我有些无奈地说。

天宇看了看表说："现在才十一点多，离吃午饭还有一小时，不如你现在就教我们吧。"

我说："行，拿被子来！"

于是天宇拿过一床被子，我就开始教他们三个叠军被，我一边叠被子，一边告诉他们叠军被的几个小窍门。他们也很快掌握了要领，接着我就让他们自己叠一遍，虽然还都不是太规范，但看上去已经叠得有模有样了，再多练几遍，应该都能过关。

就在他们三个练习时，打饭的铃声响了……

吃过午饭，我们准时来到军训的地点。陈教官已经站在那里，等同学们到齐了，他先让我们排好队，然后叫我出列，站到他跟前，他向同学们说："下面由我和李志远同学一起手把手教同学们叠军被，你们可以四个人一组轮流过来，率先学会的同学可以再教其他同学，直到你们都学会为止，开始！"

接下来，同学们就四个人一组上来叠被子。陈教官和我一边告诉他们要领，给他们做着示范。我开始还是有点紧张的，毕竟是第一次接受这样的任务，直到第一组同学都学会了，换上第二组，我才长舒了一口气，心也舒缓下来。

等轮到天宇、刘强和马晓上来，基本没用陈教官和我指导，他们很快就将被子叠成了"豆腐块"。陈教官惊讶地问："你们三个是怎么学会的?"

"我们和李志远住一个宿舍，是中午他教会我们的。"天宇抢先说。

陈教官说："哦，原来是这样啊，好，很棒！那你们三个就别下去了，到另一张床铺前面，也一起教其他同学吧。下面还没有学会的同学八个人一组轮流过来学。"

有了天宇他们三个的加入，同学们学叠军被的速度明显加快了。一个多小时后，所有同学都能将被子叠成"豆腐块"了。

陈教官满意地说："你们都是好样的，没想到这么快就都学会了。这也是李志远和其他三位同学帮助的成果，不然，我们是不可能这么快完成今天的训练任务的，这就是相互帮助的结果，这就是团结的力量！明天将是你们军训的最后一天，我要教你们唱军歌，首先教你们唱《团结就是力量》，好不好？"

"好！"同学们齐声说。

陈教官也跟着说了一声"好！"然后说："今天的训练至此结束，大家排好队，跑步回宿舍，立正、稍息、向左转、齐步走，一二一，一二一，一二三四……"

军训的最后一天，陈教官教了我们很多军歌，除了《团结就是力量》，还教了《一二三四歌》《打靶归来》《咱当兵的人》，等等。陈教官的嗓音洪亮，唱起这些军歌来也很有气势。他都是自己先唱一遍，然后再起头和我们一起唱。整齐的歌声回荡在学校操场的上空。我不知道别人的感受，反正在那一刻，我对军人再次产生了一份敬意和一种神圣的感觉。

教我们唱完军歌后，陈教官微笑着对我们说："你们其中有没有会唱歌的？或者会其他本领的，都可以出来展示展示，反正是军训的最后一天了，也不用太严肃了，放开一些，我们也联欢一下。"

天宇第一个出来唱了一首 Beyond 乐队的《光辉岁月》。我能听出，天宇唱歌时有一点紧张。但等他唱完，陈教官和同学们给了他热烈的掌声。

接下来，马晓和几个同学站出来问："我们可以表演篮球吗？"

"当然可以。"陈教官说。

马晓就和那几个同学到篮球场上拿来几个篮球，给大家表演了一段花式篮球，在他们表演的过程中，陈教官就带头鼓起掌来，有的同学还吹起了口哨，气氛一度达到了高潮。等他们表演结束，掌声才慢慢平息。

紧接着，走出来两个女同学，也是我们班的，是周敏和丁倩，周敏说："下面我们两个唱一首歌，特意献给陈教官您，感谢您这一周来为我们辛苦的付出。"

"哦，说不上辛苦，其实真正辛苦的是你们。那你俩先唱吧。"陈教官笑着说。

周敏和丁倩就开口唱起来：

> 长亭外，古道边
> 芳草碧连天
> 晚风拂柳笛声残
> 夕阳山外山
> 天之涯，地之角
> 知交半零落
> 一壶浊酒尽余欢
> 今宵别梦寒……[①]

歌声还没唱到一半，所有同学就跟着一起唱起来，随即，陈教官也跟着唱起来。有的同学唱着唱着还流下了眼泪……

一周的军训就这样结束了，它也成了我高中岁月里最难忘的一段时光。至于我们的陈教官，以后再也没有见过面，虽然很多女同学都向他要了通信地址，还给他写过信，但却没听说他给哪个女同学回过信。而在我的脑海中长留的是军训结束后，陈教官向我们行了一个标准又帅气的军礼，毅然转身走出操场，在夕阳中远去的背影。

---

① 《送别》作词：李叔同，作曲：约翰·庞德·奥特威。

第 24 章　还书，回家

军训结束的第二天是星期五，还有一天上课的时间。当我们坐在教室里准备上课的时候，宋老师依然没有拿教案就走进了教室。他没有给我们上课，而是让我们用一上午的时间选出本班级的班长、副班长、学习委员、纪律委员、文艺委员、体育委员、宣传委员、生活委员，还有各科的课代表等。我们宿舍里的四个人，只有马晓被选为了体育委员。

等一切职务都选完了，也快到下课的时间了。这时宋老师说："同学们，我们班级的人员职务已经选定，希望你们严格遵守学校纪律，发扬讲文明、懂礼仪的好风貌。在和同学的相处中，要互帮互助。希望我们高一5 班能成为一个和谐、友爱、温暖的大家庭。当然，现在你们的主要任务是学习，因为你们正处于积累知识的黄金时期，你们要珍惜时间，集中精力搞好学习。任何一个人的成功都离不开勤奋。要从今天开始，从现在开始，规划好自己三年内的目标。一日之计在于晨，以后在学校，早晨要养成早读的好习惯，认真上好每一堂课，认真听讲，积极思考，热烈发言，善于发现问题，解决问题，一丝不苟完成老师布置的作业，当天的学习任务当天完成，决不拖到第二天。而我也将做好我的工作。既然我接手了这个班级，我就会对你们每一个同学负责，在上好每节课的同时，我也希望成为你们的朋友，如果你们在学习上和生活中遇到了什么困难，请及时向我报告，或者单独找我沟通，我都将尽一切所能给你们解决。好，今天就到这里。下午你们请到学校的文体部，领取高一上学期的所有课本，领完课本，你们就可以早点回家了。明天正好是中秋节，回去好好和家人过个团圆节。我也提前祝你们中秋节快乐！同学们，下周一再见。"宋老师说完走出了教室。

吃过午饭，我们就到文体部去领取课本。还是跟领军服一样，每个班排队领取。最后我们每个人提着两大捆课本回到宿舍。

"看到这么多书，我就头疼。"刘强望着那两大捆课本说。

"头疼的还在后面呢，现在还是先收拾一下东西，回家过节吧。"马晓整理着书包说。

"回家有啥好收拾的？"天宇说。

"对，没有什么重要东西，都放在宿舍就行，反正周一就回来上课了。"马晓说。

我把校服和那身军训服放进书包，又从床底下拿出一个大纸包放进书包，然后我问马晓："你咋回家？"

"我家就在城东，步行十几分钟就到了。"马晓说完拎起书包就出了宿舍，刚走出宿舍又回头来了句，"室友们，周一见了啊。"

"快走吧你！"刘强笑着对马晓说。

"你们两个坐公交车先回去吧。"我对天宇和刘强说。

"那你呢？"天宇问。

"我去看看我姐，看她是不是回家过节，如果她也回家，我就等她下了班，和她一起回去。"我说。

"行，那我们就不等你了，你快去吧。"天宇说。

"嗯！"我答应着也拎起书包出了宿舍。此时的马晓已经走到了学校的大门口，我赶快紧跑几步追了过去。马晓看到我追上来，有点诧异地问："你不跟他们两个一起回去吗？"

"我去看看我姐，我跟我姐一起回去。"我说。

"哦，那跟我走吧。"马晓说。

于是我就跟着马晓走在城市的大街上。明显能看出，今天的大街上比往常要热闹许多，一是过节的原因，加上正好周五，到处可见放学的学生。

路过一个烧烤摊，马晓买了两串烤串，递给我一串，继续往前走。马晓边吃边问："你姐在哪儿上班？"

"在百货大楼。"我说。

"哦，就在那条主商业街上。"马晓指着前面说。

我有些犹豫地问："市一中在哪里？"

195

"前面第二个十字路口左拐再过两条街就是，你问市一中干吗？"马晓好奇地问。

"我一个朋友在那儿上学，我想去看看。"我有些含糊地说。

"哦。"还好马晓也没有多问。

走到第二个十字路口，马晓说："我就直接回家了，你去看你朋友吧，咱们周一见喽。"

我说："行。"我们相互挥了挥手，马晓径直朝前走去，我左拐走通向市一中的那条马路。走过两条街，就看到了市一中的大门，看上去和市二中的大门也没太大区别。大门敞开着，陆续有学生从里面走出，却始终没有看到君妍的身影。我在市一中的大门对面找了一棵大杨树靠了一会儿。此时太阳已经开始慢慢西行，阳光透过密集的树叶洒在路面上，微风有意无意地吹着，路面上闪动着银光。就在我犹豫着要不要继续等下去的时候，我听到前方一个熟悉的声音叫我的名字：

"李志远！"

我抬头看到君妍和几个女同学从学校大门里走出来，随即她跟那几个女同学低语了几句，又和她们挥手道别，就向我走过来。她一身红色的校服，单肩挎着一个白色的书包。

君妍缓步走到我跟前，笑着说："军训了一周，脸都晒黑了。"

我下意识地用手摸了一下脸问："有吗？"

"嗯。军训累吗？"她微笑着问。

"还行吧，累不累的也都结束了。"我们边说边离开了市一中。

"反正我们学校今年的军训要比往年严格很多，还好我已经高三，不用军训了。"她说。

"其实每个学校都差不多，一切都是为我们安排好的，每个过程都要体验一下。"我说。

"嗯，看来你有很多体会啊。"

"也不是，人总要一步步地成长嘛，每个阶段经历每个阶段的事情，这是自然规律。"

"呀，几天不见，说话都不一样了，都上升到'人生'阶段了？"

"快拉倒吧，你别取笑我了，只是一点小感慨而已。"

"你有没有想过以后可以写点东西？我觉得你有这种潜质。"

"没有，至少现在还没想过，现在我的首要任务是先把学业完成。"

"嗯。你今天怎么回去？"

"我一会儿去找我姐，我想和她一起回去。"

"哦。那你来找我干吗？"她突然严肃地问。

我慌忙从书包里拿出那个大纸包，递给她说："我是来还书的，这是那一套《追忆似水年华》和那本《红与黑》。"

君妍接过那个纸包，放进自己的书包里，又从书包里拿出两本书来，递给我说："这两本书我刚看完，是准备带回家的，正好你先拿去看吧。"

我接过书，看了一下，一本是狄更斯的《远大前程》，一本是《泰戈尔诗选》，我犹豫着说："现在刚开学，还没有正式上课，不知道学习紧不紧张，也不知道有没有时间看课外书。"

"你先拿着，什么时候看完什么时候还我。"君妍接着又说，"学习上可能前几周有些紧张，因为要适应环境，等完全适应了，还是有时间看书的，就像我，都高三了，不是照样看课外书嘛。"

"好吧。"我说着，把那两本书放进我的书包里。

"你来找我就只是为了还我书吗？"君妍突然笑着问。

"那……还能为了啥？"我支吾着说。

"这样啊，我以后不借书给你了。"她正色地说。

"为啥呀？"我问。

"不为啥，我高兴就借，不高兴就不借。"她继续正色说。

"好吧，那我以后不来了。"我沮丧地说。

"谁让你不来的？"她说。

"你不是说不借我书了吗？"我说。

她忽然又笑着说："好了，好了，不逗你了，你快去找你姐吧，不然就赶不上最后一班公交车了。"说完背上书包转身快步跑出很远，又转身向我挥了挥手，再次转身慢步消失在人群中。

我刚走到百货大楼底下，春兰姐正好提着大包小包从里面出来。我连忙上前接过两个包来提着说："姐，我正要上去找你，看看你回家不呢。"

春兰姐说："过节，当然要回家了。"

我们快步赶往公交站点。春兰姐边走边对我说："前几天我去过你们

197

学校，可门卫就是不让进，说军训期间，不能探望。"

"哦，可能军训期间，学校相对比较严了一些。"我说。

"咋样，军训累不？"春兰姐问。

"还行吧。"我说。

我们赶到站点时，还好班车还没到，又等了几分钟班车才到。我和春兰姐先后上了车。

我和春兰姐到家的时候天已经快黑了。母亲已经做好了晚饭，等着我们。父亲和小满叔喝着小酒，小兰在看电视。

我和春兰姐一进门，母亲就高兴地说："我就知道你们姐弟俩今儿个准回来，特意做了你们的饭。"母亲说完就进里屋去拿碗筷。春兰姐刚把带回来的东西放在炕上，小兰就扑进了姐姐的怀里。春兰姐摸着小兰的小脸问："想姐姐没有啊？"

"想啦！"小兰乖巧地说。

春兰姐从一个包里拿出一盒巧克力糖，放在小兰手里说："吃完饭再吃这个，知道不？"

"嗯！"小兰答应着。

母亲从里屋出来对春兰姐说："不是跟你说了嘛，回家别买东西，家里啥都不缺，就是不听。"

春兰姐笑着说："这不是过节嘛，买了点月饼和水果，没买别的。"

母亲不再说什么，只是招呼我们快洗手吃饭。

吃饭间，母亲又问起军训的事和在学校住习不习惯，我都一一回答。母亲还是叹了口气说："要不是你大哥前几天刚回部队，咱们一家人就团圆啦。"父亲这时平和地说："他再过三个月就回来了，你说这干啥？"母亲便不再言语。

饭后，春兰姐和母亲刚收拾起碗筷，我就听到了向阳的歌声由远而近：

透过开满鲜花的月亮
依稀看到你的模样
那层幽蓝幽蓝的眼神
充满神秘充满幻想

一种爽爽朗朗的心情
　　所有烦恼此刻全遗忘
　　只想只想在你耳边唱
　　唱出心中对你的向往①

　　向阳进屋止住了歌声，两步走到我跟前，坐在了炕沿上。
　　我问向阳："今天没去干活儿吗？"
　　"去了，都是一些小活儿，干完就回来了。我估摸着你今天也该回家了，就过来看看。"向阳说。
　　正在擦拭饭桌的春兰姐指着炕上一个包对我说："那个包里有水果和瓜子，你们拿出来吃。"
　　我从那个包里拿出几样水果和一袋瓜子，让向阳吃。向阳拿了一点瓜子，慢慢吃着。我则拿了个橘子吃。
　　擦拭完桌子的春兰姐走过来从炕上拿了一盒月饼，又从包里拿出五百元钱，递给向阳说："这是小艳让我捎回来的，她工作忙，回不来，正好你带回家给我婶吧。"
　　"哦。"向阳答应着把钱和月饼接过去。
　　春兰姐将炕上另外两盒月饼和水果拿进了里屋。
　　此时我拿起书包对向阳说："走，跟我到立新叔那边玩去。"
　　母亲问我："你还是在你立新叔那边睡吗？"
　　"嗯。"我答应着。
　　"那把你小满叔一起领过去。"母亲说。
　　我小声问母亲："小满叔现在不用吃药了吗？"
　　母亲也低声说："我已经把药放在他的饭菜里了。"
　　我点点头，然后叫上小满叔和向阳一起来到立新叔院里。那条小白狗看到向阳还叫了几声。我先把小满叔安顿好，就和向阳一起走到我住的那屋，用钥匙打开卧室的门。向阳还是第一次进这间卧室，他一进来就被那一书架的磁带迷住了，羡慕地说："这些磁带要是都归我就好了。"
　　"你想得美，这可是立新叔让我给他保管的，不过，你可以拿几盘去听，记得还回来就行。"我说。
　　"算了，万一听坏了，我上哪里淘换去，能在这儿听听就不错了。"向阳说着从书架上抽出一盘窦唯的《黑梦》专辑来，放进桌上的录音机里，按下播放键，一边拿着歌词一边随着录音机里的声音唱起来：

> 迈开大步匆匆忙忙奔奔波波去寻找
> 寻找一份能让自己感到欣慰的骄傲
> 不顾一切疯疯癫癫跌跌撞撞地奔跑
> 奔向那份能让自己感到安全的怀抱
> 离别了昨天去拥抱希望
> 告别夜晚　等待天亮
> 过去的辉煌不再重要
> 明天更漫长……②

我从书包里拿出那身军训服，问向阳："你要不？"

向阳止住了歌声问："你不穿吗？"

"我在家有衣服穿，上学穿校服，基本穿不着，这衣服耐磨也耐脏，你干活儿穿正好。就是我军训了一星期，也一直没空洗，你拿回去让我婶子洗洗，就可以穿。"我说。

"好嘞，那我就不客气了。"向阳说完又问，"军训累不？高中生活咋样？"

"军训当然累啊，不过，你猜我和谁一个宿舍？"

"谁？"

"你表哥天宇和刘强。"

"这么巧啊！"

"是啊。"接下来我就把一周的军训生活简单地跟向阳说了一遍。

向阳听完有些失落地说："可惜我和志彬都没上高中，要不咱们几个在一个宿舍该多好啊。"

"志彬就算上高中，也不可能跟咱们一个宿舍，他考上的可是市一中。"我又问向阳，"志彬现在咋样？"

"还那样呗，三班倒。今天下午还看到他呢，他说今晚上夜班，明天找你来玩儿。"向阳说。

"哦，明天你也不干活儿吧？"我问。

"不干,在家过节嘛。"向阳说完,神秘兮兮地说,"我有一个新闻,你要不要听啊?"

"啥新闻?"我问。

"不过,你听了,可别打我啊。"向阳一脸坏笑地说。

"少废话,快说。"我说。

向阳犹豫了一下,坐在床上说:"就在你上学的第二天,我收了工,在我姨家吃了晚饭,骑车回来,路过你家场院的时候,我看到你大哥和梅芳在草垛后面亲嘴儿。"

听完,我追问道:"你确定没有看错?"

向阳肯定地说:"绝对没有看错,因为以后的几天,我每晚都会提前去场院躲起来,你大哥和梅芳还是会准时去那里,直到你大哥回了部队。"

"那你还看到啥了?"我镇静地问。

向阳拍了一下大腿说:"我看到啥是肯定看到了,但我没法表达,你自己想象就行了。"

我依然镇静地问:"这件事,除了我,你有没有对别人说过?"

向阳严肃地说:"那绝对没有,不过,我不敢保证别人没有看到过。"

我点了点头说:"嗯,我知道了,只要你没说,那就顺其自然吧。"

向阳犹豫地问:"你不打算告诉你爹娘?"

我苦笑说:"这种事,我咋说,我说了有啥用?只能等我大哥回来自己处理。"

"也是。"向阳说。

……

向阳玩到十一点多才走的。他提着那盒月饼,拿着那身迷彩服,走出院子,我送他出了大门,刚回身把大门关好,就听到了向阳的歌声:

避开大家无聊之中勉勉强强的热闹
开发自己能够得到孤独中的欢笑
不想再去唠唠叨叨没完没了
只想能够努力做到我认为的好
喔 快给我力量 让我辨清方向
激动在我胸膛

201

给我一线希望　那多珍贵
总是在做梦得到它
明天更漫长　明天更漫长

我在院子里笑着骂了句："你个臭小子，大半夜了，也不让人清静！"

我回到屋里，躺在床上，却睡不着了。其实向阳说起大哥跟梅芳的事情，我并不感到意外，早在我发现大哥给梅芳写信开始，我就知道这一天迟早会来的，而我担心的是父母知道了这件事以后，会是啥心情，又会有啥反应。

---

①《透过开满鲜花的月亮》作词：张全复，作曲：张海宁、张全复，演唱：林依轮。

②《明天更漫长》词曲唱：窦唯。

第 25 章　中秋节的葬礼

中秋节的上午，母亲和春兰姐忙着包饺子，小兰也要了一小块面团，在一旁捏小人玩儿。父亲今天也没去修车行，而是在家修理一些农具，准备收秋。我在旁边给父亲打下手，没过一会儿，志彬和向阳就来了。父亲说："你们去玩儿吧，这点活儿，我一会儿就弄好了。"

我应了一声，就跟志彬、向阳出了家门。我边走边问向阳："去哪儿玩儿？"

"老地方呗。"向阳说。

很快我们三个就来到了村头放水泥管子的地方，来到这里我才注意到，以前一长排的水泥管子现在只剩下了一根。我问他俩："哎，那些水泥管子呢？"

"前几天夜里被人偷了。"志彬说完坐在那根水泥管子上从口袋里掏出他的小游戏机玩起来。

"被人偷了？这事就没人管吗？"我问。

向阳用脚踢着一粒石子说："听说镇上的派出所正在调查，只是还没结果，不过那天夜里被偷的不光是咱们一个村，邻近的几个村也被偷了。"

"这么重的东西是咋偷的呢？"我也坐在水泥管子上说。

"那谁知道，又没人看见，应该是几个人先轻轻抬出村，再架上拖拉机拉走的。"向阳说。

"哦……"我回应着，又转头问志彬，"那些水泥管子是干啥用的？很值钱吗？"

志彬抬起头来说："那些粗一点的是村外自来水的备用管道，那些细一点的是备用电线杆，要说个人用吧，还真没多大用处，如果没有特殊门路基本卖不了，也值不了多少钱，不过里面有不少好钢筋，砸出来，倒是

203

能卖些钱。"

我听完点了点头，没等我说话，向阳就笑着问志彬："嗨，有烟吗？给哥们儿来一根。"

志彬从口袋里掏出半包哈德门香烟扔给向阳说："都给你了。"

向阳接住香烟说了句"够哥们儿！"然后掏出打火机，点上一根，又将那半包烟递到我面前，我向他摆了摆手，他一笑将那半包烟揣进自己的衣兜里，接着他吸了一口烟，仰头朝天吐了个烟圈，又扯开嗓子唱了起来：

> 朝花夕拾杯中酒
> 寂寞的我在风雨之后
> 醉人的笑容你有没有
> 大雁飞过菊花插满头
> 时光的背影如此悠悠
> 往日的岁月又上心头
> 朝来夕去的人海中
> 远方的人向你挥挥手
> ……①

听着向阳的歌声，好像又回到了年初的那个下午。不知不觉中大半年的时光已经过去，而我们的生活也各自有了不小的变化。回想着这大半年来发生的大大小小的事情，不得不感叹岁月的无常。

我们三个在这里有说有笑地玩到十一点多才各自回家。当我一个人走在李村的街上时，心里总觉得志彬哪里不太对劲，言行看上去和以前也没啥两样，就是感觉他在刻意回避着什么，比如以前他最关心我的学习情况，但这次见面他却一个字都没有问起我在学校的事情。而且明显感觉他的笑容越来越少了，即便是笑也看着很刻意，不像向阳那么自然。我在想，志彬没上高中本来就不是他自己的本意，所以他就不愿提起上学的事情吧……

走回家，母亲和春兰姐已经包完饺子，准备下锅。父亲抱着小兰边看电视边喝着小酒。

母亲见我回来，就对我说："正好，我先下一锅，给你小满叔端过一碗去，再拿一盒月饼和饺子给你五爷爷送去，回来咱再吃饭。"

我说："行！"

母亲下出第一锅饺子，我先给小满叔端过一碗去，回来，母亲已经把两碗饺子装到方便袋里，又拿了一盒月饼，我提着出门就往五爷爷家走去。

到了五爷爷的家门前，可是五爷爷的黑色大木门却关着，我用手推了推，好像里面插着推不开，我就高声叫了几句："五爷爷，在家吗？"里面没有任何回应，我就有些着急了。我将手里的月饼和饺子放在地上，用手拧了一下门环，拧不动，门是从里面锁着的。我又大声叫了几声，里面还是没人回应。我扒着门缝往里看了看，屋门也是关着的，而且窗帘也是拉上的。我感觉不对劲，也没顾地上的东西，迈步就往家里跑。

等我跑回家，母亲已经下完饺子，正准备吃饭。父亲见我跑得满头是汗，就问了句："跑啥嘞？"

我擦了一把头上的汗水，喘息着说："爹，五爷爷家好像出事了！"

"咋了？！"父亲忙问。

我简单把情况一说，父亲听完也觉得事情不妙，就对母亲说："先别吃饭了，咱们先去看看啥情况。"母亲用笼布将桌上的饺子简单一盖，我们全家人就出门了。母亲对跟在后面的春兰姐和小兰说："你俩去叫一下你立本叔，让他也赶快过来。"春兰姐答应着领着小兰和我们分头跑开。

父亲母亲和我很快来到了五爷爷的家门前。父亲一边用力拍了几下门一边高声喊着："五叔，在家吗？！"里面还是一点动静也没有。父亲后退了几步，看了看两边的墙头，五爷爷家的墙头很高，一个人很难徒手爬上去。我们正在着急的时候，春兰姐和小兰把立本叔、志彬和立本婶叫来了。立本叔问父亲："咋样了？"

"还是叫不开门。"父亲说。

"那咋办？"立本叔问。

"现在只能爬墙头先进去看看了。"父亲说着走到墙根下，背对墙，下蹲着，对立本叔说："来，你先踩我肩膀上去，再拉我上去。"

立本叔现在也顾不上多想，踩着父亲的肩头先爬上了墙头，然后蹲在墙头上，往下伸出一只手，用力把父亲拉上墙头，兄弟俩慢慢跳入墙内。

我和志彬也学着样子，在春兰姐的帮助下爬上了墙头。我们慢慢跳入墙内后，立本叔已经用脚踢开了屋门，可是里屋门还是插着，立本叔又用力踢了两脚，里屋门也被踢开了。门被踢开的瞬间，迎面扑来的是一股浓烈的农药味。

父亲先进去，一把将窗帘拉开。只见五爷爷和五奶奶穿戴得整整齐齐，安静地躺在炕上，桌子上有一个空农药瓶和两张纸。立本叔伸手试了试两个老人的口鼻，已经没有了半点气息。父亲看过桌子上那两张纸，又递给立本叔，一张是五爷爷在市医院的检查结果，上面写着肝癌晚期，一张是五爷爷的遗书，字迹很潦草，内容也很简单，只有几行字：

立业，立本：

　　没想到你们的五叔会这样走吧，其实也没啥，你们也别太难受。谁叫我得了这个病呢，你们婶子的身体又是这样，我寻思来寻思去，我们老两口儿还是这样一块儿走比较好。你们就不要通知立国和立军了，他们在部队都有任务。五叔只能麻烦你们把我们老两口儿火化之后，简单入土就行了，不要办任何仪式。钱在抽屉里放着，剩下的就交到大队吧。

李广田绝笔
1995 年 9 月 7 日晚

立本叔看完五爷爷的遗书，抹了一把眼泪，问父亲："哥，你看这咋办？"

父亲强作平静地说："你是大队书记，你看咋办好？"

立本叔也平复了一下心情说："五叔是退伍军人，又是党员，一切丧葬费，都可以从大队里出，问题是要不要通知立国和立军，他们一个在新疆，一个在西安，就算通知了，都能回来，最快也得两三天啊。"

"那也得先通知他们，看看他们能不能回得来，要是真回不来，咱们再说咋办。"父亲说。

"那行，我先去大队部，给他们兄弟俩打个电话。"立本叔说。

"等等。"父亲说着拉开抽屉，拿出五爷爷留下的一沓钱，简单点了一下，连整的带零的，大约有八千块。父亲又拿了一个空信封，连钱带五爷爷的病历和遗书一起装入信封,递给立本叔说:"这个你拿着,不管他们兄弟俩啥时候回来,都要交给他们,也算是个交代。"

"唉!"立本叔答应着把信封接过去,揣到衣兜里。父亲又从桌子上拿起大门的钥匙说:"我们先出去,等你打完电话回来,咱再合计咋办。"立本叔点头答应着。我和志彬跟着也出来了。

父亲用钥匙把大门一开,母亲和立本婶就上前急切地问:"咋回事啊?"

立本叔在前面,低声说:"五叔老两口一块儿喝农药了。"

"啥,喝药了!为啥呀?"母亲惊讶地问。

父亲、志彬和我也相继出了大门。父亲对立本叔说:"你快去打电话,我们在这儿等着。"立本叔答应一声快步向大队部走去。

母亲和立本婶又上前问父亲:"到底咋回事啊?"父亲简单地把里面的情形说了一下。母亲和立本婶听完都抹着眼泪说:"咋会出这事啊?!"父亲蹲下点燃一支烟,狠狠吸了两口,叹着气说:"唉,怪我太粗心啊,前几天我在修车行看到五叔去坐公交车,还上前问他干啥去,他只说进城办点事,我就没多问,现在一想,五叔是进城查病啊。"

"唉,谁能想到五叔会走这条路啊。"母亲也叹气说。

"五叔一辈子要强,他这样做,是谁也不想拖累啊。"父亲说完吸了两口烟。

这时大队部的大喇叭里传来立本叔的声音:"广大村民注意了,广大村民注意了,通知大家一个不幸的消息,我们村敬爱的老党员、老退伍军人、老邮递员李广田同志,在家因病去世。请我村所有党员和亲朋至交到场吊唁及送别。"

立本叔的广播刚结束,邻近村民就纷纷来到五爷爷的大门前,很快男女老少围了一群人。有人就上前问父亲和母亲是咋回事,听完父母简单的讲述,人们都唏嘘不已。

五爷爷干了一辈子邮递工作,即使退休了,也没有停止他的工作,五奶奶中风将近三年,也没有妨碍他给大家送报纸和信件。李村的每家每户五爷爷都很熟悉,每家每户也都喜爱、敬重五爷爷。五爷爷这样离开,着实让所有人都感到突然和惋惜。

这时立本叔从大队部的方向小跑着过来,穿过人群,与父亲母亲和立本婶对视了一下,直接走进了五爷爷的院子。父亲母亲和立本婶也跟了进去。我和志彬对视了一下，也跟了进去。

"咋样啊？"父亲问立本叔。

立本叔叹口气说："唉，新疆那边的电话一直打不通，西安那边的电话倒是打通了，接电话的人说立军在执行重要任务，我一听就没多问，也没多说啥，只说老家有点事，任务结束，往家回个电话。然后我又往区火葬场打了个电话让他们尽快来车。五叔五婶这样放着也不是事，只能先火化。你说呢，哥？"

父亲无奈地点点头，说："也只能这样了。"

立本叔又说："我寻思着，先不能下地安葬，那样立国和立军回来，咱们不好交代。火化完了，先把骨灰放在区骨灰堂，等他们兄弟回来，再作打算。"

父亲点点头说："这样做行是行，只是就这么把五叔和五婶拉去火化，是不是太不像事了？咱们毕竟是他们的亲侄子啊。"

立本叔也点点头，说："哥，那你说咋办好？"

父亲说："至少得送趟倒头盘缠啊。"

立本叔说："时间怕是来不及啊，火化车可能很快就到，再说送盘缠就得穿孝衫，现做太紧张了吧？"

这时母亲说："用不着现做，三叔的丧事完成以后，立新就把白衣白裤打包放在家里了，我去拿来就行。"

立本婶也对立本叔说："咱家也有几件，是咱爹去世的时候留下的。"

"那你们快回家去拿，你们想想还需要啥，也一块儿拿来，咱先送盘缠。"立本叔说。

母亲和立本婶答应着出去了。紧接着村长李守林走进了院子，简单问了下情况和接下来的打算和安排。立本叔向他一一说了下，最后说："守林啊，你现在去召集一下村里的党员，等我们送完盘缠回来，我们简单进行一个遗体告别，这也是我们对老党员表示最后的尊敬了。"

"行！那我这就去安排。"李守林说完就出去了。

过了一会儿，母亲和立本婶都一手抱着一大包白孝衫，另一只手提着一大捆烧纸赶了回来。她们把东西放在地上，打开包袱，将白衣白裤扔给父亲和立本叔，又扔给我和志彬每人一身，母亲说："快都穿上！"立本叔问了句："也让孩子们穿'重孝'吗？"（"重孝"就是白衣、白裤、白帽全套，一般只有至亲才会这样穿。）母亲抹了两把眼泪说："咱五叔和五婶活着的时候，对咱们和这些孩子都是格外的好，现在两个老人这样走了，也别管老的少的了，都穿重孝吧。"立本叔点点头，认可了母亲的话。母亲说完，她和立本婶两人也套上一身重孝，最后母亲又把春兰姐和小兰叫进来，也让春兰姐套上一身，只给小兰头上戴了一顶白布小帽。父亲和立本叔穿好孝衫，在院子里找两根粗长的树枝，用白布缠了缠，拄在手里，这俗称"哭丧棒"，通常只有亲生儿女才会拄这个。

一切都穿戴就绪，立本叔说："那咱们走吧。"又对父亲说："哥，你是老大，你走头里吧。"父亲应了一声，带头往外走，立本叔紧跟着，随后是母亲、立本婶、我和志彬，春兰姐领着小兰走在最后。刚出大门，立本叔正好看见李护林，立本叔向他一摆手，李护林就走了过来，立本叔低头对他耳语了几句，李护林听完点点头，走进五爷爷的院子，双手提着那两大捆纸袋，又快步走出了院子，他直接走在了父亲的前面，带领着我们穿过人群，走在李村的大街上。

我们都低着头默默地向前走着，道路两边站着一些看热闹的人，有的不声不响，有的交头接耳，不知道嘀咕着什么，还有一些小孩儿，跟随着我们在街道两边奔跑。我小时候何尝不是和他们一样，每逢村里有老人病故，我和一大帮小孩子就跟着送葬队伍一起跑。当时也不知道为啥要跟着跑，也许只是觉得好玩儿，小孩儿就是那么单纯，根本不知道死亡意味着什么。自从二叔发生意外后，我从跟着送葬的队伍一起跑的小孩儿，突然成为送葬队伍中的一员，我似乎明白了人世间的一些事情，也好像一下子长大了很多，从那时起，我再也没有跟着送葬的队伍一起跑过。

我们终于来到村外的一个十字路口。李护林把那两大捆纸钱放在十字路口的正当中，用火柴点着，随着火势大起来，就带领着我们围着火堆走了三圈，然后父亲对着正西方喊了一声："五叔，五婶，西方大路好走啊！"父亲给五爷爷、五奶奶"指路"完毕，就放声痛哭起来，我们同时哭起来，边哭边往回走，一直哭着进了五爷爷的院子，才慢慢止住了哭声。

五爷爷的院子里已经来了李村的二十多个党员，有老人，也有年轻的，村长李守林站在前面。立本叔马上擦了擦脸上的泪水，迅速脱下套在身上的孝衫，对父亲说："哥，你带他们先出去一下，我们给五叔开个追悼会。"父亲答应着,边脱孝衫边示意我们往外走,我们也快速脱去孝衫,出了院子。父亲刚站到大门外,一辆火化车就停在了五爷爷的大门口。司机和两个工作人员从车上下来,父亲赶忙迎上前,挨个儿递上烟说:"里面在给老人开追悼会,辛苦你们再等五分钟。"司机点点头,点上烟,吸了一口便有一搭没一搭地问着两个老人的死因,父亲边回答边将他们领到了一处阴凉地儿。

这时,我的肩膀忽然被人拍了一下,我转头一看,是向阳,他又拍了志彬一下,我们相互对视了一眼,都没有说话,只是默默地站着。

几分钟后,党员们陆续走出了五爷爷家的大门。等到立本叔出来,父亲过去对他说:"火化车已经到了,你看?"立本叔说:"嗯,越快越好吧,这个不能等啊,遗体已经有味了。"说完,又对人群喊道:"村里的老少爷们儿,我五叔老两口儿走得突然,我们都很难过,但是,时间不等人,尸体必须马上火化,村里的壮劳力都出来帮把手,把老两口儿的遗体抬上火化车,我替立国、立军谢谢大家伙儿了!"立本叔说完抹了一把眼泪。村里的壮劳力纷纷站出来,走进了五爷爷家的院子。向阳绕过我和志彬,也走了进去。我和志彬刚要跟上去,被父亲拦住了,说:"你俩就别进去了,这种事至亲不能抬,我和你们叔进去看护着点就行。"父亲说完就跟着立本叔进去了。我和志彬站在原地,听着里面人声起起伏伏。

很快,村里的壮劳力就把五爷爷和五奶奶的遗体抬了出来。五爷爷和五奶奶的遗体都用厚棉被裹了起来。等把两具遗体抬到火化车上,众人就都散开了。立本叔走到母亲跟前,说:"嫂子,我和我哥要跟着火化车一块儿去,等火化完成,还得把骨灰放到区骨灰堂。你跟他婶子和这几个孩子把五叔的屋子收拾一下,把他们的旧被褥和旧衣服一起弄到村外的十字路口,发点钱粮一块儿烧了吧。看看屋里有啥贵重东西没有,如果有,就先拿回家去,然后把屋门和大门都锁上就行了。"母亲说:"行啊,这些你就别管了,你们快走吧。"立本叔刚要转身,立本婶又问:"你们咋回来啊?"立本叔说:"事情办完了,我们坐公交车回来。"立本叔说完,又叫上两个人和父亲一起上了火化车。

火化车一走,人群也渐渐散去。就是向阳没有走,他跟我们一起收拾五爷爷的屋子。母亲、立本婶和春兰姐往外收拾着旧被褥和旧衣服,我、志彬和向阳则查看几个橱柜和抽屉,小兰默默地跟在我们后面,这看看那看看，像个小大人似的。其实也没有找到啥贵重的东西，都是些老人家常用物品，我们都没怎么动它们，还是按照原样放着。直到走到靠东的一间小书房，书房门上挂着一把小锁，但锁是开着的。我拿下小锁，推开门一看，有些惊讶，里面全都是整整齐齐成捆的报纸，一摞一摞的，都快摞到屋顶了，而且每捆报纸上都贴着一张小纸条，上面写着年月日，是啥报纸。我大致看了下，这些报纸至少横跨三十多年，报纸大致分为三类：《人民日报》《大众日报》和《参考消息》。可能是为了防潮，报纸下面还铺了一层厚厚的塑料布。

"真没想到，五爷爷这么细心。"志彬说。

"嗯！"我边回应着，边继续环顾这间小屋，在靠窗的位置还放着一张三抽桌，桌子上放着两本合订本的《读者》和几本《人民文学》。我先挨个儿把三个抽屉都打开看了一下，一个抽屉里放的全是信件，多半是立国叔和立军叔的家信，还有少量过去老战友、老同事的信件，另外两个抽屉里放的全是日记本，有三十多本，我随手拿起较新的一本，翻开看了一下，上面除了记录着老两口儿的日常生活之外，还有李村每家每户的大事小情。

"这些东西咋处理啊？"志彬问。

我想了想对志彬说："叫你大娘和婶子过来，看看她们的意思。"

志彬出屋很快把母亲和立本婶叫了过来，母亲进屋一看，也有些惊讶，问："这是些啥东西啊？"

"是五爷爷多年收集的报纸和他的日记，还有一些信件。"我说。

母亲听完寻思了一下说："这些东西，咱们最好别动，等你立国叔和立军叔回来，让他们处理。"母亲说完就和立本婶出去了。

听母亲这么一说，我只能把那三个抽屉合好，然后将桌子上的两本合订本的《读者》和几本《人民文学》拿起来，递给小兰说："先替哥拿着。"小兰听话地把那几本书抱在怀里，继续跟在我们后面。我们几个出了这间小屋，我把小屋的门带上，用那把小锁直接锁上了。

"你是不是很想把五爷爷的那些日记拿出来看看？"志彬问我。

"嗯，是的，我很想了解一下五爷爷以前的事迹，和李村过去发生的事情，唉，只可惜那些都是私人物品，我要是拿了，不太好啊。"我无奈地说。

志彬拍了拍我的肩膀，没有再说话。

等我们几个来到大门外，就看到五爷爷的大门前堆了一大堆旧被褥和一些旧衣物，紧接着，母亲、立本婶和春兰姐每人又各自抱出一大包来，扔到上面。春兰姐拍了拍身上的尘土说："差不多就这些了。"

"这么一大堆，可咋往村外弄啊？"立本婶犯愁地说。

母亲也正在发愁之际，向阳突然说："我家有脚蹬三轮，我回家去骑。"说完就往家跑去。

母亲叹了口气说："向阳这孩子真好，就是命有点苦啊！"然后又对我说："三光，去把你五爷爷的屋门和大门都锁上吧，钥匙好像在窗台上。"我答应着进去，找到一大串钥匙，将屋门和大门都锁上后，母亲说："把钥匙给你立本婶吧。"我走到立本婶跟前，递上钥匙，立本婶没有马上接，她对母亲说："嫂子，平时你们家跟五叔走得比我们近，钥匙还是你和大哥保管吧。"母亲说："那可不行，现在立国和立军都不在家，五叔这一走，这院子就算是公家的了，他叔是村领导，就应当放在你们那儿。"立本婶说："那好吧。"这才把钥匙接过去。

这时向阳骑着脚蹬三轮车，已经停在我们跟前。我们就七手八脚地往三轮车上搬那些旧被褥和旧衣物，把整个三轮车后斗堆得像小山似的。我和志彬在两边扶着，向阳慢慢往前蹬着三轮。母亲、立本婶、春兰姐领着小兰跟着往村外走。

"向阳，这回多亏你啊！"春兰姐说。

"这算啥嘞！"向阳有些腼腆地笑笑说，继续用力蹬着三轮。

我们终于到了村外的十字路口。母亲和立本婶蹲下，她们边低声念叨边点燃了几张纸钱，借着火烧着了几件衣服，随即又将两床被褥点燃。看着火势慢慢变大，我们就把三轮车上的东西全都扔进了火堆，最后母亲把我中午送去的一盒月饼和一袋饺子也扔进了火里。母亲轻声说："五叔，五婶，今儿个是八月十五，您二老再吃一回今年的月饼和饺子吧。"

火苗在慢慢上升，浓烈的黑烟弥漫了大半个天空。母亲站了一会儿，对我们说："就让它慢慢烧吧，咱们回家。"

我们走回李村之后，我回头看了看，那火堆还在燃烧，像此时的夕阳，把整个李村映照得通红通红的，我们每个人都像走在火里似的。

向阳首先向我们摆了下手，蹬着三轮车回家了。立本婶跟母亲寒暄了几句，叫上志彬，也向家走去。

等我们回到家，母亲一看桌子上还盖着中午没吃的饺子，急忙问我们："你们都饿了吧？我这就去热一下饺子。"

我和春兰姐都说不饿，只有小兰说饿了。春兰姐进里屋拿了两块月饼，递给小兰一块，小兰将抱在怀里的那几本书放在炕上，拿着月饼吃了起来。春兰姐将另一块月饼递到我手里，就转身去帮母亲忙活晚饭了。我咬了一口月饼，是我平时最爱吃的豆沙馅，可现在吃着却一点味道也没有。

母亲和春兰姐刚把饺子热好，父亲就回来了。父亲带着一脸疲惫坐下，从桌子底下拿出酒瓶，倒上一杯，抿了一口。

母亲端上饺子，问父亲："都办完了？"

"唉，都办完了。"父亲叹气道，又抿了一口酒。

我们也都围桌开始吃饭，虽然中午都没有吃，今晚每个人也都吃得很少，每个人说话也很少。我吃了几个饺子，说："我吃饱了。"拿起炕上的那几本书，就要出去。母亲端着一碗饺子站起来说："给你小满叔捎过这碗饺子去。"我接过那碗饺子，走出了屋子，来到大街上。此时天已经黑了，不过夜空中的大月亮把地面照得雪白。今晚的李村格外宁静，没有了以往过节时的热闹与欢笑。我抬头看着这一轮皎洁的圆月，不知咋地，突然想起半年多以前君妍跟我去人民广场看烟花，在回去的路上她给我唱的那首孟庭苇的歌：

　　不忍心让你看见，我流泪的眼
　　只好对你说你看，你看
　　月亮的脸偷偷地在改变
　　月亮的脸偷偷地在改变

我不知怎么会想起君妍和这首歌，我只是感叹世事无常！

走进了立新叔家的院子，那只小白狗向我跑过来，摇着尾巴。我从碗里拿了两个饺子扔在地上，小白狗吃了起来。我端着那碗饺子，送到小满叔的屋里。小满叔正坐在椅子上发呆。我把饺子放在桌子上，让小满叔快吃饭。我转身出来，就直接进了立新叔的那间卧室。

拉开了电灯，我拿着那几本书坐在床上，也发了一会儿呆，然后把那几本书整齐地放在书架上，又从书架上抽出一盘磁带，是何勇的《垃圾场》专辑，将磁带放进录音机，倒了一下带，按了播放键，录音机里传出了那首被何勇改编过的名叫《幽灵》的民乐，任凭这空灵哀伤的旋律在屋子里回荡，加上何勇平静而带有沧桑感的独白，听着听着，我无声地流下泪来！一曲终了，我倒回去再听，如此反复不知听了多少遍，直到伴着这首乐曲，进入沉沉的睡眠……

---

① 《中华民谣》作词：张晓松、冯晓泉，作曲：冯晓泉，演唱：孙浩。

第 26 章　掰棒子

听到一阵敲窗声，我才睡眼惺忪地醒来，又听到父亲在窗外说："三光，快起来吃饭，你春兰姐要早回去上班。"

"哦！"我答应着坐起来，揉了揉眼睛，发现屋里还开着灯。看看墙上的挂钟，已经是早上六点多了，我连忙起身，关了灯，跑了出去。来到大街上，看到父亲带着小满叔已经走进了自家的屋门，我快步也跟了进去。

母亲已经做好了早饭，往外端，是鸡蛋煮面，还有昨天剩的两碗饺子。一家人坐下开始吃饭，饭间，我问春兰姐："姐，你今天就回去呀？"

"是啊，老板就准了我一天的假，还是我好不容易争取来的，因为过节正是卖东西的好时候，有几个外地的同事，根本就没让回家。"春兰姐说。

母亲又叹息着说："唉，好不容易回家过个节，也没过个消停。"

"没事，大娘，我抽空再回来嘛。"春兰姐宽慰着母亲，接着又问，"大娘，是不是快收秋了？"

"嗯，快了，也就这几天的事。"母亲说。

"那要不我回去再请几天假，回来帮你们收秋吧。"春兰姐说。

母亲连忙说："可别。就那么点地，我和你大伯，还有你小满叔就能忙过来，再说种地能卖几个钱，还不够你几天的工资呢，你还是安心上班吧。"

春兰姐听完便没再说啥了。

吃完饭，收拾好碗筷，春兰姐就要走，我说要骑车送她，她说："不用，几步路的事儿，我自己走过去就行，你好好在家待着吧。"说完挎上包就往外走，我和父母也跟出了大门。春兰姐向我们摆摆手说："别送了。"我们只好站在原地。没想到春兰姐刚走到第一个街口，向阳背着个包袱正好骑车从巷子里出来,他看见春兰姐,马上停下了车子。春兰姐问他:"向阳,干啥去啊?"

向阳说:"下地掰棒子去。"

"你们家的玉米已经熟了?"春兰姐问。

"差不多都熟了。"向阳说。

"哦。那正好带我一下,我去坐公交车。"春兰姐说。

"好嘞,上来吧!"向阳高兴地说。

春兰姐坐上了向阳自行车的后座,又向我们摆了摆手,向阳一蹬脚镫就出发了。随即又传来了向阳的歌声:

怎么会迷上你
我在问自己
我什么都能放弃
居然今天难离去
你并不美丽
但是你可爱至极
哎呀灰姑娘
我的灰姑娘……①

看着向阳的车子渐渐远去,母亲转身说:"收拾一下,咱们也该下地掰棒子了。"

"咱家今天也下地掰棒子吗?"我问母亲。

"嗯,刚才你姐在,我就没说,我怕我一说,她就不肯走了。"母亲边说边往拖拉机上收拾东西。接着母亲问小兰:"你是跟我们一块儿下地掰棒子啊?还是自个儿在家看电视呀?"

小兰歪着小脑袋想了想,说:"棒子地里有毛毛虫,我自己在家看电视。"

"小兰真乖,自个儿在家别乱跑,看好家门哦。"母亲柔声说。

小兰认真地点了点头。

父亲发动了拖拉机,开出了大门。母亲叫小满叔上了拖斗。我也跳上了拖斗,母亲问我:"你要不要换身旧衣裳?"

我说:"不用,明天我穿校服去上学。"

父亲开动了拖拉机,驶向玉米地。

拖拉机下了油漆路,就是坑洼不平的乡间小道。我们坐在后面的拖斗上,自然是有些颠簸的,我和母亲都不自觉地抓紧了车厢的挡板,只有小满叔任凭自己的身子晃来晃去。

进入金秋的田野,才真正感觉进入了大自然的怀抱。清新的风徐徐地吹来,带着阳光、泥土和玉米成熟后香甜的味道。湛蓝的天空上,薄薄的云,溜得很快,一会儿就不见了踪影。一眼看去,前面是成片成片的果实累累的玉米地,粗壮的玉米秆已经开始瘦削,肥厚的玉米叶也耷拉了下来,那葱葱郁郁的墨绿色也变得焦干枯黄。玉米地不再那么密不透风,稀稀落落地可以让人看清地里的一切。成熟的玉米棒子都鼓起了大肚子,里面包裹着无数颗胖嘟嘟的果实。那一绺一绺的玉米缨,已经枯萎,绿中带黄的玉米皮恰似襁褓,层层叠叠地将玉米粒裹在其中。

父亲将拖拉机停在自家的地头,熄了火,跳下了车。我和小满叔也从拖斗上跳下来,我接下母亲带的东西,再扶着母亲慢慢跳下拖斗。

"今年的棒子好像比往年熟得早啊!"我看着玉米地说。

"是早了几天,今年那场冰雹不是把麦子都砸了嘛,人们就着急,提前几天把棒子种上了,加上比往年管理得好,就熟得早了。"母亲说着,扔给我们每人一个包袱。

我们都将包袱系在腰间,正准备下地,看见家兴婶蹬着三轮车过来。

我们家的玉米地和向阳家的玉米地是紧挨着的,平时地里的活儿,也是互相帮衬着干。

母亲迎上去问:"你出来掰棒子,向辉呢?"

家兴婶下了三轮车说:"他叔在家看着呢。"

母亲又问:"他叔这些日子的精神好些了没?"

家兴婶叹了口气说:"还那样,时好时坏的。我尽量不让他出来干活,稍微干点活就要酒喝,一喝点酒,就跟变了个人似的,不由他自个儿了!昨天五叔的事我也没让他出来,生怕他闹出点事来,没法收拾。"家兴婶说完抹了把眼泪。

母亲劝慰地说:"快别难过了,他叔这不是让病闹的嘛,咱能有啥法子呢?现在能在家帮你带带孩子,已经很不错了。有些事儿啊,你也别老惦记，大伙儿也都理解。"母亲接着又说："你掰的棒子，直接堆在路边就行，等下午掰完了，我们帮你装车，你哥一拖拉机就给你拉回家去了。"

"又麻烦你们跟大哥了！"家兴婶感激地说。

"别说见外话，这有啥麻烦的。"母亲客气地说。

她们正说着，向阳骑车赶来。家兴婶看到向阳就是一顿数落："叫你吃了饭先来干着，这时候才来，你又上哪儿玩去了？"

母亲马上解围说："这你可别说向阳，向阳是在村口正好碰上我们家春兰去赶公交车，春兰就叫向阳送了她一段。"

家兴婶一听，不好意思地说："哦，是这呀，那是应该的，应该的。"

向阳下了车子，也没说话，腰上系上包袱，就一头钻进了他家的玉米地。

母亲对家兴婶说："咱们也别说了，快干活儿吧。"

"唉！先干活儿。"家兴婶答应着也钻进了玉米地。

然后我们一家人也钻进了玉米地，开始掰棒子。对农村孩子来说，掰棒子并不难，就是从玉米秆上一个一个地掰下带皮的棒子，放入腰间的包袱里。我很快就掰满了一包袱棒子。我从地里出来，将包袱解下，把棒子倒进拖斗里，再系上包袱，又钻进了玉米地。这时向阳的歌声又从玉米地里传来：

  也许是我不懂的事太多
  也许是我的错
  也许一切已是慢慢地错过
  也许不必再说
  从未想过你我会这样结束
  心中没有把握
  只是记得你我彼此的承诺
  一次次的冲动
  Don't break my heart
  再次温柔
  不愿看到你那保持的沉默
  独自等待，默默承受

喜悦总是出现在我梦中……②

很快一上午的时光,就在这样的劳动中度过了。我家那一大片玉米地已经掰了大半,父亲已经将满满一车厢棒子拉回家一趟了,现在又装了大半车。

母亲抬头擦了擦汗,看看天空,已是正午。母亲解下腰间的包袱,对我们说:"都停下吧,先回家吃饭。"于是我们也都解下了包袱,走出玉米地,上了拖斗。父亲发动起拖拉机,慢慢开动。我们看到向阳家的玉米也就只掰了三分之一,母亲对还在地里忙活的家兴婶喊:"他婶子,快别掰了,先回家吧!我们家快掰完了,等下午我们来帮你一块儿掰,一下午准能掰完。"

"唉!这就回了。"家兴婶在玉米地里高声回应。

父亲一踩油门,拖拉机驶向了回村的大路。

下午,吃过午饭,在家稍微歇了歇,我们就又来到了玉米地。我们将剩下的棒子掰完之后,就去帮向阳他们娘儿俩掰。在我们一家人的帮忙下,一下午总算把他们家的玉米也都掰完了。

走出玉米地,家兴婶满脸感激,向母亲连声道谢。

"又见外了不是,邻里乡亲的,谁用不着谁呀?这不是应该的嘛!"母亲说。

接下来,父亲先将我家的棒子送回家,再回来,将向阳家的棒子分作两趟,送回他家。

我、小满叔和母亲先回家,在半路上,看见修林两口子,还有梅芳和小芳,他们每人肩上都背着一大包袱棒子,费力地慢慢往家走着。母亲装作没看见,加快了脚步对我说:"快走!真不想看见这家人,昨个儿,你五爷爷家出那么大的事,他们家一个到场的都没有,修林作为党员,也没来参加你五爷爷的追悼会。这家人,谁看见都不想搭理。"我听完,也不自觉地加快了脚步。

回到家,母亲开始忙活晚饭,让我和小满叔将院子里的三堆棒子用铁锨摊开。我们摊到一半,父亲也回来了。父亲熄了拖拉机,跟我们一起摊开来。都摊完了,母亲也做好了晚饭。父亲和小满叔洗了把手,进了屋。

219

我也走到水管前洗了手，又弯下身子，冲了一下头，正好被母亲看见，数落道："都啥时候了，还用凉水洗头?!"

"没事!"我轻松地说。然后进了屋，开始吃饭。

饭间，我问父亲："爹，我上初中骑的那辆车子，放在家里没用吧?"

"用倒是没用，你要干啥?"父亲看看我问。

"我想明天骑它去上学。"我说。

"为啥?"父亲有些不解地问。

"其实上市二中的路比上镇中学的路近很多，根本没必要坐公交车，我自己骑车去就行，这样既省钱又方便。"我说。

父亲想了想说："那随你吧，反正那辆车子在家放着也是放着。"

"放在学校丢不了吧?"母亲问。

"丢不了，学校有专门放车子的地方，我看见很多同学都是自己骑车去的，再说了，我那辆破车子，谁稀得偷啊!"我笑着说。

"那就行。"母亲说。

吃完了饭，我叫着小满叔进了立新叔家的院子。把小满叔安顿好，我来到自己休息的那间卧室，往床上一躺，就不想起来了。或许干了一天的活儿，真的有些累了，我没有看书，也没有听歌，很快就睡着了。

第二天醒来的时候，已经是早上六点多了。我快速换上校服，挎上书包，叫上小满叔一块儿出来。还好母亲已经把饭做好了，我边吃饭边问母亲："今天家里干啥活儿?"

"刨棒子秸，过两天种上小麦，再就只剩下拾（摘）棉花了。你别管这些，只管好好上学就行。"母亲叮嘱道。

"嗯，知道!"我答应着。我吃完了饭刚出屋门，母亲又喊住我问道："生活费够用不?要不要再给你点钱?"

"不用，我还有。"我说完，骑上车子就出了家门。

快出村口的时候，我看到赵五百骑着嘉陵摩托车进了村，而且飞快地从我旁边行驶过去。

我心说，他又来李村干吗?准没啥好事。我也没再多想，骑着车子出了李村，在化工厂门口，正好碰见志彬骑车出来，我们都停下了车子。

"刚下班啊?"我问。

"嗯!你咋又骑上车子了?"志彬问。

"骑车方便，来去自由，而且省钱。"我笑着说，"刚才看到你表舅进了咱村了。"

"哦，那可能是去我家。"志彬说。

"他去你家干啥？"我问。

"我也不知道，反正我一下班就回我自己的屋里睡觉，我才不爱搭理他呢。"志彬说。

这时，公交车停在了离我俩不远的站牌下，车门一开陆续有人上车。

志彬看着对我说："那你快点走吧，要不就耽误上课了。我也要回家休息去，等周末你回来再玩儿。"志彬说完骑上车子进了村口。

我骑上车子刚要走，就听见身后有人喊："等等，我要坐车！"我回头一看，是小芳。她也穿着一身新校服，一边喊一边向公交车这边跑，还不停地摆手。可是这时只听公交车门"哗啦"一声关上了，车也开始起动。等小芳跑到站牌底下，公交车已经驶出很远了。小芳弯下身子，双手撑住膝盖，大口喘着粗气。

我看着她那副狼狈的样子，心里莫名地觉得好笑，我对她说："大小姐，公交车你是坐不上了，不过嘛，我这破自行车倒是可以带你一程。"

小芳抬起头看了我一眼，没好气地说："李三光，你就幸灾乐祸吧！"

我尽量收住脸上的笑，说："你到底坐不坐？你不坐，我可走了，那你就只能再等半小时，坐下一趟公交车吧。"

小芳又看了看我，有些无奈地向我走过来，坐上了我的自行车后座，单手轻扶住我的肩膀。见她坐稳了，我脚下一蹬，快速向公交车驶去的方向骑着。

骑出了一段路，后座上的小芳突然问我："李三光，你是不是喜欢张君妍啊？"

面对这个问题，我一时有些不知所措，只能含糊地说："没有啊，你问这个干吗？"

"还没有呢，没有，军训一结束，你就快跑到市一中门口，等人家那么久？"

"你跟踪我？"

"鬼才跟踪你呢。"

"那你咋知道的？"

"这个你别管。你喜欢她,你为啥还要参加中考?如果你不参加中考,学校肯定会保送你上市一中,跟她在一个学校多好。"

"你咋那么肯定学校会保送我?"

"因为……我问过。"

"你问过?你问的谁?"

"我问的杨老师,他亲口对我说的。"

"那我也问你件事,通知电视台和报社的电话是不是你打的?"

"嗯!不过,是杨老师想的办法,他说只有那样,你才会在不参加中考的情况下,被学校保送到市一中。可你非要自己考,这么一来,学校也没办法了。"

"我就是要自己考,我才不要他们保送呢!"

"李三光,你就是个傻子!"小芳说完突然跳下了我的车子。

我这才发现,我已经骑到了刘家村的村口。天宇和刘强也骑着自行车,到了我和小芳跟前。

小芳自然地走向刘强,说:"你带着我吧!"那口气就像命令。

刘强笑笑说:"行啊,上来吧!"

小芳坐上了刘强的车后座,双手扶住了刘强的双肩。刘强用力一蹬,骑到了最前面,我和天宇紧随其后。

天宇边骑车边问我:"你咋也骑上车子了?"

我笑着说:"咋了?许你们骑,不许我骑?骑车方便嘛。那位大小姐倒是没骑车子,就是没坐上公交车。"

天宇笑了笑,不再说话,又高声唱起了他拿手的粤语歌:

  忘掉世间万千广阔土地
  忘掉命里是否悲与喜
  雾里看花一生走万里
  但已了解不变道理
  见面再喝到了醺醉
  风雨中细说到心里
  是与非过眼似烟吹
  笑泪渗进了老井里

上路对唱过客乡里
春与秋撒满了希冀
夏与冬看透了生死
世代辈辈永远紧记
一天加一天
每分耕种汗与血
粒粒皆辛酸
永不改变
人定胜天……③

伴着天宇的歌声，我们很快就到了市二中。我们进了学校，刚把车子放好，就听到了上课的铃声……

---

① 《灰姑娘》词曲唱：郑钧。
② 《Don't break my heart（别伤我心）》词曲：窦唯，演唱：黑豹乐队。
③ 《农民》作词：刘卓辉，作曲：黄家驹，演唱：Beyond 乐队。

第27章 艳阳天下的阴霾

　　我的高中生活真正开始了。其实经过一周的军训之后，再进入学习阶段，也就没有想象中那么难了，每天就是上课、下课、吃饭、休息，还有晚上两个小时的晚自习。这似乎是让我感到最舒适的一段时间，每次上晚自习，等复习完白天的课程，剩下一个多小时，我就会翻开一本课外书，让自己完全沉浸其中，只有在那一刻，我才能感受到自己内心深处的那种平静。

　　比起初中生活，高中学习的科目自然又多了一些，每一天的时间都安排得充实而紧张，作息时间、学习时间都发生了改变。虽然，每一天走着同样的路，做着同样的事，遇着同样的人，但在学校里，每个同学又好像都能找到自己喜欢的事情去充实自我。各种社团相继成立后马晓和刘强加入了篮球社，天宇加入了器乐社，只有我没有加入任何社团，虽然学校里也有文学社，我也想加入，但是总觉得自己离写文章还有很长一段距离，能够稳固好自己的学习成绩，在我看来，现在才是最主要的。

　　一个多月的高中生活，就这样眨眼而过。同学们之间也都熟悉起来，每次下了课，同学们开始有说有笑地走出教室，没有了之前的慌乱。宿舍与宿舍之间也开始相互走动，经常六七个人，挤在一间宿舍里谈笑风生，学校趣闻、个人爱好、社会热点，无所不谈。每当这个时候，我基本是最沉默的那一个，顶多听到好笑的地方，跟着笑笑而已。刘强一般也不大说话，就是在听不明白的时候，问上几句。正如天宇所说，自从刘强的父亲出事之后，刘强确实变了很多。既然有我和刘强这样的"闷骚"，就有能说会道的"活跃分子"，天宇和马晓明显就属于后者，无论是什么话题和内容，他俩都能很自然地插上话，而且说得头头是道，即使说得不对，也要先吐为快，至少不把事情放在心里，这在我看来，也是一种能力。

有天晚上，我们下了晚自习，分别回宿舍。走过操场时，刘强对天宇说："你们先走，我过会儿再回宿舍。"说完就径直向食堂后面走去。

"这小子咋了？最近好像不太对劲。"天宇奇怪地说。

"你和他一个村都不知道，我们就更不知道了。"我说。

"嗨，管他呢，我们先回宿舍。"马晓说。

我们刚回到宿舍，隔壁宿舍的胡杰和陆涛就进来了。我们将他俩让到床上坐下，马晓拿出从家里带来的零食给他们吃。

胡杰笑着说："你们宿舍的刘强又约会去了吧？"

"约会？他跟谁约会？"天宇疑惑地问。

"少装！你们一个宿舍能不知道？"陆涛说。

"真不知道啊，到底跟谁约会？"天宇继续问。

"3班的李小芳，这事全校都快知道了，你们不知道谁信啊。"胡杰说。

"李小芳？！"我自语着。

"对啊，你不是跟她一个村吗？哎，你不是为救她还上过报纸吗？"陆涛说。

"拉倒吧，那根本就是一次巧合，再说，我也没想上报纸。"我有些不好意思地说。

"巧合？巧合怎么不发生在我们身上？当时你是不知道啊，几乎全市的初、高中都开会学习你奋不顾身、英勇救人的事迹。"胡杰说。

"快别说了，这事早就翻篇了，我可不想名垂青史哈。"我无奈地说。

"别说他了，快说说刘强和李小芳是什么时候好上的？"马晓总算帮我解了围。

"什么时候好上的不知道，在学校传开已经快一个星期了，而且听说还是李小芳主动追的刘强。"陆涛说。

"是吗？没想到平时不怎么说话的刘强，还有这种好事。"马晓说。

"你懂什么，这叫傻人有傻福。"胡杰说。

我和天宇同时笑了一下，没说话。马晓则继续问："咱们学校还有谁在谈恋爱？"

"高二高三的比较多一点，目前高一听说的只有两对。"陆涛说。

"另外一对是谁呀？"马晓问。

"3班的董伟和咱们班的丁倩也在谈，不过，人家可比刘强胆大多了，两个人直接在操场上手拉手。"陆涛说。

"要不是你们说，我们还真不知道这些事，反正我一下课，就只想去打篮球。"马晓刚说完，宿舍的门就开了，刘强吹着口哨走了进来，看上去，心情不错。

胡杰和陆涛见刘强回来了，就说回宿舍睡觉，起身出去了。天宇将他送到门口，随手把门带上，走到刘强跟前，半开玩笑地说："你小子谈了恋爱，也不跟我们说，还得别的宿舍哥们儿告诉我们，你真够意思哈。"

刘强笑了笑说："这有啥好说的。"说完就躺到床上，蒙上了被子。

天宇装出一副很失望的样子说："是，没啥好说的。关灯，睡觉！"

一个周五的下午，下课比较早，我正在宿舍收拾东西，准备回家，马晓抱着篮球进来说："门外有个美女，说是找你的。"

我出来一看，是君妍。我有些惊讶地问："你咋来了？有啥事吗？"君妍犹豫了一下说："出去再说。"我点头，迅速拿上书包，并对宿舍里的天宇和刘强说："你们先回去吧，别等我了。"出了宿舍，我来到存车处，推出自行车，和君妍出了学校。

我们在大街上走了一段，我又问君妍："你来找我，有啥事吗？"

"怎么，没有事就不能来找你？"君妍低着头说。

"不是……你那两本书，我快看完了，我想等下周一起还你。"我说。

"哎呀，我又不是来要你还书的。"君妍生气地看我一眼。

"那你是？"我更不解了。

"春兰姐，她……住院了。"君妍终于说了。

"啥？我姐住院了？"我吃了一惊。

"嗯，已经两天了。我一直在寻思，要不要来告诉你。"君妍还是低着头。

"我姐得啥病了？严重吗？"我急切地问。

"你别着急，她没得什么病。"君妍说。

"没得啥病，住院干吗？"我又不解地问。

"她是……流产了！"君妍低声说。

"流产?!……"我一时也不知该咋说了。稍微平复了一下心情，我又问君妍，"到底是咋回事？"

君妍好像也比刚才轻松了很多："到底是怎么回事，我也不太清楚，我都是从我妈那儿了解到的，听我妈说，那天是春兰姐的同事把春兰姐送到医院来的，说春兰姐不小心摔了一跤。她们来医院时正好被我妈看见，一看春兰姐的裤子上全是血，我妈就知道是什么情况了，马上找了妇科的大夫，先安排春兰姐住上院。这两天都是我妈给春兰姐炖鸡汤和骨头汤，我妈也问过春兰姐是怎么搞的，春兰姐只说被一个男人骗了，别的再也不说什么了。她特意叮嘱我妈，别让李村的人知道这件事，特别是你们家里的人，我妈也只好答应了。"

听完君妍的讲述，我感激地说："谢谢立云姑，又辛苦她了！"

"客气话你就别说了。我之所以来找你，就是觉得春兰姐挺可怜的，这两天也没个人陪着她，她两个同事送她住上院就走了。"君妍说。

"我姐现在还不能出院吗？"我问。

"我妈说春兰姐不是人工流产，是意外伤导致的流产，最好是在医院多待几天，至少得住一周。"君妍说。

"我想去看看我姐。"我说。

君妍想了想说："你去是可以，但绝对不能提她流产的事。"

我点点头说："我知道！"

于是我骑上车子，带着君妍，穿过几条繁华的商业街，来到了市医院。在君妍的带领下，我们直接来到二楼。

"这也不是妇科病房啊？"我奇怪地问。

"傻瓜！在妇科病房太扎眼了，我妈在今天上午特意把春兰姐转到了二楼的普通病房。今天中午我妈有事，就让我来给春兰姐送的饭。"君妍说着将我领到了6号病房的门前，她先推门进去说："春兰姐，你看，谁来了！"我随后进去。

春兰姐看见是我，慌忙硬撑着坐起来，脸色苍白地问："三光，你咋来了？！"

君妍连忙上前扶住春兰姐，机灵地解释说："姐，别起来，你不是摔着腰了嘛！今天周五，放学早，我们正好在街上遇到，我问他干吗去，他说去找你，我只好说你在这里了。"说完又给春兰姐垫了个枕头，让春兰姐半坐着。

我也马上接茬说："君妍说你摔着了，我过来看看，好点没？姐。"

春兰姐听我俩这么一说,神情才慢慢放松下来,说:"姐没事,就是不小心摔了一跤,加上有点感冒,再住两天院就好了,你回家千万别告诉大伯和大娘,免得让他们担心。"

"我知道,姐!"我故作轻松地说。

"快四点半了,我去给姐打饭,你们先聊着哈。"君妍拿起就餐桶说。

"哎呀,又麻烦你了,君妍!"春兰姐感激地说。

"姐,跟我客气什么呀。"君妍说完,一笑出去了。

"刚才听君妍说,你去找我,有事吗?"春兰姐问。

"没事,就是一个多月没见你了,放学早,想过去看看,没想到正好碰上君妍。"我说。

"哦。家里没啥事吧?秋收都忙完了吧?"春兰姐问。

"家里没事,秋也都收完了,我上周回家,爹已经又到修车行干活了。"我说。

"嗯,那就好。五爷爷和五奶奶入土了吗?"春兰姐又问。

"还没,立国和立军叔一直没回来。"我说。

"哦……"没等春兰姐继续说下去,君妍已经打饭回来了。

君妍把就餐桶放在床头的桌子上说:"姐,给你打了一份汤和五个鸡蛋,你趁热吃吧,我们就不在这儿多待了,我是没事,他不是还要回家嘛。"

"行,那你们走吧。三光,回家别跟大伯大娘说,我过两天就出院了!"春兰姐再次叮嘱道。

"我知道,姐!"我答应着和君妍出了病房……

离开医院,再次走在城市喧闹的大街上,心中有种说不出的滋味。君妍也不说话,只是跟在我身旁静静地走着。路过一家音像店,里面播放着杨钰莹的那首《我不想说》……

君妍突然说:"走,陪我进去看看。"我只好打好车子,和君妍进了那家音像店。店主是个发福的中年男人,看到我们进去,他从椅子上站起,悠闲地走到柜台前。君妍问:"老板,有新进的磁带吗?"

"这几盘都是新进的,看看吧。"店主说着从玻璃柜台里面拿出几盘磁带,摆在柜台上。

君妍看了看，有刘德华的《真永远》、周华健的《爱相随》、巫启贤的《爱那么重》、齐秦的《痛并快乐着》和吴奇隆的《坚持》。君妍拿起了刘德华的《真永远》、巫启贤的《爱那么重》说："就这两盘吧，另外几盘我已经有了。老板，多少钱？"君妍说着就将选好的磁带装进了书包。

"五块钱一盘，统一价格。"店主说。

君妍翻了翻衣兜，掏出五块钱来，递给店主，然后说："我先买一盘吧，钱不够了。"说完就要掏书包。

我马上从衣兜里掏出十块钱，交给店主，对君妍说："既然喜欢就不要退了。"

君妍也欣然接受，笑着说："好吧！"

店主拿着十五块钱，问君妍："剩下五块钱，是还给你，还是再买一盘？"

君妍看我一眼，说："随他处理吧。"

我没有接店主的钱，而是看了看玻璃柜台里面琳琅满目的磁带，又看了看货架上摆放的磁带，我忽然看到在货架的上方贴着一张小海报，海报上是一朵盛开的向日葵，还有十分醒目的两个字"窦唯"。我问店主："那是啥？"店主回头看看海报，又从货架上抽出一盘磁带，说："这是窦唯个人的第二张专辑《艳阳天》。"我从店主手中接过磁带看着，店主继续说："小伙子，你挺识货啊，这盘磁带我一共就进了五盘，自己留了两盘，卖出去两盘，就剩这一盘了。"

君妍好奇地问："为什么进那么少？"

"怕卖不了啊，他的歌真不如那些流行歌好卖。"店主说。

"那你为什么要给自己留两盘呢？"君妍又问。

"一盘用来听，那盘收藏。"店主说。

"唉，有品味的人就是奢侈。"君妍感叹地说。

我拿着那盘磁带问："这盘也是五块钱吧？"

"对，都一样。"店主说。

我点点头，将磁带装进书包，和君妍出了音像店。

"没想到你对音乐也这么有品味了哈。"君妍说。

"你快别取笑我了，我跟你说，这可是我花钱给自己买的第一盘磁带！"我说着推起车子又开始朝前走。

"是吗？那你的起点可不低啊！"君妍继续跟我说。

"这有啥高低的，应该是环境所致吧，在家有个唱国语歌的向阳，在学校有个唱粤语歌的天宇，加上三爷爷去世后，立新叔留下了他收藏的一些中外摇滚乐磁带，让我保管，那些磁带我已经陆续听得差不多了。其实，我觉得听歌跟看书一样，听得越多，越感觉自己知道得太少。"我笑笑说。

"嗯，同意！那你有没有想过，这些听歌的经历，或者说经验，以后会在你生命中成为一种精神财富，也许会改变你人生的走向。"君妍认真地说。

"可能吧，谁知道呢？其实我一直都是一个没有梦想的人，也从来没想过要成为啥样的人，我只是尽量做好自己现在应该做的事。"我说。

"嗯，这也许就是你与众不同的地方。"君妍说。

"我没觉得自己……"没等我继续说下去，身后传来了一阵警笛声。

我和君妍同时侧身观看，就见两辆警车不紧不慢地驶过人行街道。街上的路人纷纷向两边躲闪着，离我们最近的两个路人对话说：

"这是干吗呀？"

"听说昨天晚上抓了一个组织卖淫的团伙，现在像是将他们转移到别的地方。"

"哦，这些人该抓，太可恨了！"

两辆警车驶过，才看到后面跟着二十多个警察，分别押着十几个戴手铐的人，其中有五个中年男人在前面，后面都是年轻的女孩儿。他们大多数都低着头，偶尔朝两边瞄一眼。他们一个接一个地从我们的身旁经过，直到被押的倒数第二个女孩儿突然向我这边看了一眼，又马上低下了头。但是我已经认出了她，正是家兴叔家的小艳！

小艳被押着走出十几步之后，她缓缓仰起头，向着天空大声喊道："不要对我爹说！不要对我爹说！让向阳和我婶子好好照顾我爹和我奶奶！"

两个押着小艳的警察迅速用手将她的头按下去，冲她嚷道："乱喊什么，快走！"

很快，大街上又恢复了刚才的繁华，警笛声也渐渐消失。我和君妍却还愣在原地……

我到家的时候,天已经完全黑了,一家人正在吃晚饭。母亲问:"咋回来这么晚啊?"

"在学校打扫卫生嘞。"我敷衍地说。

母亲也没有再多问,只是让我快吃饭。

吃完了饭,我将小满叔带到他住的地方,又把书包扔到我睡觉的床上,我就出了立新叔的院子,直接来到向阳家。

家兴叔抱着向辉在看电视,家兴婶正忙着做饭,没有看到向阳。我问家兴婶:"婶子,向阳呢?"

"他又上工地干活去了。"家兴婶说。

"哦,黑夜不回来吗?"

"回,就是回得晚一些,我这才晚些做饭,等我做完了饭,他也应该回来了。"

"那行,我去村口迎迎他。"

"你找向阳有啥事吗?"

"没事,好久没见了,过来看看。"我说完,出了他家的院子,走向村口。

我刚坐到村口那根水泥管子上,就听到了向阳唱着郑智化的歌由远而近,等他骑着车子来到跟前,我起身说:"站住!"

向阳借着月光一看是我,笑着说:"哟,高中生回来啦。"

"别闹!下来,跟你说点事。"我说。

"啥事?"他下了车子问。

"小艳姐被警察抓了!"我说。

"被警察抓了?为啥?"向阳吃惊地问。

我就把今天下午发生的一切全都告诉了向阳,包括春兰姐的事。

听完之后,向阳沉默了一会儿,然后问我:"你春兰姐如果不住院,是不是也可能被抓?"

这下我彻底被问住了,我只能摇摇头说:"不知道……应该不会吧,她们虽然是一起进城打的工,却一直不在同一个地方上班,所以,这种可能性不大。"

向阳听完我的话,从衣兜掏出半包烟来,点燃一支,狠狠地吸了两口,静静地问我:"我姐的事,你对我娘说了吗?"

"没有，我见你不在家，我就出来了。"我说。

没等向阳说话，志彬的自行车停在了我们跟前，志彬单脚撑地，问："这么晚了，你俩在这里干啥？"

向阳装作啥事没有一样，打趣地说："哟，大工人下班啦。"

"去，整天没个正形！"志彬没好气地对向阳说。

我站起来对志彬说："我吃完饭，出来转转，向阳刚从工地回来，就在这里闲聊了几句。"

"哦，我说这么晚……"没等志彬把话说完，就听到家兴婶的高音在喊向阳："下了工，就知道在外面玩，先回家吃饭！"

"来喽！"向阳也高喊了一声，又对我和志彬说，"你们聊着，我得回家填肚子了。"

"少贫了，快回你的吧。"志彬说。

向阳刚骑上车子，又大声唱起来：

浓妆艳抹要去哪里你那苍白的眼眸
不经意回头却茫然的竟是熟悉的霓虹灯
在呜咽的巷道寻也寻不回你初次的泪水
就把灵魂装入空虚的口袋走向另一个陌生①

看着向阳进了漆黑的巷口，我问志彬："刚下班，吃饭没？"

"没呢。"志彬说。

"化工厂没有食堂吗？"我问。

"有，我不是离家近嘛，我很少在厂里吃饭，除非有个别情况。"志彬笑笑说。

"哦，那这么晚了，你快回家吃饭吧，我也该回去了。"我说。

"用不用我带你一起回？"志彬问。

"不用，这几步路，我自己溜达着就回去了。"我笑笑说。

志彬点点头，一蹬车子，很快消失在了李村的街巷里。

我一个人走在深秋的夜色中，望着满天星光，闪闪烁烁，像无数的眼睛，审视着这份苍凉。我回想着这个下午发生的一切，心情还是难以平复，胸中像被堵了一块东西似的，喘不上气来。

回到睡觉的地方，在床上坐了一会儿，我从书包里拿出了那盘窦唯的《艳阳天》，拆开磁带的封皮，将磁带放入录音机，按下播放键，拿着歌词本，静静地让音乐在房间里流动开来。反复地将整盘磁带听了三遍之后，我突然有一种想写点什么的冲动。我从抽屉里拿出一支笔和一个记事本，快速地写出了下面的文字：

你以为明白什么？你以为知道什么？今天你明白了什么？明天你又能知道什么呢？我们的生活充满了"未知"，虽然已经探究了很多生活的意义，但是我们依然对彼此没有十足的了解，那种"说不出的感觉"总是来得猝不及防，我们却只能慢慢去接受"他"，随着明天的到来，慢慢去适应。

无论"春去春来"，心也要面向"窗外"，就算不知道前面是什么，也要向远方"出发"，就像天空一样，有"阴"，有"艳阳天"，有"晚霞"，还有"黄昏"，虽然过程和结果都是神秘和"未知"的，但在经历之后，我们所收获的都能丰富我们的人生。

这张专辑所写到的意象都是开阔的，从这一点就可以感觉到窦唯的心境和创作方式上的变化。相比上一张专辑《黑梦》的压抑和不安，这张专辑所表达的主题就非常开阔和明朗，但悲喜交加依然是窦唯的创作核心。窦唯将《未知》放在了专辑的最后，是最好的收尾，同时也是对人生的总结和对未来的态度。

写完这段文字，我合上本子，放回抽屉，又将磁带从录音机里取出，放入盒中，认真地将它摆在了《黑梦》的旁边……

---

① 《堕落天使》词曲唱：郑智化。

第 28 章　歌声如常

第二天早上，我一睁眼，已经快六点半了。我穿好衣服，刚走出立新叔家的院子，又听到了向阳的歌声：

这个冬天雪还不下
站在路上眼睛不眨
我的心跳还很温柔
你该表扬我说今天还很听话
我的衣服有些大了
你说我看起来挺嘎
我知道我站在人群里
挺傻

我的爹他总在喝酒　是个混球
在死之前　他不会再伤心不再动拳头
他坐在楼梯上面　已经苍老
已不是对手
……

虽然现在还不是冬天，我却感到浑身一阵阵地发冷，我不自觉地用双手裹了一下外套。

随着歌声，向阳骑着车子从巷子里出来。我叫住他，走了过去。

向阳停止了歌唱，单脚撑地，等我走近。我问他："这么早你干吗去？"

"我干活儿去啊，这还早呢？我都是这个点去工地的。"向阳说。

"哦……"我犹豫着问,"小艳姐的事,你跟你娘说了吗?"

"没有,先瞒着吧。"向阳说。

"你这样瞒着,能瞒多久?"我问。

"瞒一天是一天吧。"向阳说完,又对我说,"跟你商量个事。"

"嗯,你说!"

"以后每个月,我给你五百块钱,你再给我娘,就说我姐让你捎回来的。"向阳说。

"行是行,可你能挣那么多钱吗?你的工钱是固定的。"我顾虑地说。

"那你别管,我自有办法。"向阳镇静地说。

"那好吧。"我点头说。

"就这样,我得上工地了。"向阳说完一蹬车子就出去老远,随即又传来了他的歌声:

  姐姐 我看见你眼里的泪水
  你想忘掉那侮辱你的男人到底是谁
  他们告诉我女人很温柔很爱流泪
  说这很美

  噢,姐姐,我想回家
  牵着我的手,我有些困了
  噢,姐姐,带我回家
  牵着我的手啊,你不要害怕[①]

我望着向阳的背影,心底又袭来一阵寒意。在以后的岁月里,每次再听到这首歌,我都会想起托尔斯泰的那句名言:幸福的家庭都是相似的,不幸的家庭却各有各的不幸!

在家的两天,我都在修车行,给父亲打下手。只是这两天我再没有看到向阳,他晚上也没有来找我玩,也没有听到他的歌声。周日的晚上,志彬倒是过来玩了一会儿,闲聊之余我问起向阳,志彬说:"我去他家找过他,想叫上他一起来玩的,他娘说,他说要在工地住几天,又是给房主看料。"

"哦，多挣一份钱也好。"我说着，也没有多想。

周一，我照样骑车来到学校，上完一天的课。下午下了课，我就骑上车子出了学校，向医院的方向骑行。刚到医院，没等我下车，就听到后面有人喊我：

"李志远！"

我回头看去，君妍正向我这边跑过来，看样子她也是刚放学。君妍跑过来，扶住我的车子后座，喘了两口气，说："你是不是要去看春兰姐？"

"对啊，你跑啥呀？"我奇怪地看着她问。

"我劝你，还是别上去了。"君妍说。

"为啥呀？"我更奇怪了。

君妍终于站直了身子，问我："你不知道向阳来照顾春兰姐吧？"

"啥？向阳在医院里照顾我姐？他是啥时候来的？"现在我更困惑了。

"他周六上午就来了，春兰姐让他快回去，他就是不回，帮春兰姐打饭、看着打点滴什么的。"君妍说。

"难怪这两天在村里没看到他，原来他跑到这里来了。"我说。

"我们还是先离开这里再说吧。"君妍说。

"我为啥要躲着他呀？我又不是不认识他。"我说。

"傻瓜！他为什么不告诉你，他来这里，不就是不想让你知道吗？再说了，你见了春兰姐，你怎么说？她不让你告诉家里的人，你还是告诉了向阳。"君妍说。

我一听也有道理，就掉转车把，和君妍离开了医院，走在大街上。

"你怎么告诉向阳的？"君妍一边走一边问道。

"我跟他说小艳的事，顺便提到了我姐。"我说。

"向阳是不是一直喜欢春兰姐？"

"好像是吧，他整天除了唱歌就没个正形，别人也不把他说的话放在心上。"

"越是这样的人，往往越是痴情。"

"这种事不是痴情能管用的，随缘吧。"

"嗯……"

"我姐啥时候能出院？"

"听我妈说，明天就可以出院。"

"好，那我这几天就不过来了，如果没啥事，周五我去她上班的地方看看她。"

"嗯，行，有什么事我通知你。"

"谢谢你了！"

"客气什么呀，走了。"君妍说完转身而去。

我也骑上车子回了学校。

周五下午放学后，我骑车来到百货大楼下面，找了空位，把车子打好，便直接上了二楼的衣服专柜。看到春兰姐正站在柜台前给一对情侣模样的人介绍衣服。春兰姐看上去恢复得不错，就是比以前消瘦了一些。我没有马上走过去，而是等那一对青年人挑好了衣服，付了款之后，才走了过去。

"三光，你咋来了？"春兰姐看到我问。

"今天周五，回家之前过来看看你。姐，你身体没事了吧？"我轻松地问。

"哦，姐没事，都出院好几天了，就是不小心摔了一跤，没啥大问题。"春兰姐故作自然地说，眼神却是躲闪的。

"嗯，那就好。"我说。

"三光，以后天冷了，给你拿件毛衣吧。"春兰姐岔开了话题。

"不用，姐，过年时你给我的那件，我还没穿开呢。"我说。

"你咋不穿呢？放放就不时兴了。"春兰姐说。

"嗯，回去我就穿上，那没啥事，我就回家了。"我说着就往楼梯口走。

春兰姐跟了两步说："现在正是卖衣服的旺季，我近期就不回家了，别让大伯和大娘担心我。"

"行，知道了。"我说完下了楼梯。

接下来的几个星期，我从学校回家都没有见到向阳，去他家找他，家兴婶说他给盖房主看料。我在学校也问过天宇，听天宇说确实如此。我也就不再担心，只是天气越来越冷，很难想象向阳在简易的帐篷里是怎样过夜的。

而对于李村来说，最大的事件就是五爷爷下地了。听母亲说，在立本叔的联系下，立国叔和立军叔是同一天回来的。兄弟俩的悲痛是不用说的，悲伤过后，还是要跟父亲和立本叔商量让五爷爷和五奶奶入土为安的事。于是兄弟俩先到区骨灰堂把老两口儿的骨灰盒抱回来，又在五爷爷的院子里简单搭了个灵堂。他们兄弟俩加上立本叔和父亲，为五爷爷和五奶奶守了一夜的灵。第二天中午，立国叔和立军叔摆了一场全村宴，就是全村不管男女老少，也不管同族不同族，只要是李村的人都要来吃席，这在当地算是最高规格的丧席了。五个厨师整整忙活了一上午，到了中午吃饭的时间，饭桌摆了两条街，这样隆重的场面已经多年不见了（可惜我在学校，没有亲眼看见）。丧席结束之后，立国叔和立军叔将五爷爷和五奶奶的骨灰盒放入两口上好的棺材内，铁钉封棺，由众人抬着来到坟场。坟坑早已安排人挖好，一座大理石的墓碑也已立好。众人将两口棺材下入坑中，立国叔和立军叔先往棺材上撂了几锨土，然后众人齐下手，不一会儿，一个大大的坟头就起来了。立国叔和立军叔在墓碑前哭了一阵，又将五爷爷生前留下的部分物品连同一捆纸钱一起点燃，等焚烧完毕，兄弟俩在墓碑前磕了三个头，就随着众人一同回了村。到家后，打点完一切事务，兄弟俩第二天一早就要走。临走时兄弟俩对父亲和立本叔说，五爷爷留下的钱以及那个院子都交给村大队来处理，不用再通知他们弟兄。交代完这些，兄弟俩就着急赶公交去了。

母亲说完这些，又对父亲说："看样子，立国和立军以后是不打算再回李村了。"

"老的都没了，还回来干啥？再说，他们兄弟都在部队工作，又都是军官，肯定有些事不由自己嘞。"父亲说。

"要说五叔的丧事，兄弟俩弄得是挺排场的，可是村里人一说起五叔的死，还是没有说他们兄弟俩好的。"母亲继续絮叨着。

"唉，自古忠孝难两全啊，这已经很不错哩。"父亲叹着气说。

时间很快进入了十一月份，天气冷了起来，人们都穿上了厚厚的棉衣。

又是一个周五的下午，放学后，天宇、刘强和我骑车刚出学校大门，就看到春兰姐提着两个大手提袋，向我走过来。

"姐，你咋来了？"我问。

天宇和刘强一听是我姐，就朝我摆摆手，先骑车走了。

春兰姐走过来说："天冷了，给你和向阳挑了两件羽绒服。"

"姐，我这不是穿着棉衣嘛。"我说。

"在城里上学，哪能和在家里一样，可不能穿得太寒酸。我挑的可能有点大，你爱惜点穿，明年还可以穿。"春兰姐说着将两个手提袋挂到了我的车把上，"向阳这件，就让向阳跟家里说是小艳给买的。"

"你知道小艳的事吧？"我问。

"嗯，知道，小艳没出事之前，就跟我说过，如果哪天她出事了，让我照顾着点她家里。"

我点点头，没再多问下去。

春兰姐说："现在天短了，快回去吧，不然到家就天黑了。"

"行，那我先回了，姐，你有空也回家看看，家里人总问起你。"我说。

"嗯，跟大伯和大娘说，我忙过这一阵子就回家。"春兰姐说完冲我摆摆手。

我也向她一摆手，骑上车子就往家赶……

我骑到村口的时候，太阳已经完全落下去了。我刚要进村，从远处又传来了熟悉的歌声：

  眼前不是我熟悉的双眼
  陌生的感觉一点点
  但是他的故事我怀念
  回头有一群朴素的少年
  轻轻松松地走远
  不知道哪一天再相见②

我在原地停下车子，等着向阳骑车来到我跟前。向阳穿着我给他的那

239

身迷彩服，上面全是一些大大小小的水泥斑点结成的硬块。他的脸也黑了很多，体格倒是健壮了不少。

"一个多月没看到你，我还以为你跑了呢。"我打趣地说。

向阳无奈地笑笑，也打趣道："嗨，我倒是想跑呢，可是我往哪儿跑？我得干活儿。哪像你啊，高中生，衣食无忧。"

"少来！咋样，在工地干活累不？"我问。

"还行，咱啥也没有，就是有使不完的劲儿。"向阳说着，单腿撑地，骑车在原地转了一圈。

"歇歇吧你。"我说着从车把上取下一个手提袋扔给他，说，"这是我姐给你的一件羽绒服，我姐特意嘱咐了，一定要说是小艳姐给你买的。"

向阳接住手提袋，点点头，说："正好！"接着从怀里掏出一把百元大钞，看上去有两千多元。向阳点出五张，放进手提袋里，把剩下的钱又揣进怀里。

"呀，你小子发财啦！"我说。

"这可是我一个月的血汗钱！唉，可惜以后就很难挣了。"向阳叹息着说。

"咋了？"我问。

"天冷了，盖房的人少了呗。"向阳说。

"你有没有想过进城打工？"我思索着问。

"嗯，想过，看看再说。天黑了，先回家，吃完饭去找你玩儿。"向阳说。

"好嘞！"说完，我们骑车各自回家。

回到家，天已经漆黑。一家人正准备吃饭。我把手提袋往炕上一扔，也坐下开始吃饭。母亲边吃饭边问我咋回来这么晚？我只说春兰姐给我送羽绒服的事，母亲又唠叨起了春兰姐："在城里咋就那么忙啊，几个月都不回家，还老是花钱……"

刚吃完饭，立本叔和志彬就来了。母亲赶紧收拾碗筷，父亲泡上了一壶茶。

一般来说，立本叔是很少来玩儿的，既然来就是有事情要和父亲商量。于是我叫上小满叔对母亲说："我和志彬上立新叔那边玩去了。"

"嗯,去玩吧。"母亲说着抓了一把瓜子塞到志彬手里。

小满叔、志彬和我刚走出屋门,就听到立本叔问父亲:"最近小满咋样啊?"

"就这样,一天给他吃一次药,情况不好不坏的,就是不咋说话。"父亲说。

"嗯,这就不错了……"立本叔说。

来到立新叔的院子,把小满叔安顿好,我和志彬就进了我休息的那间卧室。

志彬嗑着瓜子走到书架前,拿起一本音乐杂志,随意地翻着。

"立本叔来,是有事吧?"我问。

"嗯,事还不小呢。"志彬低着头说。

"到底啥事啊?"我着急地问。

志彬依然翻着杂志说:"今天下午,修林上我家,要我叔来你家提亲,要把梅芳说给大光哥。"

虽然我知道这一天早晚会来临,可是没想到来得这么突然。所以我还是问志彬:"你认为我父亲会同意这件事吗?"

"唉,这次怕是不得不同意喽。"志彬有点无奈地说。

"那是为啥?"我继续问。

志彬这才把杂志放回书架,认真地说:"因为,修林说梅芳怀孕了,快三个月了,事情已经快捂不住了。修林说他也不愿意和你家结亲,可是到了这个时候,他也是没办法,而且他还说,如果你家不同意,他就上部队去告大光哥。要是他真这么一闹,大光哥这三年兵不但白当了,怕是党员的身份也保不住,你说你家可能不同意吗?"

听志彬这么一说,我陷入了沉默。

过了一会儿,我又问志彬:"修林还说啥?"

志彬将瓜子皮往外一扔,说:"他还说下星期必须把亲事订下,婚期也一块儿定下来,只要大光哥退伍一回家,就马上办婚事。"

"真他妈着急!"我骂了一句。

志彬倒是平静地说:"其实他着急是可以理解的,毕竟梅芳的事情瞒不了多久了,拖下去,对大光哥也没啥好处。"

我又沉默了。

就在这时，向阳的歌声传来：

我曾经问个不休
你何时跟我走
可你却总是笑我
一无所有③

紧接着，向阳从外面走了进来。他好像看出了我和志彬的脸色不太对劲，就问："你俩咋了？"

"没咋，你快吃上喜糖了。"志彬故作轻松地说。

"喜糖？谁的喜糖？"向阳不解地问。

志彬于是又把刚才对我说的话重复了一遍。

向阳听完，笑着对我说："唉，看来我以后不能在你面前说修林那老东西的坏话了，你们很快就要成为亲戚了哈。"

"你少来，别说这事还没成，就算这事成了，也是我哥的事，和我没有一点关系，我也照样骂修林那老东西，你骂还省得我骂呢。"我没好气地对向阳说。

向阳笑了笑，平和地说："其实啊，你也别把这事当成一件坏事，你仔细想想，既然梅芳有了你哥的孩子，就说明他们两个是有感情的，那就算全世界都反对也没用，倒不如尽快成全他们，虽然说修林不是个好鸟，梅芳在村人的眼里还是挺不错的，对吧？"

"嗯，对，我也是这么想的。"志彬说。

其实对于这件事，我并没有过多的想法，也没有理由反对，只是心里多少有点不舒服。倒是志彬和向阳的态度和想法都显得比我成熟，这让我有些意外，也许是旁观者清的原因吧。

就在我愣神时，听到立本叔在外面喊："志彬，走了，明天你还要上早班呢！"

"唉，来了！"志彬答应着向我和向阳一摆手，出去了。

志彬走后，向阳说："你还记不记得，我对你说过，看到你哥和梅芳在场院里亲嘴儿的事？"

我点点头，说："其实不止这些，通过五爷爷送信，我早就知道大哥和梅芳一直通着信呢，从那时起，我也想过这一天迟早会来的，只是没想到大哥会做出这样的傻事。"

"你认为这是傻事吗？我倒是觉得这是你大哥故意这样做的，也可以说是没办法的办法。"向阳说。

"咋说？"我问。

"你想啊，以你们两家上一代的那些事情，两边家长可能会顺利同意他们两个人的事吗？那就不如这样来得直接而且有结果。"

"嗯，确实有这种可能。"我也不得不承认这一点。

"所以嘛，这件事你最好别管，更没必要伤神。"向阳漫不经心地说。

我笑了笑说："我也管不着啊，有爹娘在呢，再说哪有弟弟管大哥的。"

"就是啊，你安心准备当小叔子就好了。"向阳笑着说。

"去你的吧！"我白了向阳一眼。

向阳顺势转移话题说："偷咱们村水泥管子的那伙人被抓住了，你知道不？"

"不知道，是哪儿的？"我问。

"赵庄的几个人。"

"你是咋知道的？"

向阳说："自从不少村丢了水泥管子以后，还有几个村在收秋期间，白天也开始接连被盗，有丢彩电的，有丢录音机的，也有丢现金的，反正都是丢值钱的东西。正好，这段时间我不是在赵庄给一家盖房主看料嘛，两天前的晚上，有三辆警车在赵庄折腾了两个多小时，第二天就听工友说，抓了四个人，可惜就是没抓住组织的头儿，被偷的水泥管子和其他东西也没找到。你猜，组织的头头是谁？"

"快说，别卖关子了。"我说。

"就是大名鼎鼎的赵五百。"

"咋又是他？"

"可能现在卖人口不行了，又干这个了。"

"反正不干人事！"我有些气愤地说。

"可惜让他跑了。"向阳说。

"早晚会抓住的。"我说。

"唉，希望吧。"向阳叹了口气说。

243

"你叹啥气啊?"我问。

"因为,我总觉得不太对劲。"

"哪里不对劲?"

"偷咱们村水泥管子,难道就没一个人看见?就没有一点动静?除非……可能村里有内应。"

"那不对呀,他们不是偷了好几个村吗?"我说。

"你敢说别的村就没有内应?"向阳这么一说,我还真无话可说了。

向阳玩到十一点多才走的。我送他出了大门口,刚回身把大门关上,又听到了他的歌声:

> 我目光慈祥,心不再想
> 让里面的东西,慢慢死亡
> 我闭紧嘴唇,开始歌唱
> 这歌声无聊,可是辉煌
> 哦耶,耶咿耶④

我笑笑,回到卧室,坐在床上,仔细想了想志彬和向阳今晚说的话,不管是自己家,还是李村,总感觉要有大事情发生似的……

---

① 《姐姐》词曲唱:张楚。
② 《大地》作词:刘卓辉,作曲:黄家驹,演唱:Beyond 乐队。
③ 《一无所有》词曲唱:崔健。
④ 《厕所和床》词曲唱:张楚。

第 29 章　短暂的温暖

　　第二天起来，我叫上小满叔一起上家吃早饭。饭桌上的气氛明显和往常不一样。父母都不怎么说话，阴沉着脸，眼神中偶尔闪过愁怨。我在极力躲避着。我虽然知道他们是在为大哥的事情烦忧，却不想主动问起。因为父母的决定我左右不了，而我也没有好的建议给他们，所以我现在对这件事最好的态度就是保持沉默。

　　饭快吃完的时候，我问母亲："家里没有啥活儿要干吧？"

　　"大冬天的能有啥活儿干。"母亲没好气地说。

　　"那我吃过中午饭想回学校去。"我说。

　　"星期六回学校干吗？"母亲问。

　　"再有一个多月就期中考试了，我想回学校多看点书，查资料也方便。"我说。

　　"去吧，反正你在家也是玩儿……"没等母亲说完，村里的大喇叭响起了国歌的声音。

　　"这是又下啥通知啊。"父亲说。

　　国歌结束，大喇叭里传来立本叔的声音："广大村民注意了，刚接到镇上的电话通知，今年的征兵工作开始了，征兵要求如下：城市户口的，高中文化程度，农村户口的，初中文化程度，年龄十八至二十周岁的都可以参加验兵。请符合要求的男青年，下周二到区武装部征兵办公室进行初检，初检通过的，一周内会接到通知，再到市武装部进行终检，终检通过后，一周后即可应征入伍，通知完毕。"

　　"咱们村有符合条件的吗？"听完通知，我问父亲。

　　父亲想了想，说："好像只有护林家的小峰和家兴家的向阳符合条件。"

　　"向阳的户口在咱村吗？"我问。

"他随娘改嫁，一到这里户口就迁过来了，他只是一直没改姓，这又不影响验兵。"父亲说。

"哦，那向阳有可能当兵了……"我自语着。

吃过午饭，我穿上春兰姐给我的新羽绒服，就骑车来到了学校。因为学校有很多外地的住校生，所以周六周日也不关大门。我进到我住的宿舍，宿舍当然空无一人。我在自己的床上躺了一会儿，然后坐起，找出君妍借给我的两本书。其实这两本书我早就看完了，可总是忘记还给她。我将书放入书包，走出宿舍，重新骑上车子，出了学校，直接来到市图书馆。打好车子，走进了图书馆，看着一排排的书架和琳琅满目的图书，真是让我有些目不暇接。也许是周末的原因，图书馆里的人还真不少，大多数都是学生，也有大人带着小一点的孩子来选书的。我走过几排书架，在一排国外名著前看到了那个熟悉的身影。她依然扎着马尾辫，上身穿一件白色紧身羽绒服，下面穿一条紫红色条绒裤子，脚上是一双浅粉色运动鞋，她看上去总是那么利落、大方。她左手抱着两本书正好走出书架，看到我，有些惊讶地问：

"你怎么在这儿？你昨天没回家吗？"

"回家了，今天下午刚骑车回来。"我说。

"嗯？怎么不在家里呢？"

"现在天冷了，在家也没事干，挺无聊的，不如回来看点书呢。"

"哦。"她回应着走到我身边。

我从书包里拿出那两本书，递给她说："都借给我快两个月了，总是忘记还给你。"

她用右手接过书，笑着问："你怎么知道我在这里？"

我挠挠头说："我不知道啊，就是顺便过来看看有啥好书，心想也许会碰到你。"

"好吧。"她依然笑着，走到一个柜台前，对里面的一个中年妇女说，"阿姨，还书，再借两本。"

中年妇女也微笑着将一个公文夹放在柜台上说："好，登记一下吧。"

君妍打开文件夹，在上面写上书名和日期，又扭头问我："你有没有看上的书，我一块儿给你借一下？"

我想想说："暂时没有。"

君妍合上文件夹，连同我还给她的那两本书一起交给中年妇女，就和我一块儿出了图书馆。

来到街上，我推着车子，边走边问她："原来你借给我的书都是在这里借的啊？"

"是啊，怎么？"她说。

"我还以为是你自己家的呢。"我说。

"嗯，家里是有一些书，不过也没有这里全啊，再说我有借书证，这样看书也方便。"她用手梳理了一下马尾辫说。

"在这里办一个借书证多少钱？我也想办一个。"我说。

"一年一百多，没有必要，你想看什么书，我给你借就行。"她诚意地说。

"好吧，那就恭敬不如从命了。"我苦笑了一下说。

"跟我客气什么，哎，你是不是有什么心事？"她突然问。

"你咋看出来的？"我反问。

"从你今天出现在图书馆就不太对劲，你说来看看有什么好书，结果你一本书也没有选。"她分析说。

"厉害！其实也没啥事，就是家里有点事，我不想看父母发愁的样子，可我又啥也帮不上。"我无奈地说。

"到底是什么事？"她平静地追问。

我就把大哥的事简单对她说了一下。

君妍听完，想了想说："这件事，你确实什么都不能做，也不能说。"

"就是啊，所以我还不如回学校看点书呢。"我说。

"不过我倒是想问你一个问题，你觉得你大哥有错吗？"君妍问。

我叹了口气说："这不好说，如果单从大哥的角度说，我觉得他没有错。追求自己的幸福是每个人应有的权利，两个人彼此喜欢有啥错，如果说错，只能说他喜欢错了对象。"

"这也不是他的错吧，上一代人的恩怨，不应该由下一代人来背负啊。"君妍说。

"嗯，我也是这样想的，主要是，和修林家结亲，我心里总感觉很别扭，他的品行是全村人都知道的，我想，这也是父母最犯愁的地方。"

我说。

君妍点点头说:"嗯,对,这才是最关键的难题。"

"不过事情已经到了这一步,我想,父母最终还是会同意这桩婚事,毕竟关系到大哥以后的前程啊。"我说。

"所以,你现在就什么都不要想了,顺其自然就好了。"君妍说。

"我也没有别的选择啊。"

"你至少还有一个选择。"

"啥选择?"

"看书!"君妍笑着说,然后将抱着的两本书双手拿着摆在我的面前,说,"自己挑一本吧。"

我也笑笑,看了一下那两本书:一本是《纪伯伦散文诗全集》,另一本是梭罗的《瓦尔登湖》。

"那我就选这本厚一些的吧。"我说着随手拿起了《纪伯伦散文诗全集》,放进书包里。

君妍看着我问:"哎,谁给你买的羽绒服啊?"

我说:"春兰姐给买的,有点大。"

"还行,你个儿高,不显大,穿着挺精神的。"君妍笑着说。

"你这一身更精神。"

"是吗?"

"当然!"

"好吧,天不早了,我该回家了。"

"嗯,好。"

我和君妍挥手告别,我骑上车子回了学校。

周日一整天,除了饭点上出来打饭,我都窝在宿舍里看书。上午看了《纪伯伦散文诗全集》的前面两个篇章《先知》和《先知园》,优美的文字与充满哲思的语言,让我的心情舒畅了很多。我还把一些精彩的句子抄在了一个笔记本上。下午我就开始复习这个学期的所有功课,一直复习到晚上。

周一早上,马晓走进宿舍的时候,我才被开门声吵醒。马晓见我睡在床上,奇怪地问:"周五下午你不是回家了吗?你怎么睡在这里啊?"

我揉了揉蒙眬的眼睛，说："回家没啥事，我周六下午就回来了，看了一天的书。"

"你可真用功，咱们班像你这么用功的没几个。"马晓说。

"不用功，以后咋考大学？"我一边穿好衣服一边说。

"反正我是没想考大学，我想上完这一年，就转学考体校去。"马晓拿上饭盒说。

我也拿上饭盒跟马晓出了宿舍。走在操场上，马晓又说："你知道不，刘强和李小芳分手了。"

"不知道啊，你听谁说的？"我问。

"周五下午打篮球的时候，听他们说的。"

"为啥啊？"

"嗨，听说是董伟和丁倩不知道为什么事闹掰了，董伟又去追李小芳，没想到一追就成了，李小芳也就自然地把刘强给甩了。"

"真够乱的！哎，那个董伟看着就不是来上学的。"

"这还用你说，董伟他爸是个大老板，家里光汽车就好几部，你没注意董伟上学放学都是汽车接送吗？"

"哦，那就难怪了。"

我和马晓边说边来到食堂。吃完饭，在操场上正好看到天宇和刘强骑车进了学校大门。他们打好车子，向我和马晓走过来。天宇还跟往常一样，刘强看上去确实又回到了刚入学的那种状态，脸色阴沉，谁都不搭理，完全没了前段时间的精神和少有的笑容。

我们四个刚凑到一块儿，上课的铃声就响了……

在学校的日子总是过得很快，又一周过去了。周五下午放学后，马晓在学校门口和我们挥别，自己走回家。天宇、刘强和我各自骑上车子也往家赶。天越来越短，也越来越冷了，寒风吹到脸上，都像小刀划过一样。尽管如此，天宇依然一路歌声不断，他唱起了张国荣的《沉默是金》……

看着天宇从口中哈出的热气，听着这洒脱的歌声，我心中也温暖了很多，只可惜这份温暖有点短暂。经过刘村，天宇和刘强自然地一转弯上了刘村的土路。我朝他们一摆手，自己骑车继续前行。

到家后天已经漆黑，家里亮着灯，却一个人都没有，可看上去又像是吃过饭的样子。我掀开锅盖，锅里确实有给我留的饭菜。我端出饭菜，边吃边纳闷，一家人都干啥去了？我正吃着，向阳一推门从外面无精打采地走进来。我感觉有点奇怪，以前都是先闻其声，再见其人，今天向阳咋没唱歌呢？我刚要站起来，向阳说："你吃你的，没啥事，你家大伯和大娘都在志彬家呢，他们说你今天可能回来，所以让我过来看看，顺便告诉你一声，免得你看到家里没人担心。"向阳说完就坐在了炕沿上。

"他们都在志彬家干吗？"我继续吃着饭问。

"志彬，出了点事……"向阳支吾着说。

"志彬出啥事了？"我着急地问。

向阳说："你别急，听我慢慢说。星期二那天，就是我和小峰去验兵的那天……"

听到这里我插话问了句："你验兵验得咋样？"

"初验，我和小峰都通过了，现在就等通知，下周到市里进行终检了。"向阳说。

"你行啊，可以去当兵了。"我说。

"嗨，还不一定呢，再说了，我去当兵是挺好，可家里这些事咋办？那就拖累我娘了。"向阳说着叹了口气。

"你先别想那么多，到时候再说，大不了大伙儿帮衬着点，总能过去的，可当兵的机会只有一次，尽量别让自己后悔。"我说。

"嗯，我也是这样想的。"向阳说完，又接着说志彬的事，"那天我和小峰验兵回来也就下午两点左右，在村口正好碰到志彬去上班，他还问了我几句验兵的事，看上去挺为我高兴的，然后我们就分开了。当天晚上九点多，就听到外面警车一个劲儿地响，我们就都出来看是咋回事，没过多久，就听说志彬被警察抓了！"

"为啥啊？"我问。

向阳说："只能说倒霉啊，那晚八点志彬下了班要回家，可是几个年龄比他大点的同事非要拉他去旁边的录像厅里看录像，志彬拗不过他们，只好跟着一起去了。其实那家录像厅一直偷着放一些黄色录像带，被警察盯了有一段时间了，那晚正好赶上警察收网，所以，志彬也一块儿被抓进去了。还好立本叔跑了一夜加一天，总算把志彬弄出来了，可是星期四上午志彬再去上班，工厂领导开了全厂批评大会，那晚去看录像的人，包括志彬在内都被开除了。志彬回家一说，立本叔也没办法，更不好去找工厂领导，又不是只开除志彬一个人。立本叔对志彬说，过几天到镇中学去找找校长，让志彬回学校复读，志彬也答应了，可是没想到，今天上午，志彬给家里留了张纸条，走了，直到中午家里人才发现。"

"走了？去哪儿了？纸条上写了啥？"听完向阳的讲述，我连忙问。

"不知道，纸条上只说出去四五天，散散心，让家里人不要找他。"向阳说。

"四五天能去哪儿呢？难道就一点线索都没有吗？"我问。

"没有，现在能做的，只有等，他既然没说去哪儿，就是不想让家里人找到他，只能希望他说的是真的，只是出去散散心。"向阳说。

"唉，希望是……"没等我说完，父母回来了。

小兰已经在父亲背上睡着了。我轻轻地把小兰从父亲背上抱下来，又轻轻地把小兰放到炕上。父亲拿了一床被子给小兰盖上。我问父亲："志彬家里咋样了？"

"你立本叔说，等几天看看再说，现在找也没处找。"父亲说。

一进屋就收拾碗筷的母亲插话说："你立本婶子说家里少了五六百块钱，既然志彬带了钱，应该没啥事，最多出去玩儿几天就回来了。"

听父母这么一说，我和向阳也都舒了口气。

过了一会儿，我就带向阳去了立新叔那边的院子。来到我睡觉的那间卧室，关上门，屋子里还是有点冷。我问向阳："要不我把炉子点上？"

"不用，过一会儿我就回家了。"向阳说着从书架上抽出一盘磁带，是马兆骏的《心存感激》专辑。向阳把磁带放进录音机，按下播放键，《那年我们十九岁》的歌声在屋子里回荡开来……

我插上电褥子，让向阳坐到床上。向阳正拿着歌词条，随着录音机一起哼唱着那首歌。我问向阳："嗨，有没有听说我大哥的事情是咋办的？"

向阳一听我问这件事，立刻停止了哼唱，说："哦，你还不知道呢，早就办完了，你就等着当小叔子吧。"

"办完了？咋办的？"我虽然有些惊讶，还是平静地问。

向阳说："你上个星期不是周六就回学校了嘛，周日你家大伯就去了一趟赵庄，很晚才回来，可能是找你舅姥爷拿主意去的。"

听到这里我点点头，听向阳继续说：

"第二天,你家大娘去赶了个集,买了很多东西,有鱼、肉、水果、红包袱、红手巾等,周二上午,你家大伯和立本叔就到修林家里下聘礼去了,听说修林也是摆了很丰盛的一桌,一顿饭下来,两家就把亲事定了,婚期也定好了,是12月3号,你大哥是11月28号回来。可以说,你大哥一回来就准备结婚,也挺好的哈。"

听完向阳的讲述,我看了一眼日历,自语说:"还有半个月的时间了。"

"对,再过半个月,你就得管梅芳叫嫂子了。"向阳调侃地说。

我无奈地笑笑,说:"这对我来说,并不重要,现在我只希望志彬能平安回来。"

"应该会的。"向阳说。

第 30 章　寻找志彬

在家帮父母收拾了两天房子，就是原来大哥和我睡觉的那两间房子。父母和我把里面放置的乱七八糟的东西全都搬弄出来，该卖的卖，该扔的扔。父亲和我用白色的涂料把房子里面粉刷了一遍之后，看上去比过去亮堂了很多。吃饭的时候，母亲说过几天等涂料干了，跟父亲一起到镇上买张新的双人床，再置办上几件新家具，就暂时当作大哥结婚的新房了。

关于大哥和梅芳的婚事，父母并没有直接跟我说，我也没有问他们。反正事情已经这样了，该决定的也都决定了，没必要跟我说得太明白。父母清楚，我知道事情的全过程，所以，跟我说不说也都一样了。父母只是在我面前不再避讳这件事了而已。

我在家这两天，一直没有听到关于志彬的一点消息，也不知道立本叔是咋想的，他们家也没有一点动静。周日下午，一辆警车停在了立本叔的家门口，从车上下来两个便衣，进了他家，待了十多分钟，就出来，上车走了。村里人都不知道那辆警车是来干吗的，立本叔也没有下任何通知。

直到周一早晨我骑车去上学，还是没有听说志彬回来。我一个人骑车在空旷的公路上，冷风吹在脸上，一点感觉也没有，我心里一直在想：志彬到底去了哪里？但愿他能平安回来……

在学校，我除了上课就是在宿舍里看书。天宇和刘强让马晓带的都喜爱上了打篮球，只要一下课，他们三个就跑到篮球场上去，平时除了打饭、睡觉，几乎看不到他们。

周二的傍晚，在食堂吃饭时，天宇走过来问我："这两天咋了，感觉你不太对劲啊。"我就对他说了志彬的事，天宇听完，说："再等等看吧，我觉得应该没事，不用太担心。"说完他又被马晓叫上打篮球去了。

其实这几天，我很想去找君妍聊聊，又怕她担心，就一直没去找她。

　　周三上午，下了课，我和天宇他们刚要去食堂打中午饭，就听到一个门卫在喊我。我将手里的餐具交给天宇，快步来到大门前，原来是立云姑和君妍来了。她们看到我就急切地问："志彬这几天有没有来找过你？"

　　我说："没有啊，志彬还没有回家吗？"

　　立云姑说："没有呢，这不是让人着急嘛！"

　　"你们咋知道的？"我问。

　　"上午，你立本叔带着几个人到火车站和汽车站打听消息，又上医院找到我，问志彬有没有来过我家，顺便让我等学校下了课，问问你们。"立云姑快速把话说完，和君妍就要走。

　　我这才看见旁边停着一辆出租车，立云姑和君妍正要上出租车，我急忙问："你们这是要去哪儿？"

　　"我们回李村看看。"君妍抢先说。

　　我连忙说："等等，我跟你们一块儿回去。"说完，我回头高声对天宇说："下午帮我请一下假，我有事先回家一趟。"

　　"行嘞！"天宇高声答应着。

　　我回身就跟立云姑和君妍一起上了出租车。车子开动后，立云姑和君妍就问起了志彬出走的情况，我把我知道的跟她们说了一下。立云姑听完，叹息着说："唉，这几年你立本叔当村干部当得思想有点死板了，好好的一个孩子，不让他上学，就让他上班，志彬又不是那种不喜欢上学的孩子，这么一来，肯定会出问题的。"

　　君妍也跟着说："我觉得，这件事我舅做的就是不对，志彬是满分考上了一中的，如果让他继续上学，将来绝对能考进一所理想的大学，我舅偏不让他上，真想不通。"

　　立云姑又说："志彬毕竟是他的孩子，咱们能说啥？再说，现在说啥也都没用了，只希望志彬能平平安安地回来。"

　　坐在车里，听着她们母女的对话，我一直没说话。我想起了自己抄在本子上的纪伯伦在《论孩子》一诗中的几句话："你们的孩子，都不是你们的孩子。他们虽和你们同在，却不属于你们。你们可以给他们爱，却不可以给他们思想，因为他们有自己的思想。你们可以荫庇他们的身体，却不能荫庇他们的灵魂……"

出租车直接停在立本叔家的大门口。虽然正是中午，立本叔家的大门口还是聚满了车辆和李村的男女老少。我们下了车，进了大门，只见院子里和屋里也都站满了人。立云姑也顾不上和这些人打招呼，直接快步进了屋。正好我父母也在屋里，守林、护林、修林也都在，甚至连立新叔也来了。向阳站在靠门口的地方，没有了往日的顽皮，闷着头，看到我们进来也不说话，只是和我对视了一眼，往后退了两步，给我们让出了站脚的地方。我们进屋时，村长守林正在说："邻近的这些村子都找遍了，立本啊，接下来你看咋办？"

立本叔显得有些疲惫，脸色也憔悴了很多，他双手搓了搓脸，说："现在该找的都找了，该问的人也都问了，还能咋办？！"

这时立新叔说："我看这样吧，我们这些开车的，到远一些的村子看看，或者到别的县区的村子和公交站点询问一下，会骑自行车的人还是在附近继续打听。最好还要留一个人在大队部里守电话，我们每到一个地方就算打听不着志彬的消息，也都留一下大队部的电话。"

修林立刻说："那我这就去大队部里守电话。"说完便走出人群，离开了。

立云姑往前一步说："我看就按立新说的做吧，正好我也带了辆出租车过来，现在多一辆车就更方便一些。"

立本叔似乎这才发现立云姑在屋里，恍惚地说："立云，君妍，你们啥时来的？"

"我们刚到。现在找志彬要紧，我们这就出发吧。"立云姑说。

一直在旁边坐着抹眼泪的立本婶，这时站起来说："大中午的，你们也都没吃饭，我给你们做点吃的再走吧。"

立新叔说："不用麻烦了，我们在路边随便买点吃的就行。"

临出门时，立云姑问立本婶："咱娘知道志彬的事吗？"

立本婶怯弱地说："怕她担心，一直没敢告诉她，她也是上了年纪，天气又冷，这几天一直没到这院里来。"

立云姑说："那我就不去老院那边惊动她了，就算她过来，能瞒就尽量瞒着，没准志彬很快就回来了。"

立本婶点头答应着。

随即我们一帮人就都出来了。到了大街上，守林上了立新叔的汽车，

255

立本叔跟着立云姑和君妍上了那辆出租车，先出了村。父亲发动起了拖拉机，我一抓挡板翻身跳上拖斗，紧接着，向阳也跳了上来。父亲开动拖拉机，对母亲说："你先回家吧，照看好小兰和小满，我这车比不了汽车，跑不了多远。"母亲点头答应着，随着那些女人回家了。而那些男人各自骑上自行车，出了村子。

父亲开着拖拉机，很快上了大公路。经过一家包子铺，父亲回头问我和向阳："你们也都没吃饭吧？"

我和向阳都点点头。父亲停了车，进了包子铺，很快提着一大袋热气腾腾的包子走出来。父亲自己拿出三个包子后将那一大袋递给我，说："天冷，你和向阳趁热吃。"说完又上了驾驶座，边吃包子边开车往前行驶。

我和向阳在拖斗里也开始吃包子。虽然中午没吃饭，并不觉得有多饿，包子也吃着不香。我刚吃了一个包子就不想吃了，我问向阳："你们是啥时开始找的？"

向阳拿起第二个包子，咬了一口，说："昨天就找了一天了，不过都是在近处的村子，还有亲戚、朋友、同学家，再就是城里的汽车站和火车站，还有公园、旅馆一些地方。"

"立本叔不是说等等再说嘛，咋又这么着急了呢？"我又问。

"可能是两口子等了两天，越想越担心，就开始四处打听，可是一点线索也没打听到，就更担心了，于是就动员全村人跟着一起找，再说这种事，不用动员，只要听说了，谁不着急啊。志彬又是大队书记的儿子，谁会吝惜这点工夫。"向阳说着吃完了第二个包子。

我听完点点头，又拿了包子给向阳。向阳摆摆手说："不吃了，没心情吃。"

我想转移话题，就问："你当兵的事咋样了？"

向阳叹口气说："唉！泡汤了，没戏了。"

"咋了？"我问。

向阳苦笑了一下说："有人写匿名信到市武装部，把我检举了，说我有纵火犯的嫌疑。"

我说："这种事，用猪脑子也能想到是修林做的。"

向阳笑笑说："不重要了，总之当兵的事是黄了。当时为了一时的痛

256

快，害你受了伤，现在让我失去了当兵的机会，其实这也算老天对我的惩罚。"

没想到向阳会说出这样的话，我一时竟不知说啥好了。正好这时父亲停了拖拉机，我这才发现这是一个村的村口，村碑上写着"钱王村"。村口站着几个中年男人，也不知道在干吗。

父亲下了车，我和向阳也跟着跳下了拖斗。父亲走到那几个人跟前，先掏出一包烟来，轮流分给他们，点上烟之后，父亲客气地说："向你们打听点事，最近四五天，你们有没有看到过像他们俩这么大的一个男孩？"父亲说着用手指了我和向阳一下。

其中一个男人说："这么大的男孩很多啊，具体有啥特征吗？有照片也行。"

"我有照片。"向阳说着从羽绒服里掏出一张志彬的彩色照片，递给那个说话的男人。那男人接过照片看了看，摇摇头。他又让其他几个男人轮流看了一下照片，都说没有看到过照片上的男孩，然后把照片还给了向阳。

父亲给那几个男人留下了李村大队部的电话，说："要是看到这个孩子，麻烦你们给我们打个电话，我们再去别的村子打听一下。"说完就又上了拖拉机，我和向阳也再次跳上拖斗。父亲脚踩油门，离开了这个村子，驶向下一个村子。就这样，我们一下午跟着父亲跑了八九个村子，还是没有打听到志彬的一点消息。

眼看天快黑了，父亲只好掉转车头，往回赶。回到李村时，天已经完全黑了。父亲先将车开到了立本叔的家门口，看到立新叔的车和立云姑带的那辆出租车也都回来了。我们下了拖拉机，直接进了立本叔的家。屋里还是聚满了人，不过看众人的脸色就知道，他们也是一无所获。

立新叔问父亲："哥，你们打听得怎么样？"

父亲摇摇头说："唉，跑了八九个村，一点信儿都没有。"

立云姑手提着四五袋水煎包和几袋小菜放在客厅的桌子上说："这是我回来时，在路边买的，大伙儿将就吃点，边吃边各自说一下你们今天都去了哪些地方，明天也省得打听重了。"

立本叔强打精神地说："都跟着忙活一天了，将就吃点吧。"

众人只好各自找座位坐下吃起了水煎包，边吃边说各自去过的村镇……

吃完了饭，众人陆续回家。立新叔说要睡在我家，他自然就跟着父亲、我和向阳出来了。立云姑和君妍出来送我们。立云姑顺便对君妍说："妍妍，你在这里没有多大用，你先自己坐出租车回去吧，明天你安心上学，志彬一回来，我就回去。让你爸给我跟医院再请一两天假。"

君妍点点头，眼睛看向我，问："你回学校不？"

"对呀，志远跟妍妍一块儿坐车回学校吧。"立云姑说。

"他和向阳打小就跟志彬要好，随他自己吧。"父亲说。

"我还是在家再跟着找一两天吧，反正高一的课还不是太紧。"我对君妍说。

君妍说："好的，随你吧。"说完转身走向出租车。这时立云姑又对君妍说："告诉司机叔叔，让他明天还来这里。"

"知道了。"君妍答应着上了出租车。

我们看着出租车迎着夜色驶出了李村。立云姑又跟我们客气了两句，就转身回了立本叔的院子。父亲的拖拉机和立新叔的车都停在了原地。父亲、立新叔、向阳和我慢慢往家走，走到家兴叔住的那条街时，向阳说："我一天没回家了，就不上你家去了。"

我说："嗯，回家早点歇着。"

向阳答应一声，走进了巷子。

立新叔随口问父亲："现在家兴哥咋样了？"

父亲边走边说："这不前些日子犯病犯得越发严重了，向阳他娘来找我拉着他们去了一趟市精神病医院，医生看后，给家兴开了和你小满哥一样的药，回来吃了几天，病倒是不咋犯了，就是几乎没话了，跟哑了似的，也怕见人，所以村里的大事小情，他也不再出来掺和了。"

立新叔叹息着说："唉，就是苦了向阳他们娘儿俩了！"

父亲也轻叹一声说："这咋说嘞，都是命啊！"

第31章　山子的下落

等我们回到家,小兰已经睡着了。小满叔和母亲坐在火炉两旁搓棒子。母亲见我们回来了,赶紧起身问:"志彬有信儿没?"

立新叔叹口气说:"没有!"

母亲边给立新叔倒茶边说:"这孩子到底是去哪儿了啊?"

"这就不好说了。"父亲坐下说。

立新叔也坐下,喝了口水问:"志彬到底是因为啥出走的?"

父母就跟立新叔说起了志彬出走的原因,说着说着又说到了大哥的婚事。最后母亲问立新叔:"你不回去,他小婶子知道吗?"

立新叔说:"知道,回来时我在路边找了个电话亭,往家里打了个电话,也给单位打了电话,问了一下领导,明天单位用不用车,还好明天单位不用车,我顺便又请了一天的假。"

"那就行。"母亲忽然又问,"哎哟,他小婶子是不是快生了?"

立新叔说:"嗯,快了,还有一个多月。"

母亲说:"哦,那还来得及,等忙完了大光的婚事,我做些小被褥和小衣裳,让三光上学给你们捎过去。"

立新叔说:"那太好了,正愁这事呢,只是又麻烦嫂子你了。"

"麻烦啥,几天的事儿,自家人,客气啥。"母亲说完走进里屋,抱出一床新被褥来,对立新叔说,"换一下被褥,你就在春兰睡觉的那屋里将就一宿吧,明天还要早起,早点歇着吧。"

"行嘞。"立新叔接过被褥说。

母亲又对我说:"你和你小满叔也早点过去歇着去吧。"

我答应着,叫上小满叔出了自家的院子。

259

第二天，吃过早饭，我们又来到立本叔的家中。屋里和院子里又聚了很多的人，大伙儿都在商量今天要去哪里找志彬。商量完之后，我们刚要出发，修林着急忙慌地跑进院子，气喘吁吁地说："小芳在学校出了点事，她老师打来电话说，让我去学校一趟，我今天不能在大队部里守电话了。"

守林听了就对修林说："那你让梅芳去大队里守电话，你先去学校看看是啥事。"

"哦，行嘞！"修林说完又慌忙地离开了。

我心想：小芳在学校能出啥事？

这时父亲已经发动起了拖拉机，向阳和我跳上拖斗，跟着父亲出了李村。

今天我们跑得更远，问的村子也更多，依然没有打听到志彬的一点消息。我们中午也没有回来，在路边随便买了点吃的，吃完又接着跑了几个村子。父亲说："这样瞎跑不是办法，咱们还是先回去吧，看看别人有没有打听到消息。"听了父亲的话，我和向阳都没有说话，只是点头答应着，父亲就掉转车头往回赶。

父亲的拖拉机刚开进李村的村口，正好碰上立新叔的车出村。立新叔先停了车，开门下了车问："你们咋才回来啊？"

父亲也下了拖拉机，说："这不寻思着多打听几个村子嘛。"

立新叔说："不用找了，志彬回来了。"

一听这话，向阳立刻问："啥时候回来的？是谁找到他的？"

立新叔说："回来时有十一点多吧，谁也没找到他，他自己坐公交车回来的。"

父亲问："志彬他人咋样？"

立新叔说："人没啥事，还是原来的样子，就是看上去精神有些疲惫，也不大说话，到现在也没有问出这几天去了哪里，问多了，他就说在城里逛了逛。不过他闹这么一出，家里人也不敢多问啥了，总之人回来了比啥都强。"

父亲点了点头问："你这是要回去吗？"

立新叔说："是啊，我都出来两天了，还好这两天单位没有急事用车，现在志彬回来了，我就不多待了。"

"行啊，那快回吧。"父亲又补充道，"下个星期天，志鹏办喜事，你跟他小婶子一块儿回来热闹热闹。"

"那是一定的，志鹏的喜酒我是一定要回来喝的。"立新叔笑着说完，上了车，一摆手，关了车门，开车出了李村。

父亲再次坐上拖拉机，这回直接将拖拉机开到了自家的院子里。母亲从屋里出来说："你们咋才回来？志彬已经回来了。"父亲先熄了火，下车说："知道了，在村口碰见立新，听他说了几句。"我和向阳也跳下了拖斗。母亲又说："我也是刚从立本家回来。"

父亲问："志彬咋样？"

母亲说："一回来就上了他自己那屋里，不出来，也不咋爱说话，有人进去跟他说话，倒是问他啥，他就说啥，就是问不出这几天去了哪里，立本开始还犟着非要问出来，被立云给拦住了，立云说先让志彬休息几天再说，反正他已经回来了，去哪里就不大重要了。"

父亲点点头说："立本这几年有点变了，爱用当官的脾气来管孩子，要不是这样，志彬也不会成现在这个样子。"

母亲说："就别说这了，你们过去看看吗？"

父亲说："咋也得过去看看啊。"

"那就快去吧，这都四点多了，去看看快回来吃饭。"母亲说。

我和向阳就跟着父亲来到了立本叔的家。现在立本叔家里已经没有那么多人了，只有守林、护林、立云姑还在。他们看到我们进屋，都起身给父亲让座，立本叔给父亲递烟。都落座后，父亲说："哎呀，别管咋样，志彬回来了比啥都强啊！"屋里的人都应和着说："是，是，是啊！"

我对立云姑说："我和向阳去看看志彬。"说完我俩就出了客厅。紧接着立云姑跟了出来，把我和向阳领到一边，小声说："我看志彬现在的情绪还是有点低落，你俩进去尽量说些轻松的话，如果可以，顺便问问这几天他去了哪里，有些话他可能不愿意跟我们大人说，你俩跟他一向要好，也许会跟你俩说实话，当然，他实在不说，也不要过多地追问。"我和向阳都点头答应着。立云姑轻轻拍了拍我俩的肩膀，回了客厅。

我和向阳走过屋檐，走到正房靠里的两间，那是志彬的房间。我和向阳推门进去，志彬正躺在床上发呆。见我们进去，志彬从床上坐起来，并往里挪了挪身子，意思是让我们坐在床上。虽然我们三个经常在一起玩儿，一般都是志彬出来找我和向阳，而我和向阳却很少来找志彬，上了初中以后就更少了。今天走进来一看，志彬的房间完全不像是一个男孩子的房间，任何东西都摆放得整整齐齐，粉色的床单几乎没有褶皱，浅蓝色的被褥叠得跟军被一样板正。我犹豫了一下，坐在了志彬的床沿儿上。向阳往床头柜上一靠，站着说："你这屋子弄得跟大家闺秀一样，我可不敢坐。"志彬看上去明显有些疲惫，张了一下嘴，没有说话。我白了向阳一眼，向阳收住了笑容。这时志彬轻声说："你们是不是也奇怪我这几天去了哪里？"

"是啊，我们整整找了你三天，都没找着你，你到底躲哪里去了？"向阳说。

志彬没有回答，而是下了床，将屋门从里面插上，走到靠窗的桌子前，抽开一个抽屉，从里面拿了一把梅花螺丝刀，又从羽绒服口袋里拿出他的小游戏机，然后用螺丝刀将游戏机后面的几个螺丝拆下，打开游戏机后盖儿，从里面拿出一张彩色照片。志彬走过来，将照片递给我和向阳，我俩接过照片一看，都愣住了！照片上有三个人，分别是山子、钱桂芝和志彬。

山子的样子变化很大，虽然皮肤还是黝黑，但是明显胖了很多，也壮了很多，照片里三个人只有山子的笑容最灿烂。钱桂芝怀里还抱着个婴儿，照片的背景是一条城市街道。

"你去找山子了？"向阳问。

志彬把游戏机重新装好，坐回床上，说："嗯，我去看了看他们。"

"山子现在在哪里啊？你是咋找到他的？"向阳追问着。

"在广州。"志彬慢慢说起来，"钱桂芝一个堂哥在广州打工。逃跑那天早上，他们先坐出租车去了外市，在外市坐的火车，直接去了广州。就在我们中考的前几天，我收到一封广州寄来的信，信很短，也没有署名，但我从字迹上能认出，那是山子写来的。当时我没有马上回信，直到我在化工厂的工作稳定下来之后，就写了封信过去，大致说了一下他们逃跑以后，村里发生的事情。我没有留咱村的地址，而是留的化工厂的地址。一个月后，我就收到了山子的回信，然后就一直保持着联系，不过，山子来的几封信，我都是看完就烧掉。现在我不在化工厂干了，就去广州看了看他们。"

"哎呀，这么重要的事，你居然瞒着我俩，真不够哥们儿。"向阳说。

志彬勉强笑了一下，平静地说："跟你们说了又能咋样，你想让山子回来？还是和我一样去看他？"

向阳一时不言语了。

我问志彬："他们在广州现在过得咋样？"

"还算可以吧，他们姐弟俩弄了个四川小吃摊，饭点时就在大街上摆摊，晚上住在一栋旧楼的地下室里，这还是钱桂芝的堂哥给他们找的地方。"志彬说。

"钱桂芝咋还抱着个孩子？"我问。

"那是她和小满叔的孩子，是个女孩，刚出生一个多月。我对钱桂芝说了小满叔现在的状况，她心里也挺难过的，觉得是她害了小满叔。她让我们照顾好小满叔，以后要是有机会，或者她在广州混好了，她会带孩子回来认小满叔，也许会把小满叔接到广州去。她说小满叔对她是很好的，她当时就是不甘心那样过一辈子。"

"不甘心就把小满的钱全部拿走？"向阳问。

"她也没想到小满叔只有那么多钱。再说他们两个跑到一个陌生的大城市，如果没有一点钱，他们咋生活？钱桂芝说，也就是那些钱，才让他们弄了个小吃摊。"

向阳说："从照片上看，山子这小子过得挺滋润啊，一点不像那个放牛娃了。"

志彬说："其实山子现在还是挺累的，特别是从钱桂芝发现自己怀孕之后，整个小吃摊基本上是靠山子一个人打理，钱桂芝只能打打下手。山子说，现在虽然也累，但是至少饿不着肚子了，也不用天天受气了，生活虽然艰辛，心里却感觉有奔头了。"

我听完点点头，问志彬："你在广州待了几天？"

"两天一夜，其他时间都在往返的火车上了。"志彬说。

"你倒是出去风光了，可把我们累了好几天。"向阳开始打趣。

志彬笑了笑说："以后我不会再出去了……"

我问："你有啥打算？"

志彬轻叹，说："唉，我能有啥打算，在家躺几天，下周一就到镇上中学复读去。"

"嗯，也好，以你的学习成绩，明年还能考入市一中。"我说。

263

向阳将手中的照片递到志彬面前，问："这个咋处理？"

志彬接过照片，掏出一个打火机，将照片点着了，手轻轻摇晃了几下，扔在地上，等照片完全燃尽，志彬说："我去看山子的事，最好谁也别说，山子在短时间内也不会给我来信了。以后你们要是有机会去广州，也可以去看看他。"

我和向阳都点点头。我对志彬说："那你好好休息，我们就先走了，我都快两天没上学了，得尽快回学校去。"

志彬也点点头，说："嗯，行，你们回吧，我没事了……"

我和向阳打开屋门，志彬也没有起身，依然坐在床上，只是微笑着朝我们摆了摆手。我跟向阳也朝志彬一摆手，出了屋子，随手把门一带，来到院子里。

这时守林和护林也正走出客厅，立本叔、立本婶、立云姑和父亲也都出来送他们。立云姑在后面停住了脚步，站在我和向阳面前，小声问："你们问出什么了没有？"

我摇了摇头，向阳漫不经心地说："没有。"

立云姑好像也没感觉意外，就说："嗯。我去和志彬打个招呼，我也该回去了。"说完走进了志彬的屋子。

我和向阳走到大门外，守林和护林已经走远。父亲说要回家，跟立本叔客气了两句之后，我和向阳就跟着父亲往回走。正走着，立云姑坐着出租车停在我们跟前，打开车门说："志远，你都快两天没回学校了，跟我一块儿回去吧。"

我看了看父亲，父亲说："随你吧，反正你姑的车也顺路。"我对父亲说："那你跟我娘说，我这个星期就不回来了，在学校补补这两天落下的课。"

"行嘞。"父亲说。

我拍了一下向阳的肩膀，上了出租车。

天色已近黄昏，出租车行驶在通往市区的路上。我透过车窗，看着最后一抹夕阳慢慢在地平线上消失……

第32章 大雾里传来的噩耗

出租车来到了市中心,立云姑没有把我送去学校,而是直接让出租车司机将车开到了医院的家属楼下。我跟着立云姑下了车,立云姑对我说:"天这么晚了,你回学校也不一定有的吃,跟我一起来家里吃完饭你再回学校吧。"我也只能点头答应,跟着立云姑上了楼,我们一进房间,君妍和姑夫正要做晚饭。

看到我们,姑夫就问立云姑:"志彬找到了吗?"

立云姑说:"我们全村都没有找到他,倒是他自己回来了。"

姑夫有些疑惑地问:"那他这些天到底去哪里了?"

立云姑说:"到现在也没问出来,总之人是平安回来了,详细情况让志远给你们说一下吧,我去做饭。"然后又对我说:"志远,你先坐,等一会儿一起吃饭。"立云姑说完就进了厨房。

我有些拘束地坐到了沙发上,君妍也跟着坐在了沙发上,向我问起了志彬的事情。我就详细向她说了一下这一天发生的事情,包括志彬现在的状态,但是我没有说志彬去看山子的事。正说着,立云姑已经把饭做好了,叫君妍往外端饭菜。

吃饭的时候,立云姑没有再问我志彬去向的事,她只是说:"志彬的情绪看上去还是有些不太对劲。"

"也许,休息两天就好了。"我说。

"希望是吧。"立云姑说。

吃完了饭,我说我要回学校,就离开了立云姑的家。我走在医院家属楼底下,没走出多远,君妍就追了过来。我问她:"你咋也出来了?"

君妍说:"我妈让我出来送送你。"

我说:"嗨,我自己又不是不认识回学校的路。"

君妍将双手插在白色羽绒服的口袋里，跟着我走了几步，试探地问："你和向阳真的没有问出志彬这些天去了哪里吗？"

我犹豫了一下说："我只能说他去看了一个朋友。"

君妍脸上带着俏皮的表情问："什么朋友？是男朋友还是女朋友？"

我说："你还记得那个逃跑的四川男孩吗？"

君妍问："是不是修林家买来的那个男孩？叫山子，对吧？"

我点点头，没有说话。

君妍继续问："那志彬是怎么找到他的呢？"

我说："这些已经不重要了，重要的是志彬现在已经回来了。我也答应过志彬，不能说出山子的去向。"

君妍点点头说："好吧，我也不勉强你了。"

君妍又陪我走了一段路，说："这个周六或者周日，我想去李村看看志彬。"

我说："去看看也好，毕竟经历了这么多，他可能一时在情绪上还调整不过来。"

君妍问我："你还回去吗？"

我说："我就不回去了，一天半没有上课，这个星期我想在学校复习一下。"

君妍说："也好，快期终考试了，功课要紧。"

然后，君妍从口袋里拿出二百块钱，递给我说："听说志鹏哥下个星期就要结婚了，我妈让我把这二百块钱交给你，你回去的时候跟大舅说，这是我妈的一点心意，我妈下星期就不回去参加志鹏哥的婚礼了。"

我犹豫着，没有去接那二百块钱。

君妍说："快拿着，你不接，我回去没法跟我妈复命。"

我只好把钱接过来，揣进口袋。眼看着，离市二中的大门不远了，我对君妍说："你快回去吧，要不然又该我送你了。"

君妍笑笑说："好吧，我也该回家交差了。"说完向我摆摆手，转身向医院方向走去。

我一个人走到了市二中的大门口，大门是关着的，我走到门卫小亭子跟前，敲了敲窗户，还是昨天那个门卫叔叔走出小亭子，一看是我，边开大门边问："怎么这么晚才回学校？"

我进了学校大门,说:"家里出了点事儿,我回去待了一天半,刚坐车回来。"

门卫叔叔点点头,没有再说什么。

我走过学校的操场,感觉今天的学校有点奇怪,篮球场上没有打篮球的同学,也没有在操场上跑动玩闹的同学,更没有看到天宇、刘强和马晓。我带着疑惑走进宿舍,宿舍里只有马晓一个人,躺在床上翻着一本漫画书。我关上宿舍的门,问马晓:"咋就你一个人啊?天宇和刘强呢?"

马晓一看是我,从床上跳下来说:"你怎么才回来啊?天宇和刘强被学校开除了。"

我惊讶地问:"啊!为啥呀?"

马晓垂头丧气地说:"昨天晚上,我们三个和几个同学在操场上打篮球,董伟牵着李小芳的手,后面还跟着他们班的几个男同学,来到篮球场上,非要和我们打一场球不可。刘强看到他们转身就要走。结果董伟故意说话气刘强,刘强不服气,他们就吵了起来,没说几句,他们动起手来,扭打在一起,天宇上去,好不容易把他们拉开。本来刘强拍了拍衣服走出篮球场了,可董伟还在篮球场上对刘强说一些挑衅的话,刘强也没有回头,董伟在操场上又说了几句难听的话,回身刚要离开篮球场,刘强不知道从哪里拿了块砖头,跑过来照着董伟的后脑勺就扔了过去,当场就给董伟开了瓢儿,董伟捂着头倒在了地上,李小芳吓得尖叫起来,他们班的夏波捡起那块砖头,朝刘强的头也砸过来,正好砸在刘强的脸上,刘强的鼻子立刻鲜血直流,夏波还要上去打刘强,天宇手疾眼快一个扫堂腿就把夏波撂倒了,他也捡起那块砖头朝着夏波的脸拍了两下,夏波的口鼻也立刻流出了鲜血。这时有的同学已经把老师叫来了,老师立刻打了120,等救护车来到,把受伤的他们都送去了医院。还好没有人受重伤,就是董伟有点轻微脑震荡,刘强脸部有点轻微的皮外伤,夏波的鼻梁骨断了。在医院的时候,宋老师就问我们在场的几个,打架的原因和经过,我们当然如实说了,宋老师听完当时也没说什么。等我和天宇从医院回来已经是晚上十二点了,我们就躺下睡了。结果今天早晨一起床,校长就通知所有学生要开全校批评大会,上午,校长在操场上当着所有同学和参与打架的那几个的家长的面,宣布了对天宇、刘强、董伟、夏波四个人开除学籍处理的决定。听说学校还要开除李小芳的,是她老爸向校长求情,才没有开除她,

267

让她写检查，暂时留校。"

听完马晓的讲述，我终于明白了修林今天早上为啥那么着急来学校了。

我望着两个空空荡荡的床铺，感叹地说："天宇复读了一年初三，才考上高中，没想到这么快就结束了，可惜啊！"

"再可惜也没有办法，事情发生得太突然了。"马晓说。

我看了马晓一眼，问："他们打架时，你全程都在，你咋没上去阻止一下？"

"你傻啊，只要我一上去，无论我动不动手，跟着董伟的那几个就会一起上，那恐怕，现在被开除的就不只他们四个了。我问你，如果你在现场，你能确定你可以阻止住天宇吗？"

"我……不知道。"我支吾着说，躺在了床上，在思索中睡去……

周五，上了一天的课。下午马晓也回家了，宿舍就剩下了我一个人。周六和周日两天，我都闷在宿舍里复习这个学期的功课。复习累了，就翻上几页《纪伯伦散文诗全集》，倒也清静。

周一开始了新的上课生活。学校经过了打架事件之后，同学们似乎都安分了许多。加上期末考试临近，同学们基本都把学习放在了首要位置。感觉日子也过得飞快，转眼又到了周五。

周五的早晨，我和马晓去食堂打饭。刚一出宿舍门，马晓就惊呼："哇，好大的雾啊！"

我抬头一看，眼前白茫茫一片，整个学校都被大雾笼罩了，对面根本看不见人影，只能听见大家都在说："怎么这么大的雾啊！""是啊，好久没见过这么大的雾了！"走在操场上，如果走得快了，都容易和别人撞个满怀。有雾就有露水，空气都是潮湿的，天也比平常冷了许多。

我和马晓在食堂吃完饭，回到宿舍，头发和衣服都被雾气打得湿湿的。我们刚用毛巾擦了擦头发，上课的铃声就响了……

今天是语文课，给我们上课的自然是宋老师。上的课文是鲁迅的一篇文章《记念刘和珍君》。

上午通常是四节课，一节课四十五分钟，每节课的间隙休息十分钟。第三节课刚讲到一半，教务处的一位男老师走进教室，低声跟宋老师说了几句话，就转身出了教室。

宋老师表情平静地对我说："李志远同学，你家里出了点事情，需要你回去一趟。"

我立刻站起来问："我家里出啥事了？"

宋老师依然平静地说："具体什么事情，我也不了解，学校门口有人等你，你出去就知道了。"

我急忙往外走，走到教室门口，宋老师叮嘱道："今天雾大，路上小心。"我"嗯"了一声，出了教室。

那位教务处的男老师在教学楼外等着我，见我出来，就领我朝学校大门口快步走去。

这时，雾气已经开始有所减弱，但是前方还是朦朦胧胧的，天空也还是阴沉的。我跟着那位男老师走过学校的操场，来到大门前，那位男老师让门卫开了大门，他就转身回去了。

我出了学校大门，看到立云姑和君妍正站在出租车旁等着我，立云姑的表情非常凝重，君妍用手绢不停地抹着眼泪。

我上前急忙问："出啥事了？"

立云姑用颤抖的声音说："志彬，出事了！"

"他咋了？！"我又问。

立云姑说："先上车吧，上车再说。"

我们上了出租车，立云姑立刻让司机开往李村。

我再次着急地问："志彬到底咋了？！"

立云姑哽咽着说："大约十五分钟前，我接到你父亲打到医院的电话，他说，今天早上志彬骑车去上学，经过那条铁道的时候，也许因为雾太大了，志彬连人带车撞到了火车上，自行车卷入了火车底下，志彬被反弹出老远……你大哥和梅芳去镇上领结婚证，正看到志彬躺在公路上，你大哥马上把志彬背回了家，虽然也打了120，但是志彬可能当时就已经……"立云姑再也说不下去了。

君妍抽泣着说："怎么会这样？我星期天回去看他时，他还好好的。"

此时的我，大脑一片空白，整个人僵在了车座上。立云姑好像又说了一些嘱咐的话，可是我一句也没有听清楚……

第33章　福无双至

出租车直接停在了立本叔的大门前。当车门一打开，就听到了一片震耳欲聋的哭声！

我下意识地跟着立云姑和君妍下了车，走进立本叔家的院子。院子里围着好几层人，我们走过人群，看到院子中央铺着一床棉被，志彬就平躺在棉被上。志彬头上缠着一块白毛巾，已经被鲜血浸成了红色，志彬的衣服上也全都是血迹。但是志彬的面容却异常安详，就像睡着了一样，嘴角上还微微带着一丝笑意！

二奶奶和立本婶在众人的拉扯下，正跪在志彬两边哭得死去活来，撕心裂肺的哀号声响彻天际，在场的人也都落着泪。

立本叔站在旁边，整个人像呆住了一样，眼睛直直地看着志彬的尸体，静静地淌着泪水。

立云姑抹了抹脸上的泪水，走到志彬跟前，平静地对众人说："大伙儿都松开吧，让我娘和我嫂子痛快地哭一哭也好，志彬已经走了，就叫她们哭个够吧，哭完了办后事要紧。"

众人一听，就都慢慢地把二奶奶和立本婶松开了。二奶奶和立本婶扑在志彬身上，更大声地痛哭起来……

直到二奶奶哭晕过去，立云姑急忙把二奶奶抱在怀里，用拇指用力掐二奶奶的人中穴。过了一会儿，二奶奶慢慢苏醒过来，但是她全身已经瘫软，没有一点哭的力气了。

母亲走过去，和立云姑一起把二奶奶搀扶到屋里去。

大哥过来轻轻拍了拍我的肩膀，我们都没有说话。大哥还是一身绿军装，只是肩牌和领花都没有了，而且军装上还带着志彬的血迹。

此时，我环顾了一下四周，几乎全村的人都在，就是没有看到修林家的一个人，也没有看到向阳。我低声问大哥："有没有看到向阳？"

大哥也低声说："没有，从我前天回来就一直没见过他。"

立本婶的哭声渐渐小了，只是扑在志彬身上不停地抽泣着。

立云姑和母亲从屋里出来，走到立本叔跟前，说："孩子已经走了，再难过也不顶用，应该尽早安排后事，志彬太年轻了，不能隔夜。"

立本叔依然呆立着，眼睛直直地看着志彬，轻声说了两句，声音低到我们都没有听清说的是什么。立云姑点点头，和母亲又来到父亲和守林跟前。立云姑从包里拿出几千块钱，说："我常年不在家，很多事也不懂，我哥嫂现在的样子你们也看到了，所以，志彬的后事就麻烦你们了，也不知这些钱够不够用，要是不够，你们再跟我说。"

父亲眼里也含着泪花，说："志彬太小了，丧事花不了多少钱，守林已经通知了火葬场，火化车可能一会儿就到，现在就是和你商量一下，要不要给志彬送倒头盘缠？"

立云姑悲叹一声，说："唉！志彬又没有下辈人，在同辈男孩儿里面他又是最小的，倒头盘缠就免了吧，下葬的时候多烧些纸钱就行了。"

父亲点头答应着，但没有接立云姑手中的钱。

立云姑只能把钱硬塞给了守林，又问："你们打算谁陪着去火化？"

父亲说："我和护林去，让守林留下安排一下家里的事。"

立云姑说："我想在火化之前给志彬换身衣服，总不能让孩子穿着一身带血的衣服走吧，我也不知道哪里有卖这种衣服的。"

守林说："一般情况下，火化车上都代卖寿衣，不过价格上要比寿衣店里贵一些，再就是我不知道有没有年轻人穿的样式。"

母亲上前说："化工厂生活区里有一家寿衣店，听说样式还挺全的。"

"那我坐出租车去看看，嫂子，你方便陪我去吗？"立云姑问母亲。

"咋不方便啊，我和你去。"母亲说。

立云姑说："志鹏不是快结婚了嘛，你去可以吗？"

"哎呀，都啥时候了，还顾忌这些。"母亲说。

于是立云姑和母亲就出了院子，紧接着，君妍也跑了出去。

不长时间，火化车就来了。父亲和守林只能说还有些事没办完，先让火化车停在一边。守林又叫人去买了一条烟，给了火化车司机。

过了一会儿，立云姑、母亲和君妍提着几个袋子回来了。立云姑一进院子就对众人说:"大家伙儿先出去一下,立业哥和立业嫂留下,给志彬穿衣裳。"

众人一听,都出了院子。君妍和我跟着大哥也走出来,立云姑随即关上了大门。

出来的人站满了街道两旁,有人在叹息,有人在小声说着什么。

君妍站在我旁边,默默地擦着眼泪。此时我没有任何方式安慰她,也没有任何方式来安慰我自己,只能让泪水静静地流过脸颊。

就在这时,向阳骑车从远处飞奔过来,很快就来到了我们跟前。他甩腿下了车子,直接将车子扔在地上,也不说话,上去就要推大门。我迅速从后面用双臂死死地环抱住他,几个大人也挡在了门前。向阳还是拼命挣脱着,我奋力抱住他的同时在他耳边低声说:"你现在不能进去,他们正在给志彬换衣裳。"然后我拥着他来到一个靠墙的角落里。向阳挣脱开我的双手,面朝墙壁,攥紧拳头,在红色砖墙上狠狠地捶击着,几下过后,鲜血就从他的手上滴下来!他又捶了几下,然后将双臂搭在墙上,把脸贴在手臂上,抽泣起来……

同时,院子里又传来了二奶奶和立本婶的哭声!

大门一开,立云姑声音沙哑地说:"你们进来看志彬最后一眼吧。"

向阳、我、君妍和大哥最先走进了院子。志彬还是躺在棉被上,只是换上了一身白色的中山学生装,一双黑色的皮鞋,白色的袜子,一顶黑色的学生帽刚好盖住了他前额和后脑的伤口。志彬被擦洗过的脸,看上去依然那么安详。

立云姑轻声说:"我们大人不懂年轻人的喜好,这身衣服是君妍选的,应该是志彬喜欢的样式。"

母亲扶起二奶奶,立云姑扶起立本婶。我们几个围着志彬的遗体慢慢走了一圈。我们都无声地流着泪,只有向阳不受控制地抽泣着。一圈走完,父亲和守林领着两个抬担架的人进来。他们连同棉被将志彬抬到担架上,那两个人抬起担架就往外走,我们随后跟着出了大门。

这时二奶奶和立本婶再次瘫软在地,哀号起来!我们下意识地回头,立云姑朝父亲摆摆手,说:"你们去吧,这里有我。"

我们一同慢慢地把志彬的遗体抬上火化车,父亲和护林也上了火化车,刚要关车门,一直呆愣在院子里的立本叔突然飞奔到火化车跟前,抬腿就上了车。没有人来得及阻拦他,也没有人去阻拦他。车门一关,火化车很快驶出了李村。

等院子里的哭声渐渐平息,母亲出来对大哥和我说:"你们先回家吧,志彬下葬时,你们再来。大光,你回去换件衣裳,这身带血的衣裳就扔了吧。小兰快放学了,你给她泡一包饼干吃吧,也给你小满叔拿包饼干去,你们也随便吃点。"

大哥和我点头答应着,就往家走。向阳扶起车子,也跟着我们走。到了家门口,我和向阳没有和大哥一起进去,而是直接进了立新叔的院子,来到我休息的地方。向阳一屁股坐在椅子上。我从抽屉里拿出紫药水和纱布,给向阳擦拭手上的伤口。向阳呆坐着,像个木头人一样,给他涂紫药水,他好像感觉不到一点疼痛。我用纱布给他缠扎起手指,我问他:"上午,你干吗去了?"

向阳静静地说:"我在我姨家,昨天中午去的,和天宇商量一块儿去深圳打工的事,今天刚回来就听说志彬出事了。"

"啥?你要和天宇一块儿去深圳打工?"我有些惊讶地问。

"嗯,天宇和刘强不是被学校开除了嘛,在家没事干,他也不想再读书了,正好浩宇哥从深圳发电报来说,他那边生意忙不过来,缺两个打下手的,想让姨夫问问,当地有没有年轻人愿意去,当时天宇就决定要去,他本想叫上刘强一块儿去,可刘强已经进城学车去了,所以就想叫我一块儿去。"向阳面无表情地说着。

我在床上坐下,继续问:"你浩宇哥在深圳是做啥生意的?你和天宇去了是干啥活儿?"

"浩宇哥在那边是做服装批发的,我们去了就是扛大包,装车卸车啥的。"

"你决定要去了吗?"

"反正在家也没事做,不如过去看看。"

"啥时候走?打算去多久?"

"说好了,后天下午的火车。多久不好说,也许几个月就回来,也许就在那里长期干下去。"

我已经很难再问下去了,没想到事情都发生得这么突然!

大哥拿着两包饼干进来,放在桌子上一包,说:"你俩将就吃点,我给小满叔送一包过去。"大哥说完出去了。

我拿起那包饼干对向阳说:"你吃点吧。"

向阳冷冷地说:"吃不下去。"

我又把饼干放在了桌子上……

"志彬真的是自己撞到火车上的吗?"向阳突然问。

"我也不太清楚,我也是上午刚回来,不过,今天的雾确实很大。"我说。

"雾是很大,志彬可能看不见火车,可是他也听不到火车的声音吗?再说,那条上学的路,我们一起走了三年,志彬会不知道几点有火车经过?"我被向阳问住了。

我问向阳:"你到底想说啥?"

向阳说:"没啥,我就是感觉太巧了。"

我问:"啥太巧了?"

向阳说:"昨天早上村里还发生了一件事。"

"啥事?"

"昨天早上,天刚亮,村里就来了四辆警车和八九个警察,闯进了五爷爷的院子,不一会儿,就把赵五百从里面铐出来了,而且还从五爷爷的院里抬出十几捆钢筋,六台彩色电视机,还有十几台录音机,这些东西都是前些日子附近村里丢的,咋会在五爷爷的院里?赵五百又是咋躲到里面的?"

"这和志彬有啥关系?"我问。

"赵五百不是志彬的表舅嘛!"向阳说。

"你怀疑志彬把赵五百藏在五爷爷院里的?"

"不是,我怀疑立本叔,或者立本婶!"

听完向阳的话,我陷入了沉思……

下午,我们跟着众人去给志彬下葬。

立本叔抱着志彬的骨灰盒走在前面,脸上静静地淌着泪水。街道两旁站满了人,几乎所有的人都抹着眼泪。

我们慢慢地走过长街,走出村口,走到坟场。已经有人挖好了一个土坑,土坑旁边停放着一口红木棺材。

立本叔缓缓地走到棺材前，又缓缓地将骨灰盒放进棺材。紧接着，有人过去将棺材盖好，用四颗长钉将棺材钉死。众人就上去轻轻抬起棺材，慢慢放入土坑。

立本叔用嘶哑的声音喊道："志彬儿啊，西方大路去啊！"接着拿起一把铁锹，铲了一点土，轻轻撒在棺材上。然后，众人才开始一起动手，我和向阳一边铲土一边用手臂擦着眼泪……时间不长，就堆起来一个小坟头！

下葬时，女人不能去坟地，只能让护林将一大捆纸钱和志彬生前的一些衣物带到坟前，一起焚烧。在我们一件一件地往火堆里扔志彬的衣物时，我没看到志彬经常玩的那部小游戏机，当时并没多想，也许还在家里吧。

看着衣物烧完后，我们就默默地往回走。

刚走到立本叔的家门口，两辆警车和一辆吉普车就停在了我们面前。从警车里下来六名警察，为首的一个警察直接走到立本叔面前，拿出一张纸，严肃地说："你是李村支部书记李立本，对吧？据我们调查，你和你的妻子赵玉秀，长期对犯罪嫌疑人赵富利拐卖人口、盗窃等行为，进行包庇，对犯罪嫌疑人赵富利和盗取的赃物进行窝藏。现将你和你的妻子赵玉秀依法进行逮捕，配合我们调查，这是逮捕令。"警察说完将手中的纸在立本叔面前一举。紧接着，又过来一名警察给立本叔戴上了手铐。随后又有两名警察过去给早已瘫软在地的立本婶也戴上了手铐，往警车上拖拽着。立本婶一步一个踉跄地朝前走，一边挣扎着回头向立本叔反复地哭喊道："志彬他叔，是我害了你啊！是我害了你啊！"

此时的立本叔反而异常平静了，他对那名警察说："我可以跟我的家人说几句话再上车吗？"

警察说："可以，去吧。"

立本叔走到立云姑跟前，语气平缓地说："咱娘就麻烦你先接到你那里照顾着吧。记住，千万别为我跑关系，这一切都是我罪有应得！"

立云姑流着泪点点头。

立本叔又走到父亲面前，说："志鹏的婚事该咋办还咋办就行，千万不要因为志彬跟我的事推迟志鹏的婚期，误了志鹏的前程！"

父亲也默默地点点头。

立本叔说完，转身，头也不回地跟着警察上了警车。

这时从吉普车里下来两位镇上的领导，其中一位站到一块石头上喊道："正好大伙儿都在，宣布一件事情，根据镇党委决定，免去李立本同志李村支部书记的职务，李村支部书记的工作暂时由村长李守林代理。"说完走下石头，上了吉普车，和警车一起驶出了李村。

对于全村人来说，眼前突然发生的这一切，似乎还都没有反应过来……

第 34 章　大哥的婚礼

周六这天，全家人都在为大哥的婚事忙里忙外，而我却在床上躺了一整天，家人都以为我生病了，其实我只是暂时不想面对那种热闹和喜庆的氛围。吃饭的时候，大哥过来叫我和小满叔，我都没有起来。母亲只好把饭菜给我端过来，问我要不要吃点药，我摇摇头，顺便把君妍给我的那二百元钱交给母亲，说："这是立云姑给大哥随的礼。"

母亲接过钱去，叹口气说："唉，谁能想到你立本叔家接连出这么大的事啊！按理说，志彬刚走，咱家不应该这么快办喜事，可是你大哥结婚的日子早就定好了，要是往后推迟，就怕修林再闹出啥事来，还是尽快办了吧。"

"哎，昨天一天，咋没看到修林跟他家里的人啊？"我问。

"他们家也是嫁闺女的喜事，志彬是少亡，按老辈人的说法，是大凶的事，修林家能不避讳着吗？可是咱家避讳不开呀，咋说和你立本叔也是一大家子人啊。"母亲说。

"立云姑还在村里吗？"我又问。

"走了，今天一大清早她和君妍给志彬上完坟，就带着你二奶奶回城了。"母亲说完，又对我说，"明天是你大哥大喜的日子，你可不能这样，要精神点，知道吗？"

我点头答应着，母亲就出去了。

这一天，向阳也没有过来。天快黑的时候，春兰姐倒是回来了。得知了志彬的死讯和立本叔的事情之后，春兰姐也是既难过又惊讶。还好大哥的喜事当前，有太多事情需要准备，很快就把那份伤感冲淡了。

第二天，全家人都起得很早。我也被父亲叫了起来，跟着一块儿忙这忙那。春兰姐给全家人都买了新衣服。给大哥特意买了一套新郎穿的西装，大哥穿在身上，看起来真是又帅气了很多。春兰姐还给每个人胸前都戴了一朵红花。

母亲和春兰姐把昨晚包好的饺子早早地煮出锅，母亲让我去叫小满叔过来吃饭，春兰姐又拿出一身新衣服说："这是给小满叔买的，让他也换上。"

我拿着衣服，来到小满叔睡觉的地方。小满叔已经起来了，我进屋把衣服递给他，说："今儿个我大光哥结婚，给你买的新衣裳，快换上，过去吃饭。"

小满叔看上去也很高兴的样子，笑着说："好！好！"

我刚要出来，忽然看到志彬那个小游戏机在小满叔的桌子上放着，我过去拿起来问："叔，这东西是谁放在这儿的？"

小满叔一边换衣服一边说："那是志彬前两天放在这里的，他说，你回来让你收着。"

"哦……"我犹豫了一下，来不及多想，把游戏机装进口袋就出来了。

吃完了饭，大哥开着拖拉机先将舅姥爷一家和大舅老两口一起接来了。一下车父亲便把舅姥爷扶到炕头上，舅姥爷的精神还很不错，说话声音也很洪亮。小东快一年不见，长高了很多。得旺表叔和大舅倒是没啥变化，一来就蹲在椅子上，扯起了闲篇。

渐渐地，屋子里和院子里聚满了前来帮忙的人和看热闹的人，父亲忙着给男人们递烟，母亲忙着给女人和孩子们拿糖果。

向阳领着向辉不知什么时候也来了。我一看到他们，就让小兰看着向辉，让向阳帮着我和大哥往拖拉机上贴喜字。

我问向阳："你娘咋不过来一起热闹热闹？"

向阳说："我娘说，她是二婚，日子又过得不如意，来了怕不吉利。"

我说："哪有那么多事啊。"

这时，立新叔的车停在了大门前，小婶子挺着大肚子和立新叔下了车。父母连忙迎上去，一阵寒暄之后，父亲对立新叔说："本来打算让你立本哥和志鹏去接亲的，没想到你立本哥家里一天之内出了两件大事。"

"他家出什么事了？"立新叔问。

父亲就简单说了一下前天一天发生的事，最后父亲说："事情发生得太突然,也没来得及通知你。"

立新叔听完长叹一声,说:"唉!今天是志鹏大喜的日子,先不说这些了,立业哥,你就说需要我做什么吧。"

父亲说:"想让你和他表叔跟志鹏去修林家接一下亲。"

立新叔说:"嗨,这不是小事嘛,让志鹏开我的车,我开着拖拉机,拉上咱家该去的人,接上亲以后,再拉上修林家送亲的人,围着村子转几圈,回来过门就行。"

"是嘞,是嘞,就是这样。"父亲连声说。

接着,立新叔对我说:"三光,给我的车也贴上个喜字。"

我答应着,和向阳一起把一个大红"喜"字贴在立新叔的桑塔纳汽车上。

一切准备就绪,大哥带着小东上了立新叔的车,而立新叔拉上得旺表叔,开着拖拉机跟在后面往修林家开去。立新叔朝我和向阳一直招手,意思是让我们一块儿上拖拉机,我和向阳都没有上去……

他们走后,家里就开始准备宴席。父亲从附近饭店请来了一个厨师,在院子的角落里支起了一套炉灶。春兰姐负责给厨师打下手和烧火,我、向阳和其他人在院子里摆放桌椅。不一会儿,院子里就摆了十几张大饭桌和椅子。厨师不急不忙地炒着菜,一看就是做这一行的老手。春兰姐倒是忙得满头汗珠,向阳要过去帮忙,被春兰姐拦下,说:"这里你搭不上手,你还是和三光上外面等着接喜车去吧。"向阳只好和我走出院子,来到大街上。

我问向阳:"你不是今天要走吗?"

向阳点点头说:"是,下午三点半的火车。"

我又问:"哎,昨天你干吗去了?"

向阳说:"我进城去看了一下小艳姐,她再有一个多月就出狱了。我回来又去和天宇哥定了一下出发的时间。"

听完向阳的话,我沉默了……

"深圳离广州近吗?"向阳静静地问。

"不太远,一个省,咋了?"我问。

"没咋,如果有机会,我也想去看看山子。"向阳说。

"哦,可是你知道山子的详细地址吗?"我问。

"不知道可以打听……"向阳说到这里，大哥的婚车就来了。

院子里的人也都出来迎喜车，街上再次站满了看热闹的人。还有一些人是在修林家看完送嫁又跟过来的。

立新叔先下了拖拉机，和得旺表叔一块儿把拖斗上的守林和护林让下来。大哥和小东也下了轿车。大哥打开后车门，车后座上是梅芳和小芳姐妹俩，她们没有立刻下车。接着立新婶跟得旺表婶急忙上前把梅芳领下了车，小芳也跟着下了车。

梅芳穿一身红色开领的新娘西服，里面是件粉色的毛衣，头上扎着粉色的头花，化了淡妆的脸上洋溢着幸福的笑容。小芳穿着也比较鲜艳，笑容也十分灿烂，看来学校里的那场打架事件对她没有丝毫影响。

小满叔拿着一根长竹竿，挑着一挂长鞭。向阳过去将引线点燃，立刻响起了噼里啪啦的鞭炮声。在这震耳欲聋的鞭炮声中，大哥和梅芳在众人的簇拥下走进了大门。

立新叔让我和向阳把拖拉机上修林家陪送的十几床被褥搬到新房里。等我俩把那些被褥搬完，院子里已经热闹起来。

在正房的正中挂一块绣有龙凤图案的被面，中间贴着大大的"喜"字，一张高高的方桌放在中间，上面摆着鱼、肉、水果等供品，两边燃着红蜡烛，当中是一个香炉，飘着淡淡的青烟。四邻和亲朋围成了一个圆圈，不时有好事者起哄着、吆喝着。

这时，立新叔又当起了司仪，在他的喊话下，大哥和梅芳拜了天地，拜了父母，最后是夫妻对拜。梅芳大方地在父母面前改口叫了"爹、娘"，父母也一一答应着，又一一拿了红包，小芳替梅芳收下。一切礼仪完成之后，立新婶先把梅芳领进了新房。

立新叔热情地安排亲朋和邻里好友在院子里纷纷落座，宴席随即开始。立新叔安排我和向阳往酒席上端菜，我们答应着忙碌起来。

我和向阳一人端两盘菜，陆续往酒席上放，刚开始是一些清淡的小菜，越往后，菜品越丰盛，一共十三道菜，最后每桌上都要上一条红烧鲤鱼，上鱼之前，厨师叮嘱我和向阳，鱼不能随便上，鱼头一定要朝着桌上最年长的人放。春兰姐的活儿差不多忙完了，又帮着一块儿上菜。

酒席进行到一半的时候，大哥把梅芳从新房里叫出来，由父母领着，挨桌向亲朋好友敬酒。梅芳当然不会真喝酒，在每桌上她都是嘴唇轻沾一下酒杯就算敬到了。自然也有起哄的，让她全喝干，实在让不过去的时候，大哥就替她喝干。敬完了酒之后，一家人也都入席坐下。我、向阳和厨师坐在立新叔的席上，因为那一桌的人比较少，只有立新叔、得旺表叔、小东、守林和护林。一坐下，立新叔先给厨师敬了一杯酒，又对厨师的厨艺夸奖了一番。

酒席一直持续到两点多才结束。守林、护林和小芳走得最早，我们一家人和立新叔把他们送出了大门，看他们走远了，我们走回院子，开始收拾碗碟。

梅芳把春兰姐叫到了新房里，要春兰姐帮她摘头花。

向阳和我收拾完了两桌上的碗盘，他拍了一下我的肩膀，说："不能再和你忙了，我该走了，再不走，怕赶不上火车了。"说完叫上向辉就往外走。直到向阳走到了大门口，我才反应过来，朝他喊道："到了之后，记得来封信！"

向阳没有回头，只是举手打了个响指，领着向辉出了大门。

小东和小兰又过来和我一起收拾。过了一会儿，春兰姐从屋里出来，用大盆洗着那些碗碟，随口问："向阳呢？"

我也随口说了句："走了。"

这时大哥的一帮同学来闹新房，春兰姐也没再多问。

碗碟收拾完了，我刚要收拾桌椅，春兰姐说："桌椅先放着吧，晚上还摆酒席。"

我走到春兰姐身边，轻声问："晚上还有酒席吗？"

春兰姐一边洗着碗碟一边说："嗯，你没看到大哥的同学才来嘛，他们就是来喝晚上的喜酒的，顺便闹洞房。再说，舅姥爷一家和立新叔也要吃了晚饭才走。"

"哦。"我答应着，要下手帮春兰姐洗盘子，被春兰姐拦住："这些我自己洗就行，你也忙活一天了，回你的屋子去躺一会儿，用你的时候，我再叫你。"

我犹豫着站了一下，春兰姐又说："快去吧，这会儿用不着你。"

我这才答应着走回了立新叔的院子，到了我睡觉的地方。我刚往床上一躺，就感觉枕头底下有东西，用手一摸，是一个小铁盒子，我打开一看，里面有一封信和一盘磁带，信封上写着："把这封信和磁带交给你春兰姐。——向阳。"信是封着的。我打开磁带盒,是一盘白皮磁带,原来的曲目单被撕掉了。磁带盒里有一张纸,我抽出一看,是向阳自己写的一行曲目单:

A 面
王杰《红尘有你》
吴奇隆《梦不完的你》
张雨生《天天想你》
伍思凯《特别的爱给特别的你》
张学友《一路上有你》

B 面
童安格《其实你不懂我的心》
赵传《爱要怎么说出口》
邰正宵《心要让你听见》
姜育恒《别让我一个人醉》
周华健《其实不想走》

我将磁带放进录音机,用快进的方式简单听了一下,全都是向阳自己唱的歌。我取出磁带,拿上信,快速出了立新叔的院子,跑到春兰姐身边。春兰姐还在洗着碗碟,看到我,她问:"你咋又过来了?"

我把春兰姐拉到一个角落里,说:"这是向阳留给你的信和磁带。"

春兰姐看着我手里的东西,解下围裙,擦了擦手上的水,接过信和磁带。

"磁带里是向阳自己唱的一些歌。"我说。

春兰姐直接撕开信封,抽出厚厚的信瓤,打开是五六页信纸,上面密密麻麻写满了字。我和向阳在一起上学那么久,都没见他写过这么多字。

春兰姐一页一页地看着,看到一半就流下泪来,也顾不上擦,任泪水滴到信纸上。直到把信看完,她快速叠好,和磁带一起装进口袋,擦了两把眼泪,问我:"向阳坐几点的火车?"

我说:"三点半的。"

春兰姐从衣兜里拿出手表看了一下，又问："十五分钟，骑车能赶到火车站吗？"

我说："应该可以。"

春兰姐听完就去推父亲的自行车。

我跑过去说："我骑得快，我带你去吧。"

春兰姐把车子交给我，她坐上了后座。我蹬上车子，飞快地出了家门。

尾声　歌声继续

虽然路上的车辆很少，这时却正是逆风，怎么用力也没有平时快。可我还是蹬着车子，飞奔在大公路上，任凭寒风吹过我的脸颊。

等我们赶到火车站，火车站已经空无一人。春兰姐失落地站在空荡荡的站台上，两颗泪珠又从眼里涌出，顺着面颊滑下，如同两道长长的铁轨，无限延伸。

我扭开头，看了一眼火车站上方的大钟，已经是三点三十五分了。

春兰姐呆立了一会儿，拭去脸上的泪痕，平静地对我说："你还是回学校吧，回家也没你啥事儿了。"

我点点头，让春兰姐骑自行车回村，然后一个人慢慢走出火车站。

我漫无目的地走在城市的大街上。进入冬季的城市，也没有了以往的喧嚷，街上的行人很稀少，偶尔走过几个，也都是行色匆匆。

我将双手插入羽绒服的口袋，摸到了志彬的那个小游戏机，我拿出游戏机，随意按了两下，没有任何反应，可能是没电了。我再次走进了医院旁边的那家小卖部，老板还是那个姓刘的爷爷。我又买了三节5号电池，付了钱之后，我随口问了句："爷爷，您今天有没有看到过君妍？"

老板看了看我，显然他已经不记得我了，他想了一下，说："已经有几天没看到她了，不过，她家就在旁边的医院家属楼，你可以直接去找她。"

"嗯，我知道，谢谢爷爷。"说完我把电池装入口袋，出了小卖部。

我朝医院家属楼看了一眼，但没有走近，而是继续朝前走。

这时，从一家音像店里又传来了Beyond乐队的那首《大地》的歌声：

　　多少段难忘的回忆

> 它说来并不稀奇
> 多少次艰苦的开始
> 它一样挨过去
> 患得患失的光阴
> 是从前的命运
> 奔向未来的憧憬
> 充满大地……

听着这熟悉的歌声，也不知道哪来的勇气，我也和向阳一样，旁若无人地大声唱起来：

> 眼前不是我熟悉的双眼
> 陌生的感觉一点点
> 但是他的故事我怀念
> 回头有一群朴素的少年
> 轻轻松松地走远
> 不知道哪一天再相见……

唱完这首《大地》，我又接着唱刘德华的《忘情水》，又唱张真的《我被青春撞了一下腰》《红红好姑娘》，又唱苏有朋的《勇气》，又唱吴奇隆的《烟火》《追风少年》，又唱黄安的《东南西北风》《样样红》《明天会吹什么风》，又唱周华健的《心的方向》《花心》，又唱郑智化的《年轻时代》《水手》《单身逃亡》《中产阶级》，又唱张楚的《冷暖自知》《姐姐》，又唱窦唯的《明天更漫长》《艳阳天》，又唱王杰的《英雄泪》《孤星》《惦记这一些》……

我就这样一首接一首地唱着，脸上静静地流着泪水。此时的天空飘起了细碎的雪花，有几片落在我的脸上，很快融化，和泪水一起滑下来。

我继续唱着歌，走到了人民广场。空旷的广场上除了我，没有任何人。

我终于唱累了，在一张长椅上坐下，看着雪花无声地飘落。我从口袋里拿出三节新电池和志彬的游戏机，我打开游戏机的后盖儿，抠出旧电池，忽然一张纸片掉在地上，我伸手捡起，上面是志彬用英文写的一行小字："I'm depressed. Don't feel sorry for me.（我是抑郁症，不要为我难过。）"我把纸片合在掌中，将脸贴在上面，抽泣起来……

我不知道自己哭了多久，当我抬起头来，地面已是一片银白。这时，我听到一个熟悉的声音也唱起了歌：

> 你准备好了吗
> 现在的你还怕不怕
> 走在没有伴的路上
> 需要有一个梦在前方
> 你准备好了吗
> 飞翔是寂寞的天堂
> 正当一切都在远离
> 也正是一切都将来临……①

我转头看过去，她双手插在白色羽绒服的口袋里，站在离我不远的地方，扎着马尾辫的头上已经落满了雪花。她没有走近我，只是用一双含泪的眸子望着我。

我们就这样对视着，看大片大片的雪花洒落下来。

---

① 《你准备好了吗》词曲：李子恒，演唱：苏有朋。

◎ 跋

那缠绵悱恻的岁月之歌

张爱珍

《昨日如歌》是用了明暗交织的两条线完成的。第一条线，是明线，写志远、志彬、向阳、山子四个来自不同家庭的少年，迎着朝阳，在歌声中去镇上的初中上学，空闲时间，聚在一起谈天论地。不出意外，他们将一起毕业，一起参加中考，一起读高中，再一起高考。可是，偏偏造化弄人，他们没能等到这一天。初中一毕业，他们就走散了，山子甚至都没有念完初中……

小说的第二条线，是暗线，写李村几十年的历史变迁以及形成的风俗习惯，反映李村村民间错综复杂的关系和恩怨，尤其是李村主要家族——李氏家族三代人在时代变迁中的不同命运。

真是佩服东明的心劲，他对村庄的历史以及民风民俗是如此熟稔，对村庄里的各色人物拿捏得如此精准。

这部小说，最妙、最精彩的，是现代流行音乐的加入。现代流行乐歌词的加入，让这部小说非常具有现代气息，也非常具诗意化。

小说的背景非常独特。小说中的李村是一个不足三百人的小村庄。但它的地理位置比较特殊，它不是那种穷乡僻壤，而是处在闹市与工业区的包围之中。尽管如此，"李村还是那个淳朴的小村落，虽然有少数人做买卖、包工程发了家，但是村里的大部分人依然过着日出而作，日落而息，春耕夏种的庄稼人的日子。天已傍晚。大部分人家的烟囱都飘起了炊烟，安静的村庄有了炊烟的映衬，夕阳也显得分外迷人了。"这一动一静，缭绕着人间的悠闲与繁忙，它们组成了一幅农耕文明的乡风俚俗画。

这诗一般的语言，诗一般的意境，凝聚了东明对李村的那份浓得化不开的挚爱之情。

小说里的人物和故事，就是在这样一个虽然被现代气息包围着，却仍然坚持保留着古老的传统和习俗的村庄生活里发生的。

主人公李志远（李三光）与张君妍之间朦胧的爱情，是这部小说中的华章。那少男少女之间"情不知所起，一往而深"的至真至纯，是爱情本身永恒的魅力所在。

志彬则像一个灰色的寓言，他的经历告诉人们，糊涂的爱可以束起鹰的翅膀，让鹰从高空坠落，粉身碎骨。

山子，是被命运推向荆棘的孩子。

而向阳，则是那个敢于和命运掰手腕的孩子。向阳的命也很苦，但他的形象却是明丽的。向阳是流行歌王，几乎所有流行歌曲他张口就能唱。向阳的性格就像他的名字，风趣幽默，坚强乐观，爱憎分明，重情重义。

东明在小说中触及到关于农村文化程度低的女孩进城务工而受到物质诱惑因此堕落的问题。

春兰和小艳这两个女孩，其实也算志远他们的同龄人，她们比志远他们大不了多少，只是因为家庭变故，她们上完初中就进城打工了。在城里，这两个仅有初中文化的女孩，找不到像样的工作，又想走赚钱的捷径，年轻女孩的虚荣心，让她们走上了一条不好的路。

小说除了表现农村问题，也写了村民靠天吃饭的不易。辛苦了大半年，一场天灾就可以将一些家庭，一些人推向命运的深渊。

让我震惊的是，没有上过一天学，完全靠自学成才的东明，写学校生活，竟然那么得心应手，从容自如。他写中考考场上，学子如何应考，写高中生入学报到，写军训……这一切都让人觉得那么真实。

东明写乡村丧葬婚礼风俗，也是行家里手。他写了三场葬礼，两场婚礼。在这些婚丧嫁娶的日子里，本家男人女人忙里忙外，一丝不苟，一切按礼节规矩办事。他对于乡村风俗的了解通透程度，堪比一个"老族长"。他还借志远之口说出了葬礼对于村里小孩子的影响，"小孩儿就是那么单纯，根本不知道死亡意味着什么。自从二叔发生意外后，我从跟着送葬的队伍一起跑的小孩儿，突然成为送葬队伍中的一员，我似乎明白了人世间的一些事情，也好像一下子长大了很多，从那时起，我再也没有跟着送葬的队伍一起跑过"。从观赏葬礼仪式，到成为葬礼仪式的参与者，乡村的孩子对于人世间的事，不是通过读书和课堂传播而了解，而是通过一场场真实的仪式，洞悉了一个人与这个世界的关系。

《昨日如歌》，告别之作。告别昨日的少年，告别昨日的悲欢，也告别昨日的村庄。是的，东明在写作这部小说之时，自己的村庄也面临拆迁的命运，那几代人繁衍生息之地，也许就要变成崭新的工厂，或变成一片高楼林立的社区。但当怀恋的歌声飘过心头，小村永存，记忆永存。

张爱珍，山东邹平人，居东营。诗人，作家。曾做过胜利油田中学语文教师、胜利油田企业鉴志编辑，业余写作文学评论，评论风格自然率真。